FRANZISKA FRANZ

Tatort Kettenhofweg

VILLA DER TOTEN Die rüstige Witwe Helga Lindemeyer lebt mit Dackel Karlchen im Kettenhofweg. Mit ihrer Nichte Monika geht sie regelmäßig ins Theater und besucht Ausstellungen. Außerdem liebt sie Krimis. Doch zu Hause fühlt sich Helga seit dem Tod ihres Mannes einsam. Darum sitzt sie häufig am Fenster und beobachtet das Geschehen auf der Straße. Einer ihrer Lieblingsfilme ist »Das Fenster zum Hof«. Wahrscheinlich dichtet sie deshalb dem ein oder anderen Nachbarn krumme Geschäfte an. Besonders spannend findet sie das Treiben vor der großen Villa ihrer Nachbarn Ingrid und Gabor Bartos. Dort gehen regelmäßig junge Frauen und Männer ein und aus. Am 15. August 1994 traut Helga ihren Augen nicht, als sie geweckt von Martinshörnern aus dem Fenster schaut. Vor der Villa wimmelt es von Polizeikräften, Sanitätern und Leichenwagen. Und dann werden Tragen mit sechs Leichen darauf aus dem Haus gebracht. Was ist geschehen? Helga will es unbedingt herausfinden.

Franziska Franz lebt in Frankfurt am Main. Ihr Schwerpunkt als Autorin liegt im Krimi- und Thriller-Bereich. Sie hat neun Krimis, diverse Kurzkrimis und ein Sachbuch geschrieben. Franziska Franz ist Mitglied im Syndikat e. V., dem Verein für deutschsprachige Kriminalliteratur. Außerdem betreibt sie seit März 2023 gemeinsam mit dem Direktor der Frankfurter Rechtsmedizin, Professor Marcel A. Verhoff, den True-Crime-Podcast »SpurenElemente« über historische Frankfurter Kriminalfälle. Im April 2024 ist das gleichnamige Buch zum Podcast erschienen.

FRANZISKA FRANZ

Tatort Kettenhofweg

TRUE CRIME

GMEINER

Personen und Handlung sind zu Teilen fiktional.

Bei Fragen zur Produktsicherheit gemäß der Verordnung über die allgemeine Produktsicherheit (GPSR) wenden Sie sich bitte an den Verlag.

Immer informiert

Spannung pur – mit unserem Newsletter informieren wir Sie regelmäßig über Wissenswertes aus unserer Bücherwelt.

Gefällt mir!

Facebook: @Gmeiner.Verlag
Instagram: @gmeinerverlag

MIX
Papier | Fördert gute Waldnutzung
FSC® C083411

Besuchen Sie uns im Internet:
www.gmeiner-verlag.de

Im Ehnried 5, 88605 Meßkirch
Telefon 07575/2095-0
info@gmeiner-verlag.de

1. Auflage 2025

Satz: Mirjam Hecht
Umschlaggestaltung: U.O.R.G. Lutz Eberle, Stuttgart
unter Verwendung eines Fotos von: © Frank Behnsen. https://commons.wikimedia.org/wiki/File:Frankfurt_Kettenhofweg_124.jpg
Druck: CPI books GmbH, Leck
Printed in Germany
ISBN 978-3-8392-0909-7

KETTENHOFWEG 1994

Das schwerste Verbrechen in Frankfurt am Main fand 1994 im noblen Westend statt. Im Kettenhofweg 124 a wurden am Morgen des 15. August in einer Gründerzeitvilla sechs Leichen gefunden. Nur der Hund der Villeneigentümer überlebte. Alle Personen, die sich im Haus befunden hatten, waren brutal ermordet worden. Eine unvorstellbar grausame Tat, die vier Tage später zur Verhaftung eines Ehepaars führte. Als Motive für die Morde wurden Habgier und die Verdeckung einer Straftat (Raub) festgestellt.

Helga Lindemeyer, eine alte, krimibegeisterte Dame, die im Haus gegenüber wohnt, beobachtet mysteriöse Geschehnisse in der Villa vom Fenster aus, lange bevor die Morde geschehen. Sie zieht daraus ihre eigenen Schlüsse, die nicht selten in die falsche Richtung und zu ungerechtfertigten Anschuldigungen führen. Doch im Lauf der Zeit offenbart sich ihr die grausame Wahrheit.

1
SONNTAG, 23. JANUAR 1994

»Den Frankfurter Kranz kann keiner besser machen, nicht annähernd«, sagte Helga und kaute genüsslich. »Heinz wäre jetzt im siebten Himmel. Sieh nur, Erika, wie liebevoll sie ihn auf dem Teller platziert haben.«

Erika nickte und sagte mit vollem Mund: »Heinz war der einzige Mann, den ich kannte, der Cremetorte aß. Andere Männer bevorzugen Apfeltorte oder Käsekuchen, so wie Werner, wenn er überhaupt mal ein Stück Kuchen isst.«

Helga schob mit der Gabel ein winziges Stück Torte in den Mund, während sie ihren Gedanken nachhing. Schließlich bemerkte sie: »Heinz war in jeder Hinsicht etwas Besonderes. Und wir beide hatten wirklich viel gemeinsam. Nicht nur unsere Liebe zu dieser Stadt und zum Frankfurter Kranz. Es kommt mir vor, als sei es gestern gewesen. Heute in einem Monat, am 23. Februar, ist bereits sein zweiter Todestag. Und es tut noch immer so weh. Er fehlt mir so sehr. Wir haben zu unseren Geburtstagen stets im Mövenpick gesessen und Frankfurter Kranz gegessen. Das war uns ein heiliges Ritual. Wir liebten Traditionen.«

»Vor anderthalb Jahren waren Werner und ich dabei. Wir saßen da vorn am Fenster, weißt du noch?«

»Natürlich! Knapp ein halbes Jahr später war Heinz

tot. Von dort drüben hat man den schönsten Blick auf die Alte Oper. Heinz liebte das Opernhaus.«

»Und die hübschen jungen Frauen, die über den Platz laufen, hat Heinz gesagt. Die könne er ebenfalls bei euch gegenüber bewundern. Erinnerst du dich? Ich wusste nicht, welche Mädchen er meinte, wollte jedoch nicht nachfragen.«

»Ich bitte dich, das sagte er zum Spaß, weil nicht ausschließlich alte Menschen um uns herum wohnen. Oder willst du etwa behaupten, dass er ein Schürzenjäger war?«

»Nein, Helga, so war das nicht gemeint. Es fiel mir gerade ein, sollte eine nette Anekdote sein, Entschuldigung.«

»Schon gut. Ja, die Zeiten waren noch ganz anders. Da kannst du sehen, was sich in zwei Jahren alles verändern kann. Vorletztes Jahr hat uns noch Blanka Zmigrod die Garderobe abgenommen, bevor sie … Das war alles zu viel für mich, Erika. Sei mir nicht böse, dass ich heute so sentimental bin.«

»Kein Problem. Ja, die Frau Zmigrod. Sie war eine echte Dame. Es wunderte mich, dass sie als Garderobiere arbeitete. Das hatte sie doch gar nicht nötig.«

»Warum, das ist doch nichts Verwerfliches? Ich habe eine Zeit lang im Kaufhof gearbeitet. Bis Heinz entschied, dass ich zu Hause bleiben soll. Bin ich deswegen ein Mensch zweiter Klasse?«

»Wer sagt denn so was? Natürlich bist du das nicht.«

Helga nickte. »Die Frau Zmigrod arbeitete erst im Mövenpick, nachdem ihr Mann verstorben war. Bestimmt wollte sie der Einsamkeit entfliehen. Das kann keiner besser verstehen als ich. Die Frau Zmigrod war immer so höflich zu allen Gästen. Sie hatte stets ein nettes Wort für jeden übrig, der ihr den Mantel brachte. Sie hat jedem das Gefühl vermittelt, etwas Besonderes zu sein. Und sie schien jeden einzelnen Gast zu kennen. Wir redeten hin und wieder über das Leben im Westend. Wenn man in ein und derselben Straße wohnt, verbindet das. Oft sah ich sie, wenn ich zu meinem Zeitungskiosk am Westendplatz ging. Wir winkten uns von Weitem zu. Ich bewunderte diese Dame. Sie hatte ihr Leben im Griff. Ja, und plötzlich geschah es.« Helga rieb mit den Händen über ihre Arme, auf denen sich Gänsehaut gebildet hatte. »Dass ausgerechnet eine Dame wie sie ein so schweres Schicksal erleiden musste, mir kommen die Tränen, wenn ich mich daran erinnere. Frau Zmigrod war nach einem langen Arbeitstag auf dem Weg nach Hause. Ich kann es mir bildlich vorstellen, wie sie im Dunkeln durch die einsamen Straßen ging. Vermutlich hat sie plötzlich hinter sich Geräusche gehört und ist schneller gegangen, immer schneller. Leider nicht schnell genug. Dann fiel der Schuss. Der Schuss, der ihren Hinterkopf traf. Aus unmittelbarer Nähe. Sie lag da, reglos, mitten auf der Straße. Ihr Mörder entkam.« Helga seufzte, schob den Teller lustlos beiseite und fuhr fort: »Es ist mir im Gedächtnis geblieben, als sei es gestern gewesen, all die Martinshörner. Wir sind von dem ganzen Tatütata wach geworden. Es war furchtbar, und mein Heinz fühlte sich so schlecht. Er bat mich, wegen des Lärms das Fenster zu schließen. Er hielt sich die Ohren zu, bekam sofort schreckliche Kopfschmerzen. Die hatte er in jener Zeit häufig. Ich glaube, man nennt es Clusterkopfschmerzen. Er hielt sich dann immer ein Auge zu. Es ist schrecklich, wenn man hilflos danebensteht. Ich ging also ins Wohnzimmer, um das gekippte Erkerfenster zu schließen. Weißt du, Karlchen hat sein Körbchen extra direkt unterm Fenster, weil er nachts häufig Blähungen hat, seit er älter ist. Ich blickte mehr beiläufig auf die Straße und beobachtete, wie Polizei und Rettungswagen an uns vorbeirasten. Es war klar, dass etwas Schlimmes geschehen sein musste. Ich habe rausgeschaut, musste mich weit vorbeugen. Da entdeckte ich oben im Kettenhofweg die vielen Blaulichter. Wäre Heinz nicht gewesen, ich hätte mir was übergeworfen und nachgeschaut. So was erschreckt doch sehr, man denkt gleich an einen Häuserbrand oder Ähnliches. Ich bin zurück zu Heinz ins Schlafzimmer gegangen, erzählte, was ich wusste. Doch Heinz reagierte nicht. Er rührte sich nicht. Im ersten Moment freute ich mich, dass er trotz des Lärms wieder eingeschlafen war. Als ich ihn eine Weile betrachtet hatte, fand ich, dass er seltsam aussah. Ich tätschelte seine Wange, sprach ihn an, er reagierte nicht. Er war tot.« Helga schluckte schwer. »Deswegen war Karlchen ihm seit einigen Tagen nicht mehr von der Seite gewichen. Ich hätte damals schon stutzig werden sollen. Tiere haben ein Gespür für Sterbende. Glaubst du, es war der Lärm, der ihn so plötzlich getötet hat?« Sie zog ein Taschentuch aus ihrem Blusenärmel und wischte sich die Tränen von den Wangen.

Erika nahm Helgas Hand. »Das war gewiss nicht der Grund. Du sagst doch selbst, dass Karlchen es vorher schon bemerkt hat. Heinz ist gestorben, weil sein

Körper zu schwach geworden war. Der Lärm hatte nichts damit zu tun. Sei froh, dass er nicht länger leiden musste.«

»Du hast keine Ahnung, wie sich das anfühlt. Er ist einfach eingeschlafen genau in dem Moment, als ich nicht im Zimmer war. Wieso habe ich ihn nur allein gelassen?«

»Ich habe mal gelesen, dass das oft geschieht.«

Helga tupfte sich die Augen trocken. »Was meinst du?«

»Dass Sterbende warten, bis die Angehörigen nicht anwesend sind. Manche wollen im Moment ihres Todes ungestört sein.«

»Um in Ruhe sterben zu können?«

Erika zuckte die Achseln. »Ich weiß nicht, ob es stimmt, vorstellen könnte ich es mir.«

Helga sah eine Weile nachdenklich durchs Fenster auf den Opernplatz. Schließlich griff sie den Faden wieder auf. »Kannst du dir vorstellen, wie lange ich auf den Notarzt warten musste? Die Einsatzkräfte waren alle mit dem Mord an Blanka Zmigrod beschäftigt. Vielleicht hätte Heinz reanimiert werden können.«

»Nein, Helga. Er war bereits tot. Mach dir keine Vorwürfe. Sie hätten ihn nicht wiederbeleben können. Wir alle müssen irgendwann sterben. Dieser Tag war für seinen Tod bestimmt.«

»Für seinen und ihren. Zwei schreckliche Ereignisse in einer Nacht. Das war der dunkelste Tag in meinem Leben. Und der Mord an Frau Zmigrod ist noch immer nicht gesühnt, obwohl man den Täter doch kennt, ich verstehe das einfach nicht.«

»Man nimmt es an, Helga.«

»Also, ich bin mir sicher. Die arme Frau Zmigrod. Sie hatte ein schweres Leben. Überleg doch mal, die Frau hat vier Konzentrationslager überlebt, ist nach dem Krieg zurück nach Israel gegangen, ihr Mann hat sie gebeten, aus beruflichen Gründen mit ihm nach Deutschland, besser gesagt nach Frankfurt, zurückzukehren, und dann kommt dieser rechtsradikale Schwede daher, verfolgt sie und schießt ihr 30 Meter von ihrer Wohnung entfernt in den Kopf. Ist das nicht entsetzlich? Da bekommt man panische Angst vor den Menschen.«

»Ich weiß, Helga, Werner hat mir das damals alles erzählt. Schlimm. Seine Kollegen konnten es auch nicht fassen, zumal man den mutmaßlichen Täter bis heute nicht für die Tat verurteilen konnte.«

»Wieso hatte die Kripo eigentlich solche Zweifel?«

»Weil der Mann behauptet haben soll, dass sich die Waffe zum Tatzeitpunkt nicht mehr in seinem Besitz befand. Dass es seine Waffe war, mit der geschossen wurde, stand aber fest. Der Täter soll Frau Zmigrod mit dem Fahrrad verfolgt haben und ihr gezielt in den Kopf geschossen haben. Sie war vermutlich sofort tot. Wenigstens ein kleiner Trost«, sagte Erika.

»Er hat sie hier im Mövenpick kennengelernt. Er soll behauptet haben, dass sie an der Garderobe seinen Casio-Computer aus seiner Jacke gestohlen hat. Man hörte aber auch, dass er sie aus rassistischen Gründen umgebracht haben soll.« Helga schüttelte energisch den Kopf. »Nein, Erika, das hatte nichts mit Diebstahl zu tun. Frau Zmigrod hatte es ganz sicher nicht nötig zu stehlen.«

»Mein Mann sagte mir, er verlangte von ihr, dass sie ihm den Inhalt ihrer Handtasche zeigt, weil er glaubte, dass der Computer darin war«, fuhr Erika fort.

»Woher wusste man das?«

»Das hat Frau Zmigrods Kollegin gesagt. Frau Zmigrod hat sich jedoch geweigert, ihre Handtasche zu öffnen.«

»Zu Recht, würde ich sagen. Die Frau hätte nie etwas Unrechtes getan. So ein Unmensch, wie hieß er doch gleich?«

Erika stützte ihr Kinn auf die Handfläche und überlegte. »Er hatte einen untypischen Vornamen – für einen Schweden zumindest. Jack oder so. Nein, jetzt fällt es mir ein. Nicht Jack, sondern John, John Ausonius. Also, wenn er es denn war. Wusstest du, dass der in Schweden mehrere Banken überfallen hat? Ich glaube, er sitzt dort sogar wegen dieser Taten in Haft.«

»Sagt das dein Mann?«

»Das las ich. Es stand einiges über den Mann in der Presse.«

»Das ist mir entgangen. Nun ja, ich habe mich damals nicht weiter damit befasst. Der Schock über den Verlust meines Mannes saß zu tief. Ich musste mich außerdem um die Formalitäten und Heinz' Beerdigung kümmern. Du ahnst nicht, wie aufwändig das ist. Ich meine einfach alles. Ich hoffe, dein Werner regelt das weitestmöglich zu Lebzeiten selbst, falls du nicht zuerst gehen musst. Zum Glück hatte ich meine Nichte Monika. Sie war mir eine große Stütze, das kann ich nicht anders sagen. Sie ist mit mir von Amt zu Amt gelaufen. Ich werde ihr das nie vergessen. Und meine Freundinnen waren mir ebenfalls eine große Hilfe. Ich durfte mit euch allen jederzeit sprechen. Das war für mich ein Segen. Sonst hätte ich das nicht geschafft.«

»Das ist selbstverständlich. So sollte es unter Freunden sein. Richtig, man kann einiges im Voraus organisieren, auch wenn man das nicht gerne tut. Wahrscheinlich, weil man Angst davor hat, den Tod heraufzubeschwören. Man neigt dazu, Unangenehmes zu verdrängen, solange es geht. Dass es viele Formalitäten gibt, kenne ich aus eigener Erfahrung. Auch wenn ich bis heute nur den Tod meiner Eltern zu beklagen habe, und das ist schon lange her. Trotzdem bin ich sicher, dass es hilfreich ist, in der Trauerphase abgelenkt zu sein. Das Leben muss weitergehen. Das tut es zum Glück, ob man will oder nicht.«

»Du ahnst nicht, wie viele Wochen ich mich in den Schlaf geweint habe. Sei froh, dass dein Werner noch lebt.«

»Das bin ich. Er wird mich bestimmt überleben, so gesund wie er ist. Weißt du, was mich dennoch wundert?«

»Was?«

»Dass du weiterhin im Kettenhofweg geblieben bist. Deine Wohnung ist eigentlich zu groß für dich. Du könntest dir etwas Kleineres suchen, vielleicht sogar in einem Seniorenstift. Da bekommst du jederzeit Hilfe, wenn du sie brauchst. Und solange du mobil bist, lassen sie dich in Ruhe. Der Mord an Frau Zmigrod geht dir ja bis heute nicht aus dem Kopf. Da wäre ein Umgebungswechsel sicher heilsam.«

»Ach, Erika, es war unsere gemeinsame Wohnung. Was soll ich im Heim? Da dürfte ich Karlchen nicht mitnehmen. Ich könnte ihn niemals weggeben. Und im Kettenhofweg kennt er sich aus.« Der Kurzhaardackel hatte sich neben Helgas Füßen zusammengerollt und schnarchte leise. »Außerdem habe ich die Senckenberganlage beinah vor der Haustür. Karlchen braucht's grün, wenn er Gassi geht. Nein, ich kann keinesfalls wegziehen. Heinz hat das Geld für die Wohnung zusammengespart, um mir eine Freude zu machen. Sie ist schuldenfrei. Außerdem liebe ich sie sehr.«

»Du brauchst dich nicht zu rechtfertigen. Ich wollte es nur mal erwähnen, wenn es für dich nicht in Ordnung ist, ist es kein Thema. Willst du Karlchen das Mäntelchen nicht ausziehen?«, fragte Erika. »Hier drin ist es warm.«

»Nein, er mag's gemütlich. Außerdem ist der Boden kalt. Da holt er sich nachher noch eine Lungenentzündung. Weißt du, ich hätte das mit Frau Zmigrod gewiss nicht erwähnt, wenn ich nicht an Heinz' Todestag gedacht hätte. Es tut mir leid, wenn ich dich damit belästigt habe. Wir haben heute bloß über das Sterben gesprochen.«

Erika deutete auf Helgas Teller. »Nun iss. Ich habe eine gute Idee. Was ist mit einem kleinen Eierlikörchen? Ich bestelle uns ein Gläschen, das bessert die Laune.«

Als die Damen wenig später an ihren Eierlikörgläsern nippten, entspannte sich Helga und betrachtete ihre Freundin. »Möchtest du dir dein graues Haar nicht ein wenig färben?«

»Warum?«

»Du würdest frischer wirken.«

»Sehe ich etwa schlecht aus?«

»Nein, das meine ich nicht. Es wäre mal etwas anderes.«

»Mir gefällt es, wie es ist. Dir steht der blaue Farbstich. Aber du trägst die Haare auch etwas länger und es passt zu deiner Dauerwelle. Ich käme mir fremd vor.«

»Das ist nicht meine Haarfarbe, sondern der Festiger, Erika. Du bist von Natur aus eher dunkel, nicht wahr? Ich finde, das macht alt. Ich wäre für blond.«

»Blond? Nein, Werner würde das nicht gefallen.«

»Ach, er wird sich dran gewöhnen. Manchmal muss man auch an sich selbst denken und sich durchsetzen. Ja, meine Liebe, das ist der Vorteil des Alleinlebens. Man kann tun, was man möchte. Hast du meine Nachbarin Frau Bartos schon mal gesehen? Sie ist blond. Nicht zu hell, nicht zu dunkel. Genau den Ton würde ich dir empfehlen.«

»Frau Bartos? Ist das nicht die Nachbarin von gegenüber? Die Frau, die in der schönen großen Gründerzeit-Villa wohnt?«, fragte Erika.

Helga nickte.

»Die ist doch noch jung. Die braucht nicht zu färben.«

Helga nippte an ihrem Eierlikör, behielt ihn eine Weile genüsslich im Mund, bevor sie schluckte, und wandte ein: »Nein, Frau Bartos geht auf die 50 zu. Die sind gefärbt. Soll ich sie fragen, zu welchem Frisör sie geht? Ich sehe sie hin und wieder am Briefkasten oder in ihrem Schreibwarenladen. Du weißt, ich liebe exklusives Briefpapier.«

»Schreibst du deiner Freundin Isolde noch immer regelmäßig?«

»Natürlich. Mein Montblanc-Füller würde doch sonst eintrocknen. Außerdem werden meine Hände ungelenk, wenn ich meine Finger nicht trainiere. Man schreibt heutzutage viel zu wenig, durch den ganzen Computerkram. Das gefällt mir gar nicht. Ist mir alles viel zu unpersönlich. Außerdem begreife ich diese neumodischen Geräte nicht. Die meisten bekommen deswegen gerade noch ihre eigene Unterschrift hin. Du wirst sehen, bald geht überhaupt nichts mehr ohne Computer, wenn nicht alte Schachteln wie ich das echte Schreiben bevorzugen. Stell dir vor, es heißt, dass bald jeder von uns ein mobiles Telefon in der Tasche trägt.«

»Einige haben schon eins, Helga.«

»Natürlich, aber wozu? Damit man pausenlos angerufen werden kann? Das würde mich nervös machen. Worüber soll man denn die ganze Zeit reden? Das ist eher was für Ärzte und Personen, die unbedingt erreichbar sein müssen. Dann hat es was Gutes. Früher trugen Ärzte diese Piepser mit sich rum und mussten sich ein Telefon suchen, heute können sie direkt angerufen werden. Das wird mit Sicherheit viele Menschenleben retten. Aber ich glaube nicht, dass irgendwann jeder mit so einem Ding rumläuft. Solche Telefonate sind doch viel zu teuer. Außerdem kann man Briefe aufbewahren, sie bei Bedarf wieder hervorholen und noch einmal lesen. Ich liebe das. Ich besitze die Korrespondenz meiner Eltern noch heute. Zu niedlich, wie verliebt sie waren. Bei Telefonaten ist das ganz anders. Man vergisst das meiste. Oder weißt du, worüber wir vor einem Jahr am Telefon gesprochen haben?«

Erika lachte. »Nein, das weiß ich nicht. Ich sollte mehr als nur Einkaufszettel schreiben, sonst bekomme ich Krämpfe in den Fingern.«

»Hast du die Liegezeit verlängert? Deine Eltern sind mindestens 20 Jahre tot.«

»Ach, Helga, was spielt das für eine Rolle? Es tröstet mich, auf den Friedhof zu gehen. Ich kann dort mit ihnen sprechen. Manche Menschen brauchen das nun mal. Werner versteht das nicht. Wohnt Isolde eigentlich immer noch in Cuxhaven?«

»Ja. Sie wird da wohl nie wegziehen, zumal sie dort Familie hat. Ich hoffe, dass sie mich bald mal wieder besucht.«

»Das wünsche ich dir. Um auf Frau Bartos zu sprechen zu kommen, du wirst sie keinesfalls nach ihrem Frisör fragen, Helga. So was tut man nicht. Ihr seid keine Freundinnen. Das ist etwas sehr Persönliches.«

Helga zuckte die Achseln. »Findest du? Hab's gut gemeint. Außerdem kann sie es als Kompliment auffassen. Egal, war nur so eine Idee.«

»Ich glaube, ich habe sie vor Kurzem gesehen. Sie hat jetzt so eine hübsche Ponyfrisur, nicht?«

»Da wohnen mehrere hübsche Frauen mit Ponyfrisuren. Heinz sagte mal, Bartos habe eine Putzkolonne. Ob das stimmt, weiß ich nicht. Manchmal glaube ich, dass Heinz mich auf den Arm nehmen wollte. Frau Bartos geht sehr nett mit den Mädchen um, was man so sieht. Sie herzt sie oft und klopft ihnen manchmal scherzhaft auf den Po.«

»Na also so was. Das tut man doch nicht. Ist die etwa andersherum?«

»Ach du liebe Zeit, was du gleich denkst. Sie will einfach, dass sich die Mädchen wohlfühlen, ist halt ihre Art. Der Herr Bartos hingegen wirkt immer so zugeknöpft. Das will sie ausgleichen, nehme ich an.« Jetzt kicherte Helga. »Heinz neckte mich damals und fragte, ob wir nicht auch eine Putzfrau brauchen. Guck nicht so entrüstet, Erika, ich habe deine Erinnerung von vorhin aufgegriffen.« Helga winkte der Bedienung. »Wir nehmen zwei.«

»Bist du sicher, dass wir die vertragen, Helga? Die Dinger haben's in sich.«

»Klar, mir geht's schon viel besser. Stell dich nicht an. Einen schaffst du noch. Also, wo waren wir stehen geblieben?«

»Ich weiß nicht mehr. Kann es sein, dass dein Hund mal rausmuss?« Erika fächelte sich Luft zu.

»Hat er wieder …? Das tut mir leid, aber aha …« Helga tippte sich an die Stirn. »Da wären wir wieder beim Thema. Ich mache zu Hause ständig das Fenster auf und zu. Ich kann dir sagen, da bekommt man viel mit. Man guckt zwangsläufig raus. Was soll man sonst tun? Man kann schlecht die Augen schließen, oder? Du kennst unseren Erker.«

»Du glaubst, die Bartos brauchen gleich mehrere Putzfrauen?«, griff Erika das Thema wieder auf.

»Das Haus ist sehr groß und Herr Bartos ist behindert, er kann nicht viel im Haushalt helfen, verstehst du? Da braucht man Hilfe von außen.«

»Er ist behindert?«

»Er hat eine Beinprothese. Und die arme Frau Bartos hat mit ihrem Schreibwarenladen genug um die Ohren.«

»Wie viele Frauen arbeiten denn dort?«

»Puh, das kann ich nun wirklich nicht sagen, bestimmt so vier oder fünf. Die meisten sind recht hübsch und ziemlich jung. Erst dachte ich, es seien Töchter von den Bartos, denn sie scheinen dort zu wohnen. Zumindest sehe ich sie oft in der Früh und auch am späten Abend. Sie sind fast alle im gleichen Alter. Die werden wohl kaum Fünflinge haben. Und wie gesagt, anscheinend arbeiten sie für ihn.«

»Wie alt sind sie denn?«

Helga überlegte. »Im Schnitt etwa Mitte 20. Neulich war mir so, als seien es neuerdings andere junge Damen als zu Heinz' Zeit. Ich kann mich täuschen. So genau kenne ich die auch wieder nicht. Und so genau schaut man natürlich nicht hin. Manchmal reicht eine andere Frisur und du denkst, du hast eine andere Person vor Augen.« Helga trank wieder einen kleinen Schluck. »Das war wirklich eine gute Idee von dir. Der Eierlikör schmeckt richtig gut. Ich könnte mir vorstellen, dass Bartos Zimmer vermietet. Ist ein viel zu großes Haus für zwei Personen. Allerdings frage ich mich, warum die Mutter von Frau Bartos dort nicht einzieht, sie wohnt in der Nachbarschaft.«

»Vielleicht verträgt er sich nicht mit ihr? Männer verstehen sich oftmals nicht mit ihren Schwiegermüttern. Oder die Tochter möchte es nicht«, überlegte Erika. »Manchmal ist das so. Gehört den Bartos das komplette Haus?«

»Wie meinst du das?«

»Ist ein Doppelhaus, oder täusche ich mich?«

»Ach so. Nein, nur die linke Seite gehört ihnen. Dennoch, was sollen die mit all den Zimmern? Rosa vom Kiosk am Westendplatz hat mir gesagt, dass sie eine von den Bewohnerinnen kennt. Die kann kaum Deutsch, sagt sie.«

»Zum Putzen muss man nicht viel reden, oder? Und woher will Rosa das wissen?«

»Die Rosa kennt hier jeden. Man kann ihr nicht immer glauben, aber wenn dich interessiert, was im Viertel passiert, dann frag sie.«

»Ich bin immer vorsichtig bei Klatsch und Tratsch. Die junge Frau kann kein Deutsch, sagt Rosa? Ist klar. Dann ist sie Bartos' Tochter!«

»Ach was, Herr Bartos spricht sehr gut Deutsch«, sagte Helga.

»Ich habe eine bessere Idee: Er leitet eine Sprachschule.«

Helga schüttelte den Kopf. »Müsste eher seine Frau machen. Die ist Deutsche. Und sie hat für so was keine Zeit, wie ich bereits sagte. Aber Moment mal, vielleicht betreibt er ein Internat?«

»Ach, Helga, wenn das Haus ein Internat wäre, müsste es von außen ersichtlich sein. Jedes Internat hat einen Namen und ein Schild vor der Tür. Nein, ein Internat ist ausgeschlossen. Bleiben wir einfach bei der Putzkolonne. Macht wohl am meisten Sinn.« Erika leckte mit der Zunge über den Rand des Eierlikörglases. »Was ist, nehmen wir noch einen? Ich komme gerade so richtig in Fahrt.«

Helga blickte auf ihre Armbanduhr. »Viertel vor zwei. Nein, nein, jetzt reicht es. Was sollen meine Nachbarn denken, wenn zwei betrunkene alte Weiber bei uns die Straße entlangtorkeln?«

»Stimmt schon, ich wüsste auch nicht, wie ich Werner meinen Zustand erklären sollte.«

»Siehst du! Außerdem möchte ich meine Nichte heute Abend in die Jahrhunderthalle zum Konzert einladen.«

»Wie schön, wer spielt?«

»Die Bamberger Symphoniker. Apropos Nachbarn. Gerade fällt mir etwas ein. Der Herr Lehmann, der wohnt zwei Häuser weiter, der ist mir gar nicht geheuer.«

»Wer ist nun wieder Herr Lehmann? Von dem hast du noch nie gesprochen.«

»Nicht? Den hast du aber schon gesehen. Er ist, schätze ich, in den 70ern, vielleicht etwas jünger als ich. Groß und schlank, hat graue Haare, ist Anzugträger, hinkt ein bisschen. Und einen Hut trägt er häufig. Er hat ihn gelüftet, um zu grüßen, wenn wir ihm begegnet sind. Erinnerst du dich? Auf den ersten Blick ein richtiger Herr. Wer trägt heute schon noch Hut?«

»Auf den ersten Blick ein richtiger Herr und auf den zweiten?«

»Du weißt selbst, dass man sich täuschen kann, Erika. Manchmal guckt man genauer hin und dann graut es einen. Erst dachte ich, der ist an Bartos' Villa interessiert, weil er so oft vorm Haus steht. Dabei kann er von seinem Balkon aus genauso gut rüberschauen, wenn er schon so neugierig ist.«

»Ich verstehe dich nicht, wieso denkst du, dass er interessiert ist?«

»Ach, Erika, ich bitte dich! Das merkt man nun mal.«

»Und woher weißt du, wie der Mann heißt? Hast du mit ihm gesprochen?«

»Natürlich nicht. Ich werde mich hüten. Er ist mir richtig unheimlich. Ich bin vor einiger Zeit mal zufällig hinter ihm her spaziert, weil ich mit Karlchen zur Senckenberganlage wollte. Da sah ich, dass er nur einen

Steinwurf von mir entfernt wohnt. Er hat den Briefkasten vorm Haus geleert. Ich wartete, bis er im Haus verschwunden war, und hab dann den Namen gelesen. Er wohnt im ersten Stock, ich glaube, allein. Große Altbauwohnung mit hübschem Balkon, am Ende der Straße. Es ist bestimmt laut dort. Eventuell ist er schwerhörig, da stört der Lärm nicht.«

»Vielleicht ist er kurzsichtig und steht deshalb häufig vor der Villa.« Erika zwinkerte.

»Er scheint in jedem Fall recht wohlhabend zu sein, wenn er sich eine so große Wohnung in unserer Gegend leisten kann. Ist auch egal. Jedenfalls kam es mir so vor, als habe er das Haus mehrfach beobachtet. Er hat nicht geläutet.«

»Ach, das konntest du sehen?«

»Nein. Aber sonst wäre ihm doch geöffnet worden, nicht wahr?«

»Wenn aber niemand zu Hause war?«

»Du willst es nicht verstehen, es ist so ein Gefühl, dass mit ihm was nicht stimmt. Könnte dein Mann für mich herausfinden, was Herr Lehmann macht? Ich meine, die Polizei kann doch so gut wie alles rausfinden.«

»Helga, mein Mann ist 78. Bei wem soll er sich erkundigen? Seine ehemaligen Kollegen sind auch nicht jünger. Und einige leben gar nicht mehr.«

»Ich dachte, er kennt unter Umständen ein paar Nachfolger, die er fragen könnte.«

»Ich bitte dich, Werner würde mir einen Vogel zeigen, wenn er sie wegen einer solchen Angelegenheit ansprechen sollte. Ich würde mir an deiner Stelle keine Gedanken machen. Dein Herr Lehmann wird den Bartos kennen oder eine der Hausbewohnerinnen. Es gibt tausend mögliche Gründe, weshalb er sich dort aufhält. Wenn er dich in Ruhe lässt, ist alles gut.«

Helga verstummte und nahm den letzten Schluck aus ihrem Glas. »Du glaubst, ich spinne, was? Der führt irgendwas im Schilde, das kann ich dir sagen. Ich täusche mich selten.«

»Ich sage nicht, dass du spinnst, aber ich bitte dich, keine voreiligen Schlüsse zu ziehen. Was du beobachtest, hätte ich nicht mal bemerkt.«

»Nun, wenn man vis-à-vis lebt, bekommt man zwangsläufig einiges mit. Ob man will oder nicht. Ich bin allein, mit irgendetwas muss ich mich beschäftigen. Na ja, einmal habe ich gesehen, wie der Herr Bartos mit seinem weißen Citroën angefahren kam, da ist der Lehmann hektisch weitergegangen und hat sich noch mehrfach umgedreht. Ist komisch, oder?«

»Er hat sich nach Herrn Bartos umgesehen? Das weißt du doch gar nicht.«

»Wonach sonst soll er geschaut haben?«

»Ach, Helga. Das sind reine Mutmaßungen. Das ist das, was Ermittler gar nicht mögen. Die Leute glauben etwas, wissen es aber nicht.«

»Entschuldige, wenn ich dir damit auf die Nerven gehe.«

»Das habe ich nicht gesagt, Helga. Ich kann mir vorstellen, dass da öfter Leute stehen bleiben. Wahrscheinlich nicht wegen der Bewohner. Das Haus ist nun einmal auffallend schön. Dein Nachbar bewundert das Anwesen, nehme ich an. Er ist vielleicht Architekt. Im Krieg ist in Frankfurt allzu viel zerstört worden, umso schöner also, wenn man solche Objekte ansehen kann. Wenn ich bei dir bin, gucke ich auch gern dort rüber.«

»Stimmt, es ist ein besonders imposantes Haus. Allein die herrlichen geschwungenen Außenverzierungen, hast du die mal genauer betrachtet? Lauter Engel in Stein gemeißelt. Ich habe früher häufig zu Heinz gesagt, wie gern ich mich da drinnen mal umsehen würde. Das Haus ist mit so viel Liebe zum Detail gebaut und in bestem Zustand. Ganz oben ziert ein hübsches Türmchen das Dach. Dabei muss ich immer an das Märchen von Rapunzel denken. Jeden Moment lässt eines der Mädchen ihren langen Zopf baumeln und dann kommt der Traumprinz daher.« Helga kicherte. »Ich glaube, ich bin beschwipst. Noch mal zum Haus, der weiße Zaun stört mich persönlich. Er ist viel zu einfach gehalten und wirkt auf mich unpassend. Ein schmiedeeiserner schwarzer Zaun würde mehr hermachen. Wenn ich jemals umziehen müsste, Erika, und dort wäre eine Wohnung frei, na, du glaubst nicht, wie schnell ich da drin wäre.«

»Du sagst selbst, wie gut es dir gefällt. Das wird dem Lehmann auch so gehen. Mehr ist da nicht dran. Ich dachte, du liebst deine Wohnung?«

»Natürlich, so ein Haus hätten Heinz und ich uns nie leisten können.«

»Wovon lebt der Herr Bartos eigentlich?«

»Ich glaube, er hat was mit Holzhandel zu tun, sagte mir eine Nachbarin. Genau wusste sie es allerdings auch nicht. Ich würde mich gern mal ausgiebig mit ihm unterhalten. Er ist zwar höflich, aber nicht gesprächig. Bis auf das Übliche ›Wie geht's dem Hund?‹ oder ›Heute ist das Wetter schlecht‹, redet er kaum. Vielleicht schämt er sich wegen seiner Behinderung. Er möchte nicht, dass man ihn darauf anspricht, nehme ich an. Sag mal, wie wird man eigentlich durch Holzhandel reich? Ich frage mich, ob Herrn Bartos ein großes Waldgebiet gehört. Oder wo bekommt er das Holz her?«

Erika hob die Hände in einer fragenden Geste und winkte der Bedienung. »Der Eierlikör geht auf mich. Wie gesagt, ich würde dem Herrn Lehmann nichts unterstellen, Helga. Keine voreiligen Schlüsse. Du weißt, du hast viel Fantasie.«

»Ich unterstelle nichts, ich finde es nur eigenartig. Ich würde einfach gern mehr von ihm wissen.«

»Sprich ihn an, du bist doch eine charmante Frau.« Erika grinste breit. »Oder bist du etwa in ihn verknallt? Dann verstehe ich dein Interesse. Na, gib's zu.«

»Erika, doch nicht in meinem Alter, also wirklich!«

Die Bedienung legte die Rechnung auf den Tisch.

»Heute möchte ich bezahlen. Du darfst gern beim nächsten Mal.« Helga gab ein ordentliches Trinkgeld und sagte, wie sehr sie es bedauere, dass man inzwischen auf eine Garderobiere im Mövenpick verzichte.

»Seit Frau Zmigrod von uns gegangen ist, brachten wir es nicht übers Herz, eine neue Dame zu beschäftigen«, antwortete die Bedienung.

Erika stand unbeholfen auf und lachte verlegen, als sie sich am Tisch festhalten musste. »Du hast recht, Helga. Noch einen Eierlikör und wir hätten ein Taxi rufen müssen. Darf ich dir auf die Beine helfen?« Sie reichte Helga mit einer galanten Geste den Arm und strauchelte. »Hoppla, das wäre beinah schiefgegangen.«

Sie kicherte wie ein Teenager, als der Tisch zu wackeln begann.

Kurz darauf wankten die Damen über den Opernplatz, sich gegenseitig stützend. Die eine hatte einen Linksdrall, die andere zog es in die entgegengesetzte Richtung, was zu heiterem Gelächter führte und selbst Karlchen zum Stolpern brachte.

»Achtung, Helga!« Erika konnte die Freundin gerade noch davon abhalten, bei Rot über die Straße zu gehen. Ein Autofahrer hupte und zeigte den Damen einen Vogel.

»Hast du das gesehen?«, empörte sich Helga. »Er hat uns einen Vogel gezeigt. Die Gesellschaft verroht zusehends. Hast du dir das Kennzeichen gemerkt? Den zeige ich an. Der hätte Karlchen und mich um ein Haar überfahren!«

»Er hatte grün. Du warst im Unrecht!«

»Er hätte dennoch bremsen können. Es ist verdammt kalt. Da wird dieser unerzogene Mensch doch zwei fröstelnden älteren Damen nicht verwehren, die Fahrbahn zu überqueren. Man muss auch mal fünfe gerade sein lassen. Na ja, du steckst im Pelzmantel, dir wird so schnell nicht kalt. Ich hingegen mit meinem Wollmantel friere.«

»Es ist grün. Die Ampelphase ist kurz, Helga. Beeil dich, damit wir sicher rüberkommen.« Erika schob Helga mit sanftem Druck vorwärts, während Helga den Autofahrern ein Zeichen gab, stehen zu bleiben.

Drüben angekommen, sagte Helga: »Heinz und ich liebten Tiere. Ah ja, außerdem liebten wir Krimis. Wir haben stets miteinander gewettet, wer der Täter ist, wenn wir Fernsehkrimis schauten. Heinz hatte ein feines Gespür für Täter und Tatmotive. Statt seines Malerbetriebs hätte er eher eine Mordkommission leiten sollen, wenn du mich fragst, so wie dein Werner. Aber stell dir vor, ich lag sogar häufiger richtig als Heinz. Ich habe einfach ein gutes Bauchgefühl für Kriminalfälle. Ich habe mich nur ein einziges Mal getäuscht. Das lag daran, dass es sich um einen langweiligen Film handelte. Da neige ich dazu, meinen Gedanken nachzuhängen, statt aufzupassen.«

»Helga, ich darf dich vorsichtig darauf hinweisen, dass deine Fantasie hin und wieder mit dir durchgeht. Sagte ich das heute nicht bereits? Bitte nicht im echten Leben unschuldige Menschen verdächtigen. Du kannst dir damit fiesen Ärger einhandeln.«

»Unsinn!« Pikiert schob Helga Erikas Hand aus ihrer Armbeuge. »Ich habe nie jemanden angezeigt, aber denken kann ich, was ich will.«

Schweigend und unsicheren Schrittes setzten die Frauen ihren Weg fort.

»Lass uns nicht streiten«, bat Erika.

»Schon gut.«

»Das nächste Mal reicht ein Eierlikör. Hoffentlich habe ich keine Fahne, was soll Werner von uns halten? Hast du ein Pfefferminz für mich, Helga?«

»So was esse ich nicht. Sagt dir Alfred Hitchcock was?«

Erika warf ihrer Freundin einen verständnislosen Blick zu. »Natürlich. Wie kommst du jetzt auf den?«

»Na, wegen der Krimis. Hast du das ›Fenster zum Hof‹ gesehen? Da spielt mein Lieblingsschauspieler James Stewart einen Fotoreporter. Weil er wegen eines

Beinbruchs einige Zeit an den Rollstuhl gefesselt ist und sich langweilt, schaut er häufig aus dem Fenster und beobachtet das Treiben in der Nachbarschaft.«

»Aha, da stellt sich in meinem Kopf eine Verbindung her. Daher deine Angewohnheit, dich mit den Gewohnheiten deiner Nachbarn zu beschäftigen, stimmt's?«

»Nun, er kommt dadurch einem Mörder auf die Schliche. Stell dir vor, er hätte nicht aus dem Fenster geschaut«, erklärte Helga.

»Im Film ist alles möglich. In der Realität nicht. Die Sache mit Blanka Zmigrod wird zum Glück eine Ausnahme bleiben, wenn auch eine schreckliche. Ist dir der Mann bekannt, der den Mord beobachtet hat?«

»Du meinst, im Film? Natürlich!«

»Nein, ich spreche von dem Mann, der den Mord an Frau Zmigrod beobachtet hat. Er soll auch im Westend gewohnt haben.«

»Ich kenne ihn nicht. Ja, er soll ganz in der Nähe wohnen. Ich las in den Nachrichten, dass er den Kettenhofweg seitdem nie wieder betreten hat.«

»Kann ich gut verstehen, würde ich auch nicht tun. Der arme Mann ist bestimmt traumatisiert. Aber jetzt frage ich dich: Sagt dir der Film Falling Down etwas? Das ist nicht so eine alte Kamelle. Da spielt Michael Douglas einen Psychopathen. Der macht das richtig gut. Der Film hat mir schlaflose Nächte beschert. Obwohl Douglas wie ein völlig harmloser Familienvater daherkommt, schlummert in ihm ein eiskalter Mörder. Also in dem Typen, den er verkörpert. Dass mir da keine Missverständnisse aufkommen. Ich bin nicht so ein Krimifan. Aber der Film hat mich nachhaltig beeindruckt.

So wie ›Das Schweigen der Lämmer‹. Erinnerst du dich, Helga?«

»Klar. Ich habe danach tagelang unters Bett geguckt, bevor ich schlafen gegangen bin, nachdem ich den gesehen hab. Ohne Heinz hätte ich den Film nie geschaut. So was Gruseliges kann man sich kaum ausdenken.«

Die Damen spazierten von der Bockenheimer Landstraße in den Kettenhofweg.

»Also, ich finde diese alten Filme schöner als die modernen. Die haben eine viel bessere Dramaturgie. Dieser ganze neumodische Kram, ich weiß nicht. Nichts ist mehr so, wie es mal war. Hätte jedenfalls Jeff nicht aus dem Fenster geguckt …«

»Wer ist Jeff?«

»Na, du weißt schon, der aus dem ›Fenster zum Hof‹. Ich rede von L. B. Jeffries. Das war der Fotograf im Rollstuhl.«

»Ich denke, es war James Stewart!« Erika war völlig verwirrt.

»Schon, er hieß im Film Jeff.« Helga blieb abrupt stehen und deutete auf die andere Straßenseite. »Siehst du die junge Frau dort drüben? Und guck nicht so auffällig hin.«

»Du meinst, die mit den hohen Stiefeln, dem Minirock und der Felljacke?«

»Ja, starr nicht so, Erika, bitte. Man schaut diskret.«

»Warum willst du wissen, ob ich sie sehe, wenn ich nicht hinschauen darf? Der kannst du bis sonst wohin gucken. Die holt sich doch bei dem Wetter eine Blasenentzündung. Meine Güte. Wieso fragst du?«

»Weil die bei den Bartos wohnt.«

»Ach so, eins von den jungen Dingern, von denen wir vorhin redeten?«

»Ganz genau.«

»Und in den Klamotten will die putzen? Nee. Die haben ein paar junge Mädchen adoptiert, das wäre noch eine Erklärung.«

»Möglich, ich würde dem Früchtchen was erzählen, so herumzulaufen. Die arme Frau Bartos. Aber ich denke nicht, dass es Adoptivtöchter sind. Ich hörte mal, wie Frau Bartos zu einer Kundin sagte, dass sie keine Kinder habe. Das würde man anders ausdrücken, wenn man welche adoptiert hat, oder?«

»Das verstehe ich jetzt nicht.«

»Ich meine, dann würde sie wenigstens von ihren Adoptivkindern sprechen. Dennoch, dass sie so etwas zulässt! Das muss man wahrscheinlich heute bei den jungen Dingern aushalten. Ich sagte ja, dass nichts ist wie früher. Meine Mutter hätte mir für diese freizügige Kleidung drei Wochen Ausgehverbot erteilt und mich als ›leichtes Mädchen‹ bezeichnet.«

»Ach Helga, du bist ein Jahr nach dem Ersten Weltkrieg geboren. Da konnte man sich derartige Freizügigkeit nicht mal vorstellen.«

Helga blieb stehen und sah ihre Freundin entrüstet an. »Wieso sagst du, ich? Du und ich sind gleichaltrig!«

»Nein, Helga, ich bin 1921 geboren.«

»Ach, die zwei Jahre machen's auch nicht aus. Je älter man wird, desto weniger spielt ein geringfügiger Altersunterschied eine Rolle. Ich bin jedenfalls froh darüber, dass ich keine Kinder habe. Ich würde meiner Tochter so eine Kleidung auch heute noch verbieten.«

»Uns waren Kinder ja auch nicht vergönnt. Geschadet hat es uns nicht. Ich habe gelesen, dass Paare ohne Kinder länger gesund bleiben. Ich kann's mir vorstellen. Man ärgert sich weniger. Wenn ich diese junge Frau sehe, bin ich wirklich froh drum.«

»Begreifst du nun, was ich damit sagen möchte, wenn ich von dem Nachbarn Lehmann spreche?«

»Ach, du glaubst, er ist ein Spanner?«

Helga antwortete nicht, da Karlchen abrupt stehen blieb, um sein Geschäft zu verrichten.

Erika verzog das Gesicht. »Ach je, muss das sein? Mitten auf der Straße!«

»Er macht doch an den Rand. Und wenn er muss, dann muss er. Andere Leute lassen das liegen, das ist wirklich ungehörig. Das würde ich nicht tun. Ich habe für solche Fälle immer eine Brottüte dabei.« Helga öffnete ihre Handtasche und schaute hinein. »Nur heute leider nicht, schade.«

»Eine Brottüte, um das Zeug wegzunehmen? In der Schweiz gibt es Kotboxen mit Plastiktüten.«

»Willst du mich verulken, Erika?«

»Natürlich nicht. Sehen aus wie Briefkästen. Man zieht eine Tüte aus einem Schlitz, packt die Exkremente ein und wirft sie in den Auffangbehälter. Als wir kürzlich in Zürich waren, sah ich die Kästen mit eigenen Augen. Die Schweiz ist nun mal ein vorbildlich sauberes Land. Ich hoffe, die Deutschen nehmen sich ein Beispiel daran. Wie oft bin ich schon in so eine ekelhafte Bescherung getreten. Das muss doch nicht sein.«

»Du hast recht, auch wenn es Glück bringen soll. Hast du mal ein Taschentuch für mich?«

Erika suchte eins in der Handtasche und gab es Helga. »Ich kann gar nicht hinschauen.«

Helga trug das Taschentuch samt Inhalt zum nächsten Papierkorb. »Komm, lass uns zu mir gehen. Ich koch uns einen Kaffee, damit wir wieder klar werden.«

Erika schüttelte den Kopf. »Ich nehme die U-Bahn an der Bockenheimer Warte bis zur Berger Straße. Von dort ist es nicht weit bis zu unserer Wohnung in der Arnsburger.«

»Kommst du gut mit deiner Nachbarschaft aus? Du erzählst nie davon.«

»Es ist anders als hier, Helga. Zu viele Nachbarn rundherum. Da wohnt man eher anonym. Ich interessiere mich außerdem nicht für sie.«

Als Helga den Mantel in ihrer Wohnung an die Garderobe gehängt hatte und in ihre Hausschuhe geschlüpft war, ging sie ins Wohnzimmer. Sie sah sich kritisch darin um. Das Zimmer war angefüllt mit den unterschiedlichsten Möbelstücken, die nach Ansicht ihrer Nichte nicht recht zusammenpassten. Da waren der barocke Sekretär mit dazugehörigem Lehnstuhl und das Biedermeiersofa. An der Wand hing eine Nachbildung des »Röhrenden Hirschen auf Lichtung ins Tal« des Malers Pietschmann. Neben dem Sofa stand Helgas geliebter Biedermeier-Ohrensessel, ein Bauernschrank und ein Esstisch aus der Gründerzeit mit dazu passenden Stühlen rundeten das Bild ab. Egal, was andere fanden, Heinz und Helga hatte die bunte Möbelauswahl gefallen.

Sie trat ans Fenster. Draußen war es windig geworden. Nicht das beste Wetter für einen Konzertbesuch. Am liebsten hätte sie es sich zu Hause gemütlich gemacht. Doch sie hatte ihrer Nichte ein Treffen am Wochenende versprochen. Sie nahm das Telefon aus der Halterung und wählte pflichtbewusst die Telefonnummer von Monika. Die meldete sich jedoch nicht. »Das arme Mädchen wird vermutlich im Krankenhaus stecken. Was soll's, dann lade ich sie ein anderes Mal ein.«

Helga setzte sich in den Ohrensessel, hüllte ihre Beine in eine Wolldecke ein und dachte über den Nachmittag mit Erika nach. Sie hatte ein bisschen zu viel von sich geredet, aber schließlich handelte es sich um den Todestag ihres Mannes. Da durfte und musste man sich mal was von der Seele reden. Außerdem hatten sie von Isolde gesprochen. Eine gute Gelegenheit, ihr einen Brief zu schreiben. Helga stand auf, ging zum Schreibtisch, setzte sich, öffnete die oberste Schublade und holte das teure Briefpapier aus Frau Bartos' Schreibwarenladen hervor. Dann nahm sie den schwarzen Montblanc-Füller aus der schwarzen Schatulle und schrieb schwungvoll »23. Januar 1994« in die obere rechte Ecke des Briefbogens.

»Liebste Isolde,

es ist an der Zeit, dass ich Dir schreibe. Heute war ich mit meiner Freundin Erika im Mövenpick. Du kennst Erika und erinnerst du dich noch an das schöne Café? Es steht direkt gegenüber von der Alten Oper. Als du uns damals besucht hast, haben wir dort gemeinsam Kaffee getrunken. Nur du und ich, Heinz hatte keine Lust mitzukommen, und dein Mann ist ja leider schon vor meinem gegangen. Gott hab ihn selig. Heinz war ein Süßer, falls Du Dich erinnerst. Ich meine das auf seinen Zuckerkonsum bezogen. Ein kleiner Scherz kann nie schaden, nicht wahr? Er liebte den Frankfurter Kranz, und wenn er keine Lust darauf hatte, habe ich mich beinah um ihn gesorgt. Zum Schluss hatte er ein entsprechendes Bäuchlein vorzuweisen. Das ist aber nicht der Grund, weshalb ich dir schreibe. Wenn Du mich fragst, so denke ich, dass Du mich bald wieder besuchen solltest. Wir müssen uns unbedingt über die alten Zeiten unterhalten, bevor es unser Gedächtnis nicht mehr zulässt. Ich lade Dich hiermit also herzlich zu mir ein. Du weißt, für mich ist es umgekehrt nicht so leicht zu kommen, da ich Karlchen nicht gerne weggebe. Er ist alt und fühlt sich in fremder Umgebung einfach nicht wohl. Natürlich weiß ich, dass Du Dich um Deine Enkelkinder kümmerst, deshalb überlasse ich Dir den Zeitpunkt für Deinen Besuch. Denn wie Du mir in Deinem letzten Brief mitteiltest, möchtest Du doch gerne zwischendurch mal raus aus Cuxhaven. Wir könnten etwas unternehmen, was hältst Du davon? Lass uns nicht warten, bis wir zu unbeweglich geworden sind. Im Moment ist es noch ein wenig zu kalt. Aber im Frühling ist es in Frankfurt sehr schön. Und Du magst doch den Palmengarten so gern. Natürlich können wir auch einen Ausflug in den Taunus unternehmen. Plane ruhig etwas Zeit ein. Du kannst bleiben, solange Du möchtest. In der Hoffnung auf ein baldiges Wiedersehen verbleibe ich mit herzlichen Grüßen,

Deine Helga«

Sie las sich den Brief noch mal durch und pustete über die Zeilen. Sie mochte ihre saubere und akkurate Handschrift. Aber diesen Brief hatte sie nicht geschrieben, um sich an der eigenen Schrift zu ergötzen, sondern weil sie Sehnsucht nach Isolde hatte. Außerdem sahen vier Augen mehr als zwei, und sie hatte vor, Isolde in alles einzuweihen, was sie herausfinden wollte. Sie erhob sich, stellte sich ans Fenster und spähte auf die Straße. Und tatsächlich, wie aufs Stichwort, stand Lehmann vor dem weißen Citroën. Was machte er da? Sie drückte ihre Stirn an die Scheibe. Da drehte Lehmann sich unerwartet um und sah zu ihr auf. Erschrocken wich sie zurück und hätte um ein Haar den Blumentopf vom Fensterbrett geworfen. Verdammt. Ihr Herz klopfte. Hatte er sie bemerkt? Es dämmerte bereits, und im Wohnzimmer war bloß die kleine Schreibtischlampe eingeschaltet. Draußen brannten bereits die Straßenlaternen. Vielleicht hatte er gar nicht zu ihr hochgesehen, sondern nur in den Abendhimmel. Mit angehaltenem Atem wagte sie einen zweiten Blick. Dabei tat sie so, als betrachte sie intensiv die Blätter ihrer Zimmerpflanze. Lehmann war weg. Sie öffnete das Fenster und ließ den Blick die Straße rauf- und runterschweifen. In diesem Moment läutete es an der Tür. Helga hielt den Atem an. Das war der Mann, garantiert! Mein Gott, was sollte sie tun? Karlchen spitzte die Ohren und lief in den Flur, bellte aber zum Glück nicht. »Kommst du her«, zischte Helga. Wieder klingelte es. War das etwa ihrer Fantasie entsprungen, wie ihr Erika unterstellte? »Geh weg, ich öffne nicht, geh weg«, flüsterte sie. Sie fragte sich, weshalb Herr Lehmann sie aufsuchen sollte. War es etwa verboten, aus dem Fenster zu schauen? Und wer sagte ihr überhaupt, dass ausgerechnet Lehmann vor der Tür war? Ihr war flau im Magen. Wahrscheinlich war es bloß eine Nachbarin, die sie um Eier bitten wollte, oder ein Kind, das ihr einen Streich spielen wollte. Das war schon mehrfach vorgekommen. Schellenkloppen nannten es die Kinder. Sie beschloss, sich trotzdem nicht zu rühren. Auf Zehenspitzen schlich sie zu ihrem Ohrensessel und setzte sich, bevor ihr die weichen Knie den Dienst versagten. Karlchen war zurückgekehrt und legte sich laut grunzend zu ihren Füßen ab.

2
SONNTAG, 30. JANUAR 1994

Pünktlich um 7:30 Uhr klingelte Helgas Wecker. Was für eine Nacht, zwischen Angst und Albträumen. Sie stöhnte und rieb sich die Augen. Sie hatte so gut wie gar nicht geschlafen. Nicht nur wegen des starken Sturms, sondern auch wegen ihrer Furcht vor Herrn Lehmann. In ihrer Altbauwohnung hatte es die Nacht über geächzt und geknarzt, als würde jemand über das alte Parkett gehen. Mehrfach hatte sie Karlchen angeleint und ihn durch die Wohnung zur Eingangstür gezerrt, um sich davon zu überzeugen, dass sie allein waren. Einmal hatte es sich angehört, als sei die Wohnungstür aus den Angeln gerissen worden. Sie war drauf und dran gewesen, die Polizei zu verständigen. Aber nachdem sie die geschlossene Vorhängekette überprüft hatte, war sie einigermaßen beruhigt zurück ins Bett gegangen. In diesen Momenten vermisste sie Heinz besonders. Was würde er ihr raten, wie sie sich verhalten sollte, wenn sie diesen Lehmann auf der Straße traf? Heinz hätte gesagt: »Was ist dabei? Wechsele die Straßenseite«. Oh ja. Genau das wären seine Worte gewesen. Das Grübeln führte zu nichts. Sie sollte sich ablenken und nicht in Hirngespinste hineinsteigern. Gleich heute Morgen würde sie den Brief an Isolde abschicken. Wie sehr sie sich erhoffte, dass die Freundin ihrer Einladung folgte.

Sie brauchte Zerstreuung. Ihre Nerven waren angeschlagen. Wäre Karlchen nicht bei ihr gewesen, sie hätte wahrscheinlich einen Herzanfall erlitten. Aber wenn es zu einem Einbruch gekommen wäre, hätte er angeschlagen. So wie Struppi von den Bartos, der bellte auch hin und wieder, wenn Besuch kam.

Gegen Mitternacht hatte sie mehrere Male Martinshörner gehört. Gewiss hatte der Sturm schwere Schäden hinterlassen. Hoffentlich waren keine Menschen verletzt worden. Der Kettenhofweg schien den Sturm unbeschadet überstanden zu haben. Ein paarmal hatte Helga aus dem Fenster geschaut. Die Bartos von gegenüber hatten mitten in der Nacht Besuch gehabt. Mehrere Herren hatten die Villa verlassen. Einer war in ein wartendes Taxi gestiegen, zwei andere in eine unweit des Hauses parkende Nobelkarosse. Helga kannte sich mit diesen Schlitten nicht aus, vermutete aber, dass es sich um ein sehr kostspieliges Auto gehandelt hatte. Es war jedenfalls eines gewesen, das man nicht oft zu sehen bekam. Herr Bartos schien ohnehin stets mit gutsituierten Menschen zu verkehren.

Unwillkürlich dachte Helga an alte Zeiten, als Heinz und sie noch spät Besuch gehabt hatten. Es waren oftmals Spieleabende gewesen. Sie lagen so weit zurück, dass sich Helga kaum noch entsinnen konnte. Sie war alt geworden. Nur an ein Ereignis erinnerte sie sich sehr genau. Erika und Werner, ihre jetzige Brieffreundin Isolde aus Cuxhaven mit ihrem inzwischen verstorbenen Mann Eberhard und ihre Nichte Monika mit ihrem damaligen Freund waren zu Besuch gekommen. Es musste in der Adventszeit gewesen sein, denn die Wohnung war weihnachtlich geschmückt. Jetzt fiel es ihr ein. Es war der Nikolausabend gewesen. Monikas Freund hatte einen riesigen Schokoladennikolaus mitgebracht. Wie hieß er doch gleich, der Freund? Helga wusste es nicht mehr. Wahrscheinlich, weil sie ihn von Anfang an nicht gemocht hatte. Heinz sagte oft, sie ginge zu streng mit Monikas Freunden ins Gericht. Das war falsch, aber typisch für Heinz. Er hatte behauptet, Helga vereinnahme Monika zu sehr. Sie fühlte sich verantwortlich für die Nichte. Denn ihre Schwester, Monikas Mutter, war alleinerziehend gewesen und hatte lange, bevor sie gestorben war, die Tochter nicht mehr umsorgen können, da sie schwer erkrankt war. Auf dem Totenbett hatte Helga ihr versprechen müssen, sich um Monika zu kümmern, als sei sie ihr eigenes Kind. Und das tat sie, allein schon, weil ihr außer der Nichte keine Verwandtschaft geblieben war. Heute tröstete Monika sie über den Verlust von Heinz hinweg. »Ach Heinz, warum musstest du vor mir gehen? Ich habe doch solche Angst vorm Alleinsein und vor Sturm. Er scheint sich aber zum Glück gelegt zu haben. Hoffentlich schneit's nicht auch noch zu allem Überfluss.«

Sie schlüpfte in ihre Hausschuhe und schlurfte ins Wohnzimmer. Pünktlich um 8 Uhr würde sie wie jeden Tag ihre Morgenrunde mit dem Dackel drehen. Er brauchte seinen Rhythmus, genau wie sie. Ein Leben ohne feste Gewohnheiten war in ihren Augen ein Lotterleben. Karlchen schlief noch in seinem Körbchen und schnarchte süß. Sie zog die Vorhänge beiseite und schaute aus dem Fenster. Gegenüber schien alles in tiefem Schlaf zu liegen, jedenfalls waren die Rollläden verschlossen. Vorm Haus stand Bartos' weißer Citroën. Die einzige Marke, die sie kannte, aber nur, weil sie ganz genau draufgeschaut hatte. Irgendwie beruhigte es sie, wenn das Auto dastand, denn dann war Herr Bartos zu Hause. Ihr war immer wohl, wenn alle Nachbarn da waren. Oft sah sie das Auto allerdings tagelang nicht. Dann parkte er vermutlich in seiner Garage.

Wenn sie Bartos das nächste Mal sah, wollte sie ihn unbedingt auf Herrn Lehmann ansprechen. Herr Bartos musste erfahren, dass der Kerl herumspionierte. Außerdem würde sie die Gelegenheit nutzen, ihn diskret nach dem leicht bekleideten Mädchen zu fragen. Sie wollte, dass er wusste, dass manch älterer Mensch, sie selbst natürlich ausgeschlossen, daran Anstoß nehmen könnte. Das war gewiss nicht in seinem Sinne. Er war ein Gentleman durch und durch. Und der Kettenhofweg eine elegante Straße. Es wäre nicht in seinem Sinn, wenn er und seine Frau einen schlechten Ruf bekämen.

»Genug«, sagte sie sich. »Karlchen, Frauchen geht ins Bad, dann ziehen wir uns was Warmes an und gehen Gassi. Vielleicht ergibt sich schon heute rein zufällig ein klärendes Gespräch.«

Karlchen schien das nicht zu interessieren. Er streckte sich, stellte sich wacklig auf die krummen Dackelbeine, drehte sich in seinem Körbchen mehrmals um die eigene Achse und suchte sich eine bequeme Schlafposition. Er hatte es nicht eilig.

Exakt eine halbe Stunde später streifte Helga dem Hund einen Wollpullover über, der farblich exakt zu ihrem Wintermantel passte. Sonntags bevorzugte sie diesen eleganteren blauen Wintermantel und natürlich den darauf abgestimmten selbst gestrickten Wollpullover für den Hund. Sie konnte es nicht ausstehen, wenn sich Farben bissen. In letzter Zeit hatte sie das Stricken vernachlässigt. Karlchen würde Türkis sehr gut kleiden. Vielleicht fände sie irgendwann Zeit dazu, ihm ein neues Mäntelchen zu stricken.

Karlchen hasste die Anziehprozedur und wehrte sich mit allen vier Pfoten dagegen.

Auf dem Außenthermometer an ihrem Küchenfenster hatte sie zwei Grad abgelesen, und es schneite ein wenig. Der Schnee würde nicht liegen bleiben, denn für heute waren knapp vier Grad angesagt. Ein typischer Frankfurter Wintertag. Als sie wenige Minuten später die Senckenberganlage erreichten, zog sich Helga ihre blaue Wollmütze tiefer ins Gesicht, denn ein eisiger Windstoß hatte sie erfasst und beinahe umgeworfen. Ein paar kräftige Ausläufer der Nacht.

»Guten Morgen«, sagte eine jüngere Dame, die einen Golden Retriever an der Leine führte. »Scheußliches Wetter, nicht wahr? Mein Buddy hat wegen des Sturms die halbe Nacht gewinselt. Darf er mal an Ihrem Hund schnüffeln?«

Widerwillig nickte Helga. Sie mochte es nicht besonders, wenn große langhaarige Hunde ihr und Karlchen zu nahe kamen. Denn jedes Mal war Karlchens Wollpullover danach voller Hundehaare. Und helle Haare zeichneten sich stark auf der dunklen Wolle ab und ließen sich schwer entfernen. Deshalb sagte sie gleich darauf: »So, nun ist genug geschnüffelt. Mein Hund muss noch sein Geschäft erledigen, auf Wiedersehen.« Sie zog den Dackel unsanft hinter sich her und blickte sich um. Niemand, den sie kannte, war in Reichweite. Dabei hätte sie sich gern mit Bekannten über den schaurigen Sturm ausgetauscht. Es war, als läge halb Frankfurt noch immer im komatösen Tiefschlaf. Sie wollte später unbedingt mit Erika telefonieren, um ihr unter anderem von dem erschreckenden Erlebnis mit Lehmann zu berichten. Dann würde die Freundin endlich verstehen, dass Helga zu Recht in Sorge war. Doch zunächst würde sie sich bei Rosa am Westendplatz ihre Tageszeitung besorgen. Sie sah auf ihre Armbanduhr, zwölf Minuten vor neun. Der Kiosk öffnete sonntags um neun. Sie würde ohnehin etwa eine Viertelstunde dorthin brauchen. Da es aufgehört hatte zu schneien und die Straßen trocken waren, machte sie sich mit Karlchen gemächlichen Schrittes auf den Weg.

*

»Die Helga ist da«, flötete Rosa und reichte ihr über die Theke beide Hände. »Schön, dich zu sehen, meine Liebe. Wie geht es dir? Hast du den Sturm heute Nacht unbeschadet überstanden?«

»Ach Gott, ich sage dir, Rosa, wenn man wie ich allein lebt, macht einem so was gehörig zu schaffen.«

»Nicht nur dann, mein Bruno hat heute Nacht die Feuerwehr gerufen, weil in der Nachbarschaft ein Baum umgestürzt ist. Das war ein Schreck, kann ich dir sagen. Was das für ein gruseliges Geräusch ist, wenn so ein Baum umfällt. Knirschen, knacken und dann so ein lautes Bumm.«

»Was war's denn für einer?«

»Ich kenne mich mit Bäumen nicht aus, jedenfalls ein riesiger. Gott sei Dank kam niemand zu Schaden. Na ja, es war nach Mitternacht, da ist zum Glück ohnehin nicht mehr viel los auf der Gasse.«

»Stimmt, ich habe auch ständig Martinshörner gehört. Da dachte man, die Welt geht unter.«

»Helga, die hatten letzte Nacht 120 Einsätze. Der Wind hatte bis zu 142 Stundenkilometer drauf, ich kam mir vor wie am Meer.«

»142 Kilometer? Woher weißt du das?«

»Woher wohl? Aus der Zeitung, meine Liebe, oder was denkst du, verkaufe ich hier?«

»Ach, Rosa, ich bin schon ganz wirr.«

Rosa zog eine Ausgabe der Bild-Zeitung hervor. »Da steht es drin. Ich hab's auch mit der Angst zu tun bekommen. Zum Glück ist der Kiosk nicht beschädigt worden. Sonst hätte ich meinen Arbeitsplatz verloren, überleg dir das mal!«

»Das möchte ich mir gar nicht ausmalen. Was wäre das Westend ohne dich? Was gibt's denn Neues im Viertel, seit ich letztes Mal hier war?«

Rosa überlegte nicht lange und grinste, beugte sich vor und hielt die Hand verstohlen vor den Mund. »Die Frau Gärtner aus der Schumannstraße, die kennst du doch, die soll einen Geliebten haben.«

»Frau Gärtner? Sagt mir nichts«, entgegnete Helga.

»Aber klar, die gibt sich oft schon mittags die Kante. Hat immer 'nen Flachmann dabei. Ich habe sie dir kürzlich gezeigt. Das ist die Frau, die Sommer wie Winter mit Strickmützchen unterwegs ist. Sieht ziemlich versoffen aus. Man fragt sich, wer so was attraktiv findet.«

»Ach, natürlich, jetzt weiß ich, wen du meinst. Die ist doch bestimmt schon 60. Die soll einen Liebhaber haben?« Helga dachte schuldbewusst an ihr Treffen mit Erika vor einer Woche und den Eierlikör, der seine Wirkung gezeigt hatte. Hoffentlich waren sie nicht beobachtet worden, als sie zurückgegangen waren, sonst würden am Kiosk bald Geschichten von ihnen beiden kursieren.

»Die ist locker Ende 60. Aber sagt ihr in Deutschland nicht, je oller und doller? Ich spreche zwar recht gut Deutsch, aber bei mir zu Hause in Italien gibt es das Sprichwort nicht.«

»Je oller, je doller, heißt das. Aber woher weißt du das mit dem Liebhaber denn so genau?«

»Na, ist doch klar, ich habe sie häufig in männlicher Begleitung gesehen, immer derselbe Kerl, sogar hier am Kiosk. Na, die hat den Mann vielleicht angehimmelt. Ich fress' einen Mopp, wenn das nur ein Bekannter ist.«

»Du meinst einen Besen.« Helga räusperte sich. »Rosa, ich möchte dich etwas fragen: Sagt dir der Name Lehmann aus dem Kettenhofweg etwas, ein älterer Herr?«

Rosa zog die Brauen zusammen und dachte nach. »Moment«, sagte sie, »ich bediene nur schnell die Dame da vorn.«

Die Frau bedankte sich und bezahlte eine Frankfurter Allgemeine, dann blickte sie Helga an. »Entschuldigen Sie, wenn ich mich einmische, aber ich habe Sie schon öfter gesehen. Ich wohne nicht weit entfernt von Ihnen und sehe Sie oft mit dem niedlichen Hündchen spazieren gehen. Ich bin Frau Meier.«

Helga nickte und betrachtete die etwa 40-jährige Frau, die in einen dicken Lammfellmantel gehüllt fröstelnd vor ihr stand.

»Mein Name ist Lindemeyer«, sagte Helga und reichte Frau Meier die Hand. »Wohnen Sie schon länger im Viertel?«

»Oh ja, seit Jahren. Ich bewohne die Etage über Herrn Lehmann. Von dem redeten Sie doch gerade, nicht?«

Helga nickte, sie hatte wohl wieder einmal zu laut gesprochen.

»Er ist ein netter Herr, nicht wahr? Sehr hilfsbereit. Kennen Sie ihn näher?«

»Nein, ich begegne ihm nur hin und wieder und er … er ist immer so höflich, zieht seinen Hut und so. D… das ist schon alles«, stotterte Helga. »Man muss sich doch grüßen, wenn man in ein und derselben Straße wohnt.«

»Ja, er ist ein sehr ruhiger, aber aufmerksamer Nachbar. So einen kann man sich nur wünschen. Ich weiß nicht, wie oft er für mich schon Pakete entgegengenommen hat. Wirklich reizend. Er lebt allein in der riesigen Wohnung, meine ist nur halb so groß. Aber was rede ich, das geht mich nichts an.«

»W… wissen Sie, ob er sich für Immobilien interessiert?«

»Das kann ich mir nicht vorstellen, Frau … Lindemeyer, sagten Sie, nicht? Wollen Sie ihm eine Wohnung anbieten?«

»Nein, oh nein, wirklich nicht. Ich dachte nur. Ich weiß auch nicht, weshalb ich danach fragte.«

»Schon gut. Ich wünsche allerseits ein schönes

Wochenende.« Frau Meier nickte Rosa und Helga zum Abschied zu.

»Warum hast du nach dem Mann gefragt?«, wollte Rosa wissen, als sie wieder allein waren.

»Ach, ähm, nur so. Weil ich ihn gerade gestern sah und … Peinlich, dass die Frau unser Gespräch mitbekommen hat …«

»Und?«

»Nichts. Kennst du ihn?«

»Ich glaube nicht. Wahrscheinlich hat er seine Zeitung abonniert, dann braucht er nicht herzukommen. Darf Karlchen jetzt sein Leckerli haben?« Sie griff in eine gläserne Bonbonniere und holte ein Leckerli für den Hund hervor.

»Ich dachte, da bewahrst du Süßigkeiten für Kinder auf?«

»Wegen Karlchen und Co. habe ich jetzt zwei: eine für Gummibärchen und eine für feine Leckerlis. Na, komm her, Karlchen.« Sie lehnte sich weit aus dem Kioskfenster und hielt es dem Dackel vor die Nase. Der wedelte begeistert mit dem Schwanz und schnappte sich das Leckerli.

»Nachher kommt der Herr Bartos bestimmt auch noch mit Struppi vorbei. Der will auch immer eins.«

»Kauft Herr Bartos seine Zeitung hier oft?«

»Ganz unterschiedlich, aber er kommt nie so früh wie du.«

»Und Frau Bartos?«

Rosa schüttelte den Kopf. »Die kümmert sich um ihre Geschäfte.«

»Geschäfte?«

»Na, um den Blumen- und den Schreibwarenladen.«

»Sie hat auch einen Blumenladen?«

Rosa nickte.

»Das ist mir neu.«

»Ich höre hier viel. Das weißt du.«

»Wo soll der Blumenladen denn sein?«

»Ist mir nicht bekannt. Aber es gibt Damen, die bei ihr kaufen.«

»Also, das kann ich mir beim besten Willen nicht vorstellen. Die hat mit dem Schreibwarenladen schon genug zu tun. Und das große Haus macht auch viel Arbeit.«

»Die Bartos liebt halt Geld. Das erkennt man an ihren Designer-Klamotten. Die hat immer das Neuste. Ich finde, die beiden passen als Ehepaar gar nicht richtig zusammen. Ich glaube, das ist mehr so eine Zwangsgemeinschaft.«

Helga war verwirrt. »Zwang? Du meinst eine Zweckgemeinschaft, oder? Wieso denkst du das?«

Rosa flüsterte: »Ich habe das Gefühl, dass die Frau lesbisch ist.«

Helga sperrte den Mund auf. »Jetzt gehst du wirklich zu weit. Nein, Rosa, das kann ich mir beim besten Willen nicht vorstellen. Ich weiß gar nicht, weshalb du an so etwas denkst. Sie ist glücklich verheiratet.«

»Da bin ich nicht sicher. Ich habe dafür ein Gespür.«

*

Helga eilte nach Hause, bereitete Karlchen sein Futter zu, nahm das Telefon zur Hand und wählte die Nummer ihrer Freundin Erika.

»Bergmann?«

»Morgen, Werner, hier ist Helga. Ist Erika da?«

»Schön, dass du anrufst, Helga, lange nicht mehr mit dir gesprochen. Wie geht es dir? Ihr wart zuletzt gut in Fahrt, wie ich bemerkte, als Erika zurückkam. Ihr habt offensichtlich einen heiteren Nachmittag verlebt.«

»Na ja, heiter kann man nicht unbedingt sagen, wir hatten uns viel zu erzählen, und es gab etwas Eierlikör. Gefeiert haben wir nicht. Wir sprachen viel über die Vergangenheit und über Heinz. Ich war ein wenig melancholisch, muss ich zugeben. Ich vermisse ihn noch immer sehr. Normalerweise führen wir angenehmere Gespräche. Hat sie von unserer Unterhaltung gesprochen?«

»Nein, was ihr euch zu sagen habt, brauche ich nicht zu wissen.«

»Stimmt, Frauengespräche. Könntest du bitte Erika ans Telefon holen?«

»Leider nicht. Sie ist zum Grab ihrer Eltern gefahren. Sie hat Angst, dass die Blumentöpfe heute Nacht umgestürzt sind. Ich verstehe nicht, warum sie so oft hingeht. Wir sind doch selbst schon alt und werden bald genug Zeit auf dem Friedhof verbringen. Ich wollte ihr das ausreden, aber du weißt doch, wenn sie sich was vornimmt, dann tut sie's auch. Du kennst sie ja. Soll sie zurückrufen?«

»Wann erwartest du sie denn?«

»Das kann ich dir nicht sagen. Ist davon abhängig, wen sie dort zufällig trifft. Ich werde ihr jedenfalls ausrichten, dass du dich gemeldet hast. Lass dich doch mal wieder bei uns blicken.«

»Das werde ich bei Gelegenheit tun, wenn das Wetter besser ist. Im Moment bin ich froh, wenn ich meine Runden mit Karlchen gedreht habe und mich zu Hause aufwärmen kann. Die letzte Nacht hatte es in sich. Was macht deine Gesundheit?«

»Bis auf die üblichen Wehwehchen alter Leute bin ich zufrieden.«

»Das soll so bleiben. Alles Gute und bis bald, Werner.« Sie legte den Hörer auf die Station im Wohnzimmer, ging in die Küche, stellte die Kaffeemaschine an und belegte sich ein Brötchen, das vom Wochenende übrig geblieben war. Dann nahm sie die Bild-Zeitung zur Hand.

Auf dem Deckblatt stand: »Orkan macht Deutschland platt«. Im Schwarzwald gab es zwei Tote, Autos waren durch die Luft geflogen und Schiffe sanken. Helga schüttelte den Kopf. Mehr an Informationen wollte und konnte sie augenblicklich nicht verkraften. »Nur negative Schlagzeilen.« Sie faltete die Zeitung zusammen, schob sie zur Seite, aß, trank eine Tasse Kaffee und hoffte auf Erikas Anruf.

Das Telefon klingelte wie auf Kommando. Helga sprang auf. Vor lauter Hektik wäre sie beinahe über Karlchen gestolpert und stieß dabei seinen Wassernapf um. Ein See ergoss sich in die Küche. »Mist«, schimpfte sie, eilte ins Wohnzimmer und klaubte das Telefon von der Ladestation. »Erika?«, rief sie atemlos.

»Guten Morgen, Tante Helga, alles in Ordnung? Du klingst so aufgelöst.«

»Ach, du bist's, Moni.«

»Ja, tut mir leid, dass ich mich am Samstag nicht

gemeldet habe, aber ich hatte kurzfristig Nachtdienst im Krankenhaus. Deshalb rufe ich erst heute Morgen an.«

Helga ließ sich auf ihr Sofa fallen. »Natürlich, Moni, ist kein Problem. Du Ärmste. Ich hoffe, der Dienst war nicht allzu anstrengend?«

»Leider schon. Wir hatten wegen des Sturms viele Notfälle in der Ambulanz.«

»Krankenschwester ist ein anstrengender Beruf, das glaube ich. Und der Sturm war wirklich heftig, ich habe kein Auge zugemacht und dachte, es würde gar nicht mehr aufhören. Ich las gerade, dass es ganz Deutschland getroffen hat. Schade, ich wollte dich gestern zu den Bamberger Symphonikern einladen. Die spielten in der Jahrhunderthalle.«

»Oh nein, musstest du die Karten verfallen lassen?«

»Nein. Ich wollte sie an der Abendkasse besorgen. Da sind immer welche übrig. Ich wusste ja nicht, ob du Zeit hast, Kind.«

»Glück im Unglück, wir wären auf dem Rückweg in das Unwetter geraten.«

»Das stimmt. Sag mal, hältst du das Vorhängeschloss in meiner Wohnung für stabil?«

»Wie meinst du das?«

»Nun, es sind unruhige Zeiten, und gestern Nacht, als der Sturm wütete, da hörte es sich an, als ob jemand an meiner Tür rüttelte. Da dachte ich, man muss es mal überprüfen.«

»Tante Helga, du hast das normale Schloss und die Sicherheitskette zum Vorhängen. Du brauchst keine Angst zu haben.«

»Wenn was ist, wählt man dann die 110?«

»Eher die 112. Aber warum möchtest du das wissen? Muss ich mir Sorgen machen?«

»Nein, Kind, es war nur eine allgemeine Frage. Keine Sorge. Das war wohl der Sturm, der meine Nerven strapaziert hat.«

»Ruf an, wenn was ist. Versprich mir das. Ich schaue die Tage bei dir vorbei.«

»Jederzeit gerne. Ach, nun sieh dir das an.« Durch das Erkerfenster beobachtete Helga, wie Gabor Bartos, gefolgt von vier jungen Frauen, das Haus verließ. Jede der Frauen trug eine Reisetasche, und Herr Bartos verstaute die Gepäckstücke im Kofferraum seines Citroëns. Ingrid Bartos war aus dem Haus getreten, küsste die Mädchen auf die Wangen und öffnete ihnen die Türen des Autos. »Der arme Mann, warum hilft ihm denn niemand? Er kann sich doch nicht so gut bewegen«, murmelte Helga. Nun beobachtete sie, wie die Frauen bis auf Ingrid Bartos einstiegen, dann fuhr der Wagen davon.

»Ich verstehe kein Wort, wer kann sich nicht bewegen?«, fragte Monika am Telefon.

»Er hat eine Beinprothese. Entschuldige, Monika, ich neige dazu, Selbstgespräche zu führen. Ich sehe gerade meine Nachbarn, die scheinen zu verreisen, und Herr Bartos muss das ganze Gepäck allein im Auto verstauen, obwohl er eine Beinprothese hat. Seine Frau bleibt anscheinend zu Hause. Merkwürdig. Nur ein paar von den jungen Dingern sind eingestiegen.«

»Und das beunruhigt dich?«

»Ach, weißt du, wenn man alt wird, fängt man an, sich um vieles Gedanken zu machen. So, nun entspann dich ein wenig nach dem anstrengenden Wochenenddienst. Wir hören uns bald.«

»Melde dich jederzeit, wenn was ist.«

Nachdem Helga das Telefon auf die Station gelegt hatte, hing sie ihren Gedanken nach. Die Bartos sollte lesbisch sein, sagte Rosa. Sie hat die Mädchen auf die Wangen geküsst, aber war das ein Hinweis darauf? Nun fuhr Bartos allein mit den jungen Frauen fort und ließ seine Frau zurück. Hatte er womöglich seine Frau mit einem der Mädchen erwischt und deshalb mussten sie jetzt gehen? Aber dann hätte die Bartos sie doch nicht zum Abschied so unbeschwert geküsst. Helga stand auf und schob ihren Ohrensessel tief ins Erkerfenster. Von hier hatte sie einen uneingeschränkten Blick auf die Straße. Außerdem konnte man sie von unten nicht sehen. Sie nahm Platz, schaute auf die Straße und traute ihren Augen nicht. Da stand er wieder, der weiße Citroën von Herrn Bartos. Helga schüttelte verwundert den Kopf. »Wie ist das möglich?«, fragte sie sich. »Er ist doch vor Minuten erst weggefahren.«

L. B. Jeffries hatte in »Fenster zum Hof« stets ein Fernglas zur Hand. Wo war doch gleich ihr schönes altes Opernglas? Sie wollte bei Gelegenheit danach suchen, denn nun machte sich die schlaflose Nacht bemerkbar. Helga gähnte und lehnte sich gemütlich zurück, schloss die Augen und schlief augenblicklich ein. Als sie aufwachte, war es draußen bis auf das Licht der Straßenlaternen bereits finster. Sie hatte den Tag verschlafen. Karlchen stupste sie an und winselte.

»Natürlich, du musst raus. Ich komme, alter Junge, es tut mir leid. Ich war erschöpft.« Sie rappelte sich auf.

»Ich hätte wahrscheinlich bis morgen früh durchgeschlafen, wenn du dich nicht gerührt hättest.«

Als Helga und Karlchen den Kettenhofweg hinunterspazierten, fuhr eine Polizeistreife an ihnen vorüber. Helga blickte dem Wagen nach. Auf Höhe ihres Hauses blieb er mitten auf der Straße stehen. Zwei Polizisten stiegen aus und inspizierten die Kennzeichen der Fahrzeuge. Für das weiße Auto von Herrn Bartos schienen sie sich besonders zu interessieren.

»Hast du das gesehen, Karlchen? Ich wusste gar nicht, dass man auf der Straßenseite nicht parken darf. Oder hat Herr Bartos mit den Reifen zu weit auf dem Bordstein gestanden?«

Um 20 Uhr schaltete sie die Tagesschau ein. »Man muss doch wissen, was in der Welt vor sich geht, Karlchen. Auch wenn mir heute gar nicht mehr nach Schlagzeilen zumute ist.«

»Die Verhandlungen scheinen vielversprechend zu sein, denn Arafat und Peres nähern sich an«, vermeldete der Reporter. »Im palästinensischen Autonomiegebiet am Gazastreifen können weiterhin israelische Flüchtlinge wohnen.«

»Na, das klingt doch vernünftig«, meinte Helga. »Gut, dass ich das nicht entscheiden muss. Nicht auszudenken, wenn man in der Politik die falsche Richtung einschlägt.«

Später hieß es, dass Bischof Karl Lehmann einen militärischen Eingriff in Ex-Jugoslawien ablehne. Bundeskanzler Helmut Kohl wandte dagegen ein, dass nicht nur in Ex-Jugoslawien die Gefahr von Bürgerkriegen drohe.

Bischof Lehmann. Musste der ausgerechnet so heißen wie ihr Nachbar? Augenblicklich war es wieder da, das mulmige Bauchgefühl. Sie schaltete den Fernseher aus.

3
DIENSTAG, 4. JANUAR 1994

Heute bekam ich Besuch von einer jungen Frau. Sie heißt Anna, sagte sie, und ist Ungarin. Sie sprach kaum Deutsch und bat mich um Hilfe. »Du Lehrer?«, fragte sie. »Ich Deutsch will sprechen.«

Ich wunderte mich und erklärte ihr, dass ich schon lange nicht mehr unterrichte. Doch sie blieb hartnäckig und sagte, dass sie mich bezahlen wolle. Ich fragte sie, woher sie meine Adresse habe. »Von Freundin«, antwortete sie. Mein Gefühl sagte mir, dass sie mir einen falschen Namen genannt hatte. Es lag an ihrem verschlossenen Gesichtsausdruck. Sie konnte mir nicht in die Augen sehen. Ich fragte mich augenblicklich, ob sie mich ausspionieren wollte wegen damals. Sofort kamen Erinnerungen hoch, die ich so lange Zeit erfolgreich verdrängt hatte. Gab es Ermittlungen und neue Erkenntnisse? Alles an Anna wirkte geheimnisvoll, ihre Gestik, ihre Mimik. Sah so eine verdeckte Ermittlerin aus? Vom Typ her war sie zierlich und hübsch, ungeschminkt, mit dunklen Haaren, einfach angezogen, in sich gekehrt. Englisch oder Französisch sprach sie auch nicht, was uns die Kommunikation erheblich erschwerte. Sie schien mir auf eine sympathische Weise hilflos zu sein. Deshalb schickte ich sie nicht fort. Sie ist Mitte 20. Die Zahl schrieb sie auf einen Zettel und ich glaube ihr, weil ich sie auf ein ähnliches Alter geschätzt habe. Sie ist erst seit Kurzem in Frankfurt und anscheinend zum ersten Mal in Deutschland. Wo sie wohnt, weiß ich nicht genau, vermutlich hier im Westend, denn sie kam zu Fuß. Ich nahm mir vor, es herauszufinden. Was sie arbeitet, erfuhr ich auch nicht. Ich glaube, dass es nötig ist, in diesen Notizen alles über ihre Person festzuhalten, da sie ein Geheimnis zu haben scheint. Schon, um mich selbst abzusichern. Schließlich bin ich ein älterer Mann, der eine junge Frau in seine Wohnung lässt. Ich gab ihr zunächst eine Kinderfibel, sie sollte sie mitnehmen und studieren. Sie wollte sie nicht. Ich fragte sie, womit sie ihr Geld verdiene. Sie zuckte die Achseln, vermutlich verstand sie die Frage nicht. Als sie nach etwa einer Stunde ging, hatte sie ein paar Worte gelernt, ich hingegen Bitte und Danke auf Ungarisch: *kérem* und *köszönöm*. Wann und ob sie wieder herkommen wird, vermag ich nicht zu sagen. Ich werde mir ein Ungarisch-Wörterbuch kaufen. Dann bin ich gewappnet. Ich wollte mich schon immer mal näher mit der Sprache beschäftigen. Sie ist interessant, auch wenn man sie außerhalb Ungarns nicht spricht. Ich möchte demnächst ohnehin nach Budapest reisen. Da kommen mir das Mädchen und seine Sprache gerade recht.

11. Januar: Anna ist wieder dagewesen, ohne Voranmeldung. Sie stand einfach vor meiner Tür, als sei es selbstverständlich. Zum Glück bin ich nachmittags meistens zu Hause. Wenn ich sie richtig verstanden habe, hat sie dann frei. Ich erklärte ihr, dass mir 15 Uhr passt und dass ich mir die Zeit für sie freihalten könne.

Sie solle mir nur sagen, wann sie das nächste Mal käme. Sie antwortete nicht, sondern lächelte nur geheimnisvoll, wie sie es jedes Mal tut.

Ich habe mir ein Wörterbuch gekauft. Ich zeigte es ihr und bat sie, mir ihren Beruf zu nennen, damit ich nachschlagen könne. Sie wollte nicht, legte stattdessen den Zeigefinger auf die Lippen. Wie sie nach Deutschland kam, wollte ich wissen. Sie antwortete: »*magánrepülőgépek*«. Wenn ich meinem Wörterbuch glauben soll, heißt das »Privatflugzeug«. Das erstaunt mich. Sie sieht nicht aus, als könne sie sich den Flug mit einer Privatmaschine leisten. Möglicherweise ist sie illegal eingereist. Das würde ihre vorsichtige Art erklären und käme auch mir glaubhaft vor. Dann arbeitet sie schwarz, nehme ich an. Deswegen die Verschwiegenheit. Ich bemerkte, dass ich ihr keine Fragen stellen durfte, sonst zog sie sich zurück. Sollte ich ihr sprachlich helfen können, nur mit äußerstem Feingefühl. Da es um 16 Uhr bereits dunkel wird, bot ich ihr an, sie nach Hause zu begleiten. Sie machte große, beinah ängstliche Augen und lehnte unmissverständlich ab. Also haben wir uns weiter aufs Lernen konzentriert. Anna ist sprachbegabt und sagte heute ihren ersten zusammenhängenden Satz: »Ich bin Ungarin und ich wohne in Frankfurt.« Auf meine Frage, wann sie das nächste Mal vorbeikommen würde, antwortete sie auch dieses Mal nicht, sondern gab mir 20 Mark. Ich lehnte ab. Denn ich glaube, sie braucht jeden Pfennig. Ich versuchte, ihr stattdessen zu erklären, dass mich ihre Sprache interessiere und ich durch den Unterricht ebenfalls lernen könne. Ich habe dann doch gefragt, wo ihre Eltern leben, denn vielleicht ist sie mit ihnen hier in Deutschland. Sie schüttelte den Kopf und sagte: »*árva*«, was »Waisenkind« heißt. Nun bin ich völlig ratlos, was diese geheimnisvolle Person betrifft.

4
MONTAG, 7. FEBRUAR 1994

In den letzten Wochen war Helga ein wenig zur Ruhe gekommen. Sie hatte mehrere Ausstellungen mit ihrer Nichte besucht und letzten Donnerstag waren sie gemeinsam in der Stadt- und Universitätsbibliothek gewesen. Dort gab es eine, wie die beiden meinten, sehr schöne Ausstellung anlässlich des 100-jährigen Jubiläums zur Uraufführung der Oper »Hänsel und Gretel«. Nämlich über Engelbert Humperdincks Zeit in Frankfurt zwischen 1890 und 1897. Das hatte Helga begeistert, denn sie hatte nicht gewusst, dass Humperdinck einmal in ihrer Stadt ansässig gewesen war.

Heute freute sie sich mal wieder auf einen ruhigen Tag zu Hause. Die Morgenrunde mit Karlchen hatte sie froh gestimmt, denn sie war auf viele nette Nachbarn gestoßen, mit denen sie ausgiebig geplaudert hatte. Auf dem Rückweg war ihr Ingrid Bartos begegnet. Die war wie immer wie aus dem Ei gepellt gewesen. Wie schaffte sie das nur, bei all ihren Verpflichtungen?

»Frau Bartos, Sie sehen blendend aus. Verraten Sie mir Ihr Geheimrezept?«, hatte Helga gefragt.

Frau Bartos hatte dankend die Hand aufs Herz gelegt, freundlich gelächelt und war ohne ein Wort davongegangen.

Zu Hause schloss Helga den Briefkasten auf, den sie seit Tagen ignoriert hatte, und stellte fest, dass sich darin neben einer Rechnung und Reklame ein handbeschriebener Umschlag befand. Voller Freude las sie, dass er von Isolde stammte. »Na endlich«, sagte sie erwartungsvoll.

In ihrer Wohnung kochte sie sich eine Tasse Tee, dann nahm sie in ihrem geliebten Ohrensessel Platz. Ein flüchtiger Blick aus dem Fenster ließ sie innehalten. Auf der anderen Straßenseite stand Lehmann direkt am Tor der Bartos-Villa.

Wo war ihr Opernglas? Es steckte vermutlich in der Schreibtischschublade. Helga stellte blitzschnell die Teetasse ab und eilte zum Schreibtisch. Die Schublade war verschlossen. »Verdammt, der Schlüssel.« Helga pflegte ihn in einer kleinen Lederschatulle auf dem Schreibtisch aufzubewahren. Sie nahm den Schlüssel heraus, schloss die Schublade auf, aber das Opernglas war nicht drin. Wo zum Teufel hatte sie es hingelegt? Sie hastete zum Fenster. Auf der anderen Straßenseite war niemand mehr zu sehen. »So ein Ärger!« Helga ließ sich enttäuscht in den Ohrensessel fallen und öffnete Isoldes Brief.

»Meine liebe Helga,

wie schön, von Dir zu hören. Noch mehr aber hat mich Deine Einladung erfreut, die ich gerne, allerdings nicht sofort, annehmen möchte. Ich dachte im April oder Mai, wenn es Dir recht ist? Dann ist es nicht mehr so kalt draußen. Du weißt, ich habe mit meinem Rheuma zu kämpfen. In den März lege ich mir immer die üblichen Arztgänge, wie Hausarzt, Zahnarzt und so weiter. Man wird nicht jünger. Mein Enkel Max ist jetzt bereits acht Jahre alt. Wo ist nur die Zeit geblieben? Anna ist auch schon drei. Ich hole sie zweimal die Woche vom Kindergarten ab. Meine Tochter Andrea und ihr Mann Joachim sind beruflich sehr eingespannt, wie du weißt. In Joachims Anwaltskanzlei ist immer viel zu tun. Im März fällt außerdem bei Max die Nachmittagsbetreuung aus, sodass ich als Oma gefordert bin. Ich muss lachen, wenn ich das schreibe, denn Du weißt, ich tu es gern und bin froh über meine Aufgabe. Sie lenkt von den eigenen Sorgen ab. Wie geht es Deiner Nichte Monika? Besucht ihr noch regelmäßig die Oper? Ich muss oft dran denken, wie Du mir erzähltest, dass Du Dein Opernglas mal aus Versehen in den Kühlschrank gestellt hast, weil Du Dir nach der Oper noch etwas zu essen machen wolltest. Das hätte mir auch passieren können. Bist Du noch fleißig mit Karlchen unterwegs? Fragen über Fragen. Ich hoffe, Du antwortest bald und sagst mir, ob Dir mein Vorschlag für meinen Besuch gelegen kommt.

Mit herzlichen Grüßen,
immer Deine Isolde«

Helga schüttelte fassungslos den Kopf und tippte sich an die Stirn. »Das darf nicht wahr sein, sollte ich es etwa wieder getan haben?« Sie stand auf, ging in die Küche und öffnete den Kühlschrank. Und siehe da, rechts neben der Butter stand ihr Opernglas. »Ich fasse es nicht. Danke, Isolde, ohne dich wäre ich aufgeschmissen, ich dumme alte Schachtel«, sagte sie, nahm ein Küchenhandtuch und wischte über die feuchten Okulare. Dann ging sie zurück ins Wohnzimmer, stellte das Opernglas auf die Fensterbank, nahm ihre Teetasse und setzte sich damit an den Schreibtisch. Sie trank einen Schluck von dem inzwischen nur noch lauwarmen Tee, bevor sie Briefbogen und Kuvert aus der Schublade zog und ihren Füller aufschraubte. Sie begann zu schreiben.

»Liebe Isolde,

Deine Antwort hat mich sehr gefreut, wenngleich ich ein wenig enttäuscht darüber bin, dass Du Deine langjährige Freundin so lange warten lassen willst. Es geht mich nichts an, dennoch meine ich, dass Deine Familie rücksichtsvoller mit Dir umgehen könnte. Ich weiß, Du hilfst gern und bist froh, dass Du zu tun hast. Aber Dein Rheuma zeigt Deinem Körper, dass er geschont werden will. Natürlich wirst Du jetzt denken, dass ich Dir viel erzählen kann, denn ich habe keine Enkelkinder. Viele behaupten, dass sie mehr Freude bereiten als die eigenen Kinder, da Großeltern nicht in der Verantwortung stehen, jedenfalls nicht so sehr. Aber was rede ich da? Du siehst, ich mache mir zu viele Gedanken um alles und jeden. Ich will nicht hoffen, dass es für Dich eine Bürde ist, mich zu besuchen? Eines steht nämlich fest: Bei mir kannst Du endlich mal deine Füße hochlegen. Andererseits ist es vernünftig, dass Du auf wärmeres Wetter warten möchtest. Dann machen unsere Spaziergänge sicher mehr Freude. Hier gibt es augenblicklich viele Dinge, die mich erschauern lassen, musst Du wissen. Aber nein, Isolde, keine Sorge. Das passiert eben, wenn man in der Großstadt lebt. Meine Freundin

Erika meint, ich besitze eine blühende Fantasie. Vielleicht sollte ich ein Buch schreiben? Nein, das war im Scherz gemeint. Ich wüsste nicht einmal, worüber. Du fragtest mich nach Monika. Sie ist wohlauf, auch wenn sie viel zu tun hat und an ihren freien Tagen nicht immer Lust darauf hat, mit einer alten Frau wie mir zusammen zu sein. Außerdem kann ich mich mit ihr nicht über meine alltäglichen Sorgen unterhalten. Ich möchte sie nicht beunruhigen. Sie hat einen anstrengenden Beruf. So wie Deine Tochter auch. Nach dem Nachtdienst verschläft Monika oft den halben Tag. Dennoch werden wir möglichst bald wieder die Oper oder ein Konzert besuchen oder uns eine schöne Ausstellung anschauen. Mit meiner Freundin Erika verbringe ich viel Zeit im Mövenpick. Sie ist zeitlich eingeschränkt, denn Werner lebt ja noch. Zum Glück, muss man sagen. Das Mövenpick ist nach wie vor mein Lieblingscafé, auch wenn es ohne Blanka Zmigrod nicht mehr das ist, was es mal war. Entsinnst Du Dich? So hieß die Dame, die im Kettenhofweg ermordet wurde. Es schaudert mich noch heute, dass in dieser Straße einmal ein Mord geschah. Du sagtest mir vor Jahren, dass Du an Schicksal glaubst. Über diesen Satz denke ich oft nach. Denn ich kann mir nicht vorstellen, dass das Schicksal so grausam ist, einen Menschen zu ermorden. Nein, es sind die Menschen, die Böses tun. Natürlich ist mir klar, dass sich jeder von uns seine eigenen Gedanken macht. Da wären wir wieder beim Thema. Ich habe einfach zu viel Zeit für düstere Gedanken. Das Los der hinterbliebenen einsamen Herzen. Mach Dir bitte keine Sorgen um mich. Ich freue mich sehr auf Deinen Besuch, vorausgesetzt, ich lebe bis dahin noch. Man weiß nie in unserem Alter. Es sollte nichts auf die lange Bank geschoben werden. Gehen wir vom Besten aus. Wir können bald über alte Zeiten plaudern. Pass gut auf Dich auf, meine Liebe, und gute Besserung wegen deines Rheumas.

Fühl Dich herzlich umarmt von Deiner Helga, die es kaum erwarten kann, Dich zu sehen.«

Helga wedelte mit dem Papier hin und her, bis es trocken war. Sie hoffte, dass ihre Zeilen Wirkung zeigten und Isolde sich zu einem früheren Besuch entschließen würde. Vielleicht doch schon Ende März? Sie faltete den Brief sorgfältig zusammen und schob ihn in ein gefüttertes Kuvert.

*

Natürlich wollte Helga nicht bis zum nächsten Tag warten, sondern nutzte den Gang mit dem Hund dazu, den Brief in den Kasten zu werfen. Und wo sie nun schon unterwegs war, wollte sie sich noch eine Zeitschrift kaufen und Rosa einen Besuch abstatten. Sie bog in die Ulmenstraße ab und wäre um ein Haar mit einem Mann zusammengestoßen. Es handelte sich, wie sie erschrocken feststellte, nicht um irgendeinen Mann, sondern um Herrn Lehmann. Schnell wechselte sie die Straßenseite. Wenige Sekunden später hörte sie eilige Schritte hinter sich. Jemand berührte ihre Schulter. Sie zuckte zusammen und drehte sich energisch um.

»Darf ich fragen, warum Sie mich beobachten?«, wollte der Mann wissen.

Helga wich die Farbe aus dem Gesicht, als sie antwortete: »Ich … ich beobachte Sie nicht. Ich kenne Sie nicht einmal.«

»Das stimmt nicht. Ich habe gesehen, wie Sie mich gleich mehrfach vom Fenster aus anstarrten. Wenn Sie ein Problem mit mir haben, dann sagen Sie es mir bitte jetzt!«

»Ich … Also wirklich, das ist die Höhe. Ich kümmere mich um meine Blumen, wenn ich am Fenster stehe, das werde ich doch wohl tun dürfen, ohne nach Erlaubnis zu fragen. Und ich starre niemanden an.«

Karlchen begann vernehmlich zu knurren.

Lehmann wich einen Schritt zurück, er blickte Helga direkt in die Augen. »Ich weiß nicht, was Sie umtreibt. Aber kümmern Sie sich besser um Ihre eigenen Dinge. Das Leben kann gefährlich werden, wenn man an die Falschen gerät. Ich hoffe, Sie haben mich verstanden.« Mit diesem Satz ließ er sie stehen und ging in entgegengesetzter Richtung davon.

Helga öffnete mit zittrigen Fingern ihre Handtasche, holte ein Leckerli daraus hervor und gab es ihrem Hund. »Ich glaube, du hast gerade mein Leben gerettet, Karlchen. Hast du seinen eisigen Blick gesehen?« Mit weichen Knien setzte sie ihren Weg fort.

Rosa, die gerade vorm Kiosk Zeitungen in die Ständer einsortierte, lächelte erfreut, als sie Helga entdeckte, und umarmte die alte Frau. »Nanu, was ist mit dir los, meine Liebe? Du siehst aus, als hätte dich ein Laster angefahren. Ich meine, du bist so blass. Komm her, ich gebe dir einen Cappuccino aus.«

»Das ist genau das, was ich jetzt brauche. Vielen Dank. Ich hatte ein sehr unerfreuliches Erlebnis.«

»Ach ja? Was ist passiert?«

»Ich habe dich doch neulich nach einem Herrn Lehmann gefragt, erinnerst du dich?«

»Nicht mehr genau.«

»Eine Frau Meier, die über ihm wohnt, hat sich eingemischt.«

»Ach jetzt, ja.«

Helga flüsterte: »Er ist gefährlich. Weißt du, ich täusche mich selten. Und ich hatte auch in diesem Fall recht.« Helgas Unterlippe bebte. »Ich bin ihm versehentlich in die Arme gelaufen. Er hat mir gedroht.«

»Gedroht? Bist du sicher? Warum?«

»Er glaubt, dass ich ihn ausspioniere.«

»Was hat er gesagt?«

»Er sagte, dass ich ihn nicht anstarren soll, sonst würde mir was passieren. Also wörtlich weiß ich es nicht mehr. So hat er es gemeint. Er wird mir was antun, glaube mir.«

»Was hast du gegen den Mann? Weshalb stört er dich?«

»Ich sah mehrfach, wie er sich vorm Haus meiner Nachbarn herumgetrieben hat. Das kam mir komisch vor. Deshalb behalte ich ihn im Auge. Man muss auf der Hut sein. Er könnte etwas im Schilde führen, Rosa. Ich mag das Ehepaar Bartos. Es sind unbescholtene Bürger. Und der Kerl treibt sich ständig vor deren Villa rum.«

»Und was tut er dann?«

»Er schaut immer wieder bei den Bartos in den Hof, ich meine, er starrt da rein wie ein Spanner. Ich wollte nur rausfinden, was die Ursache dafür ist.«

»Na, vielleicht sieht er gern hübsche Mädchen an. Da wird er in der Villa fündig.« Rosa grinste und zwinkerte. »Die sind recht zugänglich.«

»Wie meinst du das, sie sind zugänglich?« Helga verstand nicht.

»Ach, vergiss es. Ich sage dir, der Herr Bartos ging vorhin hier vorbei mit 'ner ganz scharfen Puppe, meine Güte.«

»Bitte was?«

»Na, eine sehr junge Frau, Absätze mit mindestens zehn Zentimetern und stark geschminkt. 'ne Puppe halt.«

»Zehn Zentimeter? Weißt du, wie hoch das ist?« Helga spreizte Daumen und Zeigefinger.

»Du musst es nicht glauben. Es war so. Und so einen kurzen Rock habe ich noch nie gesehen. Die wirkte, als käme sie direkt aus dem Bahnhofsviertel. Na ja, sie kam halt vom Kettenhofweg, verstehst du mich?«

»Nein«, sagte Helga.

»Egal. Sie war vorher noch nie hier, hat bei mir Schokolade gekauft und sprach ziemlich schlecht Deutsch. Er hat ein Stück weiter vorn auf sie gewartet. War ihm wohl etwas peinlich. Dann ist sie mit ihm weitergegangen.«

»Wie meinst du das?«

»Na, neben ihm her. Sag mal, wegen diesem Herrn Lehmann: Willst du nicht lieber zur Polizei gehen? Wenn er dir gedroht hat, solltest du ihn anzeigen.«

Helga schüttelte energisch den Kopf. »Es gibt keine Zeugen. Nein, das bringt nichts. Ich kann viel erzählen, oder glaubst du, dass er die Belästigung zugeben wird? Ich las kürzlich in einem Krimi, wie ein Kommissar sagte, dass die Polizei erst handeln kann, wenn etwas passiert ist. Also, wenn du mich in den nächsten Wochen nicht mehr siehst, geh für mich zur Polizei, ja? Aber nur dann. Denn in dem Fall hat er mir wahrscheinlich was angetan. Er wohnt auf der anderen Straßenseite, zwei Häuser weiter. Ich kann ihm in die Fenster schauen.«

»Du meinst wirklich, dass er dir was tun würde?«

Helga nickte ernst. »Na klar!«

»Wie heißt der Lehmann mit Vornamen?«

»Keine Ahnung. An seinem Briefkasten steht nur ein A vor seinem Nachnamen.«

»Ruf die Auskunft an, die sagen es dir.« Rosa reichte Helga den Cappuccino und Helga trank dankbar, bevor sie sagte: »Das ist eine gute Idee. Das mit der jungen Frau, die Herrn Bartos begleitet hat, ist interessant. Glaubst du, sie ist mit ihm verwandt?«

Rosa grinste. »Helga, ich merke schon. Du bist nicht ganz im Bilde. So sieht ein Mann keine Verwandte an, verstehst du?«

»Du meinst, er hat eine Geliebte?«, flüsterte Helga.

»So ähnlich könnte man es auch nennen. Na ja, viele Männer haben eine.«

»Was redest du da? Niemals! Der Bartos ist ein Herr, der weiß, dass er nicht mehr jung ist. Seine Frau ist außerdem attraktiv.«

Rosa lachte. »Du glaubst, deshalb lässt er die Mädchen in Ruhe, die in seinem Haus leben? Nie im Leben, das kann ich mir nicht vorstellen.«

»Denk doch nicht immer so schlecht. Die Mädchen von heute sehen anders aus als früher. Trotzdem müssen sie nicht gleich Geliebte sein.«

»Ich sag nur, dass ich verstehen kann, wenn dieser Lehmann bei so vielen hübschen jungen Dingern mal stehen bleibt. Es wird nicht der einzige Mann sein, der gern halbnackte Mädchen anschaut.«

»Rosa, für solche Verrücktheiten bin ich zu alt. Mir wird richtig übel, pfui.«

Die beiden Frauen unterhielten sich noch eine Weile über das Wetter und andere Belanglosigkeiten, bevor Helga ihre Zeitschrift kaufte und sich verabschiedete.

Rosa nahm Helgas Hände. »Versprich mir, dass du gut auf dich aufpasst, ja? Und lass den Mann lieber in Ruhe. Du verrennst dich, Helga. Ich kann dir sagen, ich hätte längst gehört, wenn in der Gegend ein Spanner unterwegs wäre.«

Helga biss sich auf die Lippen. »Alles verstehst du offenbar nicht. Er hat mich belästigt, nicht ich ihn. Tu bitte nicht so, als wüsste ich nicht, was ich sage. Noch bin ich hier oben klar.« Sie tippte sich an die Stirn.

»Schon gut, war nicht böse gemeint.«

Missmutig ging Helga nach Hause. Karlchen war der Einzige, der sie wirklich verstand. Hätte sie das Thema bei Rosa bloß nicht angeschnitten. Nun würde sie für den Rest des Tages schlechte Laune haben. Sie verschloss die Wohnungstür an diesem Abend besonders sorgfältig und überprüfte den Sitz der Sicherheitskette. »Dann muss ich halt ganz allein auf uns aufpassen, wäre doch gelacht, nicht, Karlchen?«

Der Dackel wedelte verständnisvoll.

Helga ging ins Wohnzimmer und schloss die Rollläden, ohne auch nur einen einzigen Blick aus dem Fenster zu werfen.

5
MITTWOCH, 12. JANUAR 1994

Dieses Mal waren zwischen Annas Besuchen nur drei Tage vergangen. Sie kam wieder um 15 Uhr. Mir fällt auf, dass sie Vertrauen zu mir fasst. Sie lächelt manchmal und hat dabei etwas Kokettes, wenn man das so auffassen möchte. Sie sagte, dass sie in einer WG mit gleichaltrigen Frauen lebt. Und ihre Chefin sei stets in ihrer Nähe. Ich habe eine gewisse Ahnung. Mehr erfahre ich nicht. Sie hat viel in der Fibel gelesen, kennt einige neue Worte. Sie ist fleißig und ehrgeizig. Das freut mich, denn meine Art, ihr die deutsche Sprache beizubringen, scheint ihr zu gefallen. Ich wollte ihr ein wenig Geld zustecken, da sie jedes Mal dieselben Sachen trägt, aber sie hat merkwürdig darauf reagiert, begann meinen Arm auf eine Art zu streicheln, die mir unangenehm war. Sie glaubte doch nicht etwa, dass ich ihr nahekommen wollte? Also steckte ich das Geld ein. Als sie nach etwa einer Stunde ging, sagte sie: »*Hamarosan találkozunk*.« Ich verstand kein Wort und bat sie, es aufzuschreiben. Es heißt »bis bald«, wie ich nachgeschlagen habe. Sie wird also wiederkommen. Ich werde mir von nun an die Nachmittage freihalten, damit ich sie nicht verpasse. Ich beobachtete sie aus dem Fenster. Ich glaube, sie verschwand im Haus der Bartos. Ich gebe es ungern zu, aber ich ahnte es bereits.

17. Januar. Anna kam heute nicht allein, sondern mit einer Freundin. Sie heißt Basia und ist Polin, spricht aber ebenfalls Ungarisch, da sie einige Jahre am Plattensee gelebt hat. Sie kann besser Deutsch als Anna. Basia war schon einmal für längere Zeit hier in Frankfurt. Sie sagte, sie sei 22 Jahre alt, sie ist ebenfalls hübsch und schlank. Für meine Begriffe zu stark geschminkt und zu aufreizend gekleidet. Zu viel Ausschnitt, zu enge Hosen. Basia sagte, sie verdiene ihr Geld in einer Putzkolonne für ein feines Haus im Kettenhofweg. Welches Haus, wollte sie mir nicht sagen. Aber mir können die beiden nichts vormachen. Basia arbeite in Deutschland, um ihre Familie in Polen zu unterstützen, sagte sie. Warum sie zu mir gekommen sei, wollte ich wissen.

Sie könne zwar einigermaßen unsere Sprache sprechen, aber sie möchte auch Deutsch schreiben können, und Anna hatte ihr meine Unterstützung empfohlen. Darüber war ich einerseits erfreut, andererseits fühlte ich mich unwohl, denn es wäre möglich, dass ich Probleme mit Bartos bekommen könnte, wenn er erfährt, dass die beiden mich besuchen. Andererseits geht mich nichts an, was sie tun. Im Gegenteil, vielleicht steigen für die Mädchen die Chancen auf einen richtigen Job, wenn sie der deutschen Sprache mächtig sind.

25. Januar. Heute standen die beiden jungen Frauen wieder gemeinsam vor meiner Tür. Es war das erste Mal, dass ich mit Anna ein einfaches Gespräch führen konnte, und ich lobte sie für ihre Fortschritte. Basia hatte ein paar banale Sätze aufgeschrieben und wollte, dass ich sie korrigiere. Auch sie hat Fortschritte gemacht. Zum ersten Mal machten wir für das nächste Treffen einen

Termin aus. Direkt für den kommenden Freitag, also den 28. Januar. Bevor sie gingen, sagte ich, dass ich helfen könne, wenn sie Probleme hätten. Sie schienen über diese Äußerung erschrocken zu sein.

29. Januar. Ich verbrachte den Nachmittag im wiedereröffneten Frankfurter Dom. Die Renovierungsarbeiten sind abgeschlossen und haben sich gelohnt. Es wurden sowohl der Maria-Schlaf-Altar, die Schnitzaltäre aus der späten Gotik, die Wahlkapelle und die Kreuzigungsgruppe restauriert. Außerdem wurde ein neuer Altar gebaut. Der Dom erstrahlt in frischem Glanz. Ursprünglich wollte ich meine Wohnung wegen Anna und Basia nicht verlassen, da ich annahm, dass sie möglicherweise heute kommen würden. Ich ärgere mich, dass ich mich anders entschieden habe. Sie sind gestern trotz unserer Verabredung nicht erschienen und haben sich bis jetzt noch nicht gemeldet. Vielleicht haben sie sich im Tag geirrt und waren in meiner Abwesenheit hier? Aber nichts deutet darauf hin. Sie hätten mir doch bestimmt wenigstens eine Benachrichtigung in den Briefkasten geworfen. Ich hätte wohl meine Hilfe nicht anbieten dürfen. Das hat die Mädchen verunsichert.

5. Februar. Mich beschleicht ein eigentümliches Gefühl, denn die Mädchen sind wie vom Erdboden verschluckt. Ich gehe fast täglich den Kettenhofweg hinauf, denn ich weiß längst, dass auch Basia bei den Bartos wohnt.

Ich kenne Herrn Bartos. Er ist durch seinen Gang schwer zu übersehen. Ich hatte nie Gelegenheit, mit ihm zu sprechen. Er macht auf mich den Eindruck, als ginge er den Nachbarn aus dem Weg, wahrscheinlich nicht unbegründet. Dennoch bin ich sicher, dass jeder in der Gegend weiß, was er tut. Bartos fährt einen weißen Citroën. Ich habe mir das Kennzeichen gemerkt, weil es ein cc wie »Corps Consulaire« beinhaltet. F-CC 15.

Ich bin sicher, dass bei Bartos nicht alles mit rechten Dingen zugeht. An die Polizei kann ich mich deshalb keinesfalls wenden. Das würde alles aufs Neue aufrollen. Es ist entsetzlich, denn plötzlich werde ich wieder mit meiner Vergangenheit konfrontiert. Ich hoffe, dass mich die Notizen entlasten, wenn den Mädchen etwas passiert sein sollte. Immer wieder denke ich an Lisa. Nun ist es wieder geschehen, nur sind diesmal zwei Mädchen verschwunden. Auch sie kannten mich. Ich sitze auf einem Pulverfass. Ich hoffe inständig, dass den beiden nichts zugestoßen ist. Hätte ich sie nur nie in meine Wohnung gelassen. Ich finde keine Ruhe. Deshalb beobachte ich die Villa. Und ich musste feststellen, dass ich damit Aufmerksamkeit errege. Die neugierige Lindemeyer von gegenüber stört. Sie ist eine von den Frauen, die nichts Besseres mit sich anzufangen wissen, als den ganzen Tag am Fenster zu kleben. Außerdem plaudert sie hin und wieder mit Frau Bartos. Wenn sie Anna und Basia bei mir gesehen hat, kann ich mich wohl bald auf unangenehmen Besuch gefasst machen.

Gestern sah ich eine junge Frau aus dem Tor der Villa treten. Vom Alter her ähnlich wie Anna und Basia. Ich passte sie ab und fragte sie, ob ihr die beiden Mädchen bekannt sind. Sie sprach recht gut Deutsch, behauptete, dass ihr die Namen nichts sagen. Das mag sogar stimmen, denn ich glaubte von vornherein nicht, dass die Vornamen echt sind, die sie mir nannten. Gerade wollte ich die Mädchen genauer beschreiben, da öffnete Frau Bartos die Haustür. Sie entdeckte mich und rief das Mädchen zu sich. Ich ging weiter. Sie lassen auch dieses Mädchen bei sich arbeiten und ganz sicher nicht als Putzfrau. Ich denke, der Grund für das Misstrauen der Mädchen liegt auf der Hand. Sie leben illegal in Frankfurt.

6
SAMSTAG, 12. FEBRUAR 1994

Helga hatte am Freitag ihren Lieblingstisch im Mövenpick für Erika und sich reserviert. Zwar hatte sie am heutigen Morgen im Radio gehört, dass eine große Demonstration gegen den Opernball stattfinden würde. Man wollte wie jedes Jahr auf soziale Ungerechtigkeit aufmerksam machen, da der Opernball als Luxusveranstaltung galt. Sogar mit Ausschreitungen war zu rechnen, jedoch erst gegen Abend. Bis dahin wären Helga und Erika längst zu Hause. Dennoch könnte der Bahnverkehr streckenweise beeinträchtigt werden, aber deshalb Erika abzusagen, hatte Helga keinesfalls gewollt. Sie würde schon durchkommen. Helga wartete mittlerweile eine Viertelstunde auf ihre Freundin und beobachtete die stetig zunehmende Menschenmenge auf dem Opernplatz. »Was meinst du, Karlchen, wird sie kommen? Bei den vielen Menschen kriegt sie es wahrscheinlich mit der Angst zu tun!«

Helga saß bereits im Mövenpick und Karlchen lugte misstrauisch unterm Tisch hervor. Helga kraulte ihn am Ohr und schaute auf ihre Armbanduhr. »Gleich 20 nach drei. Ob ich vorne zur Rezeption gehen und sie telefonisch warnen soll? Ach was, das bringt nichts. Sie muss ja längst auf dem Weg sein. Wenn sie nicht durchkommt, kehrt sie um. Können wir ihr nicht verdenken. Ich werde mir dennoch ein Stückchen Kuchen genehmigen.«

Gerade als sie bestellt hatte, traf Erika ein und kam abgehetzt durch den Raum. »Bitte entschuldige meine Verspätung, aber du siehst ja, was da draußen los ist.« Sie beugte sich zu ihrer Freundin hinunter und küsste sie auf die Wange. »Ich bin fix und fertig und verschwitzt.« Seufzend setzte sie sich.

»Ich habe völlig vergessen, dass heute Abend Opernball ist. Ich las noch vor ein paar Tagen, dass Harry Belafonte der diesjährige Gaststar ist. Lieb, dass du trotzdem hergekommen bist, Erika. Von unserem Stammtisch aus haben wir wenigstens was zu gucken. Es ist schon wieder so lange her, dass wir uns das letzte Mal sahen. Obwohl wir doch in derselben Stadt wohnen. Man glaubt nicht, wie die Zeit verfliegt.«

Erika lächelte. »Immer wenn meine Oma zu mir sagte, dass ich meine Jugend genießen soll, weil die Zeit im Flug vergeht, habe ich darüber gelacht. Heute weiß ich, wie recht sie hatte. Tut mir leid, dass wir es nicht früher geschafft haben, liebe Helga. Manchmal komme ich kaum aus dem Haus. Ich muss schließlich jeden Tag für Werner kochen. Du weißt, dass du jederzeit bei uns willkommen bist. Gerne auch zum Essen.«

Die Bedienung brachte Helga ein Stück Kuchen.

»Für mich das Gleiche, bitte«, sagte Erika.

»Das ist nett, dass du mich zu euch einlädst. Ich kann nicht in Ruhe mit dir sprechen, wenn dein Mann im Raum ist. Nichts gegen Werner, Männer interessieren sich nicht für die Probleme alter Frauen. Das sagte Heinz immer. Und es stimmt.«

»Ich bitte dich, Helga. Wie kommst du denn darauf? Werner schätzt dich. Er hat noch nie etwas in diese Richtung geäußert.«

»Aber gedacht. Ich freue mich jedenfalls, dass du heute die Zeit gefunden hast, mit mir den Nachmittag zu verbringen. Warum hast du mich eigentlich neulich nicht zurückgerufen?«

Erika verstand nicht. »Wir haben doch gestern telefoniert?«

»Ich meine nicht gestern. Die Rede ist von Sonntag. Vor exakt 13 Tagen.«

»Sonntag vor 13 Tagen? Wieso sollte ich dich da anrufen?«

»Werner sagte, du seist auf dem Friedhof und er würde dir meinen Anruf ausrichten.«

»Hm, sonntags gehe ich immer zum Friedhof, das stimmt. Nun, nicht immer, aber recht häufig. Du weißt, ich pflege das Grab meiner Eltern. Es hat gestürmt. Es tut mir leid, dass du angerufen hast, wusste ich nicht. Werner muss vergessen haben, es mir zu sagen.«

»Siehst du, er hat es vergessen, weil er es für belanglos hielt. Und weil er wahrscheinlich etwas dagegen hat, dass wir uns so häufig sehen.«

»Helga, ich bitte dich. Er hat's vergessen, das ist alles. Das hat beileibe nichts mit dir zu tun. Seine Vergesslichkeit hat sich in letzter Zeit spürbar verstärkt. Er will das ganz und gar nicht hören. Er ist empfindlich und versucht, es vor mir zu verbergen. Das Alter zieht an uns allen nun mal nicht spurlos vorüber. Ich soll dich von ihm grüßen. Er fragt, ob wir nächsten Samstag gemeinsam auf den Rentnerfelsen gehen wollen.«

»Auf den was?«

»Die Terrasse oben auf der Kleinmarkthalle nennt sich so. Nie gehört? Werner trinkt da manchmal mittags nach dem Wochenendeinkauf ein Weinchen.«

»Ein Weinchen? Du weißt doch, ich trinke kaum Wein und schon gar nicht mittags.«

»Ich werde es ausrichten. Kein Problem. Wieso hast du an dem Sonntag nicht noch mal bei uns angerufen?«

»Da du mir erst kürzlich erklärt hast, dass dir wenig Zeit bleibt und du dich um Werner kümmern musst. So etwas merke ich mir. Und ich will nicht lästig fallen.«

»Ach, ich bitte dich. Für ein Telefonat ist doch immer Zeit. Ich erinnere mich, dass du und ich kürzlich darüber sprachen. Damit war doch nur gemeint, dass ich nicht dauernd weggehen kann.«

Die Bedienung brachte auch Erika Kuchen und Kaffee.

»Es gibt halt Situationen, da will man sich mit seiner besten Freundin allein austauschen. Und keine Zuhörer haben«, beharrte Helga.

»Natürlich, du weißt, du kannst mich jederzeit anrufen. Helga, warum bist du so aufgebracht?«

»Ich bin nicht aufgebracht. Ich äußerte nur, was ich denke. Das können wohl nur Menschen verstehen, die genauso einsam sind wie ich.«

»Heute schmeckt der Frankfurter Kranz ganz besonders gut, kommt wohl gerade erst aus dem Ofen, oder?«

»Du lenkst ab.«

Nun legte Erika die Gabel beiseite und sah Helga aufmerksam an. »Wir kennen uns gut genug, um beide zu wissen, dass wir die andere nicht im Stich lassen würden. Wenn ich dich neulich nicht zurückrief, hättest du einfach noch mal anrufen sollen und nun genug damit. Was ist dir für eine Laus über die Leber gelaufen?«

Helga schwieg, dann sagte sie: »Erinnerst du dich an unser letztes Gespräch? Du fragtest mich, warum ich nicht wegziehen will.«

Erika nickte.

»Nun, es sind Dinge eingetreten, die mich ängstigen, seit ich allein lebe. Ich denke sogar darüber nach, auszuziehen. Ich will mit meiner Nichte nicht darüber sprechen, die würde mir sofort einen Platz im Seniorenheim suchen. Nicht weil sie mich loswerden will, sondern aus Sorge um mich. Und ich möchte einfach nicht, dass über meinen Kopf hinweg entschieden wird. So weit bin ich dann doch noch nicht.«

»Du bist nicht etwa krank?«, fragte Erika erschrocken.

»Nein, ich fühle mich bedroht.«

»Du meine Güte, bedroht? Von wem?«

»Ich erzählte dir bereits von dem merkwürdigen Herrn Lehmann. Der immer gegenüber vor der Villa der Bartos steht.«

»Der, den du für einen Spanner hältst?«

»Richtig! Es war am Abend vor dem großen Sturm. Ich blickte rein zufällig aus dem Fenster und wen entdecke ich schon wieder drüben vorm Haus? Den Lehmann. Das war merkwürdig. Er stand am Auto von Bartos und starrte auf das Kennzeichen. Da konnte ich nicht einfach wegsehen, oder?«

»Bist du dir sicher? Wieso sollte er das tun?«

»Das ist es ja. Warum sollte er es tun? Das frage ich mich auch. Außerdem starrt er ständig über den Zaun.

Und wenn der Herr Bartos aus dem Haus kommt, verschwindet Lehmann, merkwürdig, oder?«

»Und du glaubst, dieser Herr Lehmann hat sich sein Kennzeichen gemerkt?«

»Ganz genau kann ich es natürlich nicht sagen. Es dämmerte bereits. Jedenfalls geschah etwas Furchtbares. Unerwartet gaffte er zu mir hoch. So blitzschnell, verstehst du?«

»Er hat dich am Fenster stehen sehen?«

»Ich bin zwar sofort zurückgewichen und habe mir eingeredet, dass das nicht möglich war. Doch wenige Augenblicke später läutete es bei mir.«

»Er kam zu dir hoch?«

»Nein, wo denkst du hin? So naiv bin ich auch wieder nicht, dass ich einfach jemanden reinlasse. Ich rührte mich nicht. Kannst du dir annähernd vorstellen, wie sehr mich das geängstigt hat?«

»Bist du dir sicher, dass er das überhaupt war?«

»Mein Bauchgefühl sagte es mir.«

»Was geschah als Nächstes?«

»Nichts. Ich nehme an, er wird gegangen sein.«

»Du nimmst es an, hast ihn nicht gesehen?«

»Nein. Das ist es ja, was mich so geängstigt hat.«

»Und was hast du danach gemacht?«

»Ich wusste nicht, was ich tun soll. Eine Ewigkeit später ging ich zu Bett und in der Nacht kam der Sturm.«

»Ja, der hatte es in sich. Mir ist ein Blumentopf vom Balkon gestürzt.«

»Es war erschreckend. Du glaubst nicht, wie es in meiner Wohnung geknarzt und gekracht hat. Ich lag teilweise wie versteinert im Bett oder bin aufgesprungen, um nach dem Rechten zu sehen. Ich bildete mir ein, dass sich ein Einbrecher in der Wohnung befindet.«

»Du dachtest sofort an Lehmann, nehme ich an?«

»Klar.«

»Warum hast du nicht bei uns angerufen?«

»Ich kann doch nicht einfach mitten in der Nacht anrufen. Selbst bei Monika würde ich das nicht tun. Deshalb rief ich gleich am nächsten Morgen bei euch an.«

»Wie ging es weiter?«

»Überhaupt nicht. Ich nahm mir in der nächsten Zeit einiges vor, um mich abzulenken, und verbot mir, mich weiterhin mit den Leuten von der anderen Straßenseite zu beschäftigen. Zum Glück hatte meine Nichte etwas Zeit in den vergangenen Tagen. Das hat mir gutgetan. Außerdem nutzte ich die Gelegenheit, Isolde einen Brief zu schreiben. Ich lud sie zu mir ein. Weißt du, sie ist auch froh, wenn sie mal rauskommt. Und ich kann dadurch abschalten.«

»Das ist eine gute Idee, Helga. Sie wird dich ablenken. Hat sie schon geantwortet? Wann kommt sie?«

»Leider nicht so bald. Frühestens im April. Sie hat Termine und muss außerdem auf ihre Enkel aufpassen.«

»Das ist schön. Es sind nur noch ein paar Wochen, Helga. Und das ist alles noch kein Grund, über einen Umzug nachzudenken.«

»Das dachte ich zunächst auch. Wenn ein bisschen Gras über die Sache gewachsen ist, beruhigt man sich. Und du weißt, ich liebe meine Wohnung. Ich schaue aber nicht mehr aus dem Fenster. Meine arme Zimmerpflanze bekommt immer erst Wasser, wenn ich den

Rollladen runtergelassen habe. Mir geht es so gleich viel besser.«

»Siehst du, das freut mich. Das ist der richtige Weg. Ich glaube, so viele Kriminelle gibt es gar nicht, wie du denkst. Außerdem wäre es immer noch möglich, dass der Herr Lehmann rein zufällig nach oben geschaut hat. Der will sicher nichts von dir. Wahrscheinlich hat jemand anders bei dir geläutet. Du kennst so viele Leute in deiner Nachbarschaft. Möglicherweise wollte dich eine Nachbarin um ein paar Eier bitten.«

»Auch das habe ich natürlich in Erwägung gezogen. Ich sagte mir, Helga, lass dich nicht von deinen Ängsten leiten. Alles war dann auch gut – bis gestern.«

»Entschuldigen Sie.« Erika winkte die Bedienung herbei. »Bitte zwei Eierlikör!«

»Schon wieder?«

»Ich habe das Gefühl, den können wir zwei brauchen. Außerdem werden wir hier wohl noch eine Weile sitzen. Sieh dir den Tumult draußen an. Die kommen gerade erst richtig in Fahrt. Ich möchte mich nicht durch eine Demo schubsen lassen. Das macht mir Angst. Also, gestern?«

»Gestern wurde mein Bauchgefühl bestätigt. Von wegen Fantasie.«

»Fantasie?«

»Du sagtest mir doch neulich, ich hätte zu viel Fantasie, oder?«

»Spann mich nicht auf die Folter. Was war los?«

»Erika, ich kann von Glück sagen, dass ich jetzt vor dir sitze und nicht im Krankenhaus liege oder im Sarg.«

Erika schlug die Hand vor den Mund.

»Mich hätte der Schlag treffen können, so sehr regte ich mich auf.«

Die Bedienung brachte die Eierliköre. »Schmeckt die Torte den Damen nicht?«, fragte sie.

»Doch, wie immer gut. Wir sind nur gerade in ein Gespräch vertieft. Der Frankfurter Kranz ist exzellent«, antwortete Helga.

»Komm, lass uns anstoßen, Helga.«

»Auf uns und die Gesundheit, Erika.«

»Nun erzähl«, drängte Erika, nachdem die beiden an den Gläsern genippt hatten.

»Du unterbrichst mich doch die ganze Zeit. Also, ich wollte gestern ausspannen und nichts unternehmen, mir nur schnell eine Zeitung am Kiosk kaufen.«

»Ich verstehe, da hat dir Rosa wieder eine ihrer Horrorgeschichten erzählt, du Ärmste.«

»Lass mich ausreden.«

»Entschuldige.«

»Ich bin dem Lehmann in die Arme gelaufen.«

Erika machte große Augen.

»Es war furchtbar. Er hat mir gedroht. Ich solle nicht hinter ihm her spionieren. Sonst würde mir was passieren. Stell dir vor, sogar Karlchen fing an zu knurren, das tut er sonst nie.« Helga beugte sich runter und tätschelte den Hund. »Wahrscheinlich hat er mir das Leben gerettet.«

Erika war erschüttert. »Der Mann hat gesagt, dass dir etwas passieren wird?«

»So in der Richtung. Also ist doch klar, dass er es war, der bei mir geläutet hat, oder etwa nicht? Er hat etwas

Übles im Sinn, und ich bin ihm im Weg. Jetzt will er mich ausschalten.«

»Helga, das hört sich an wie im Krimi. Wenn das stimmt, musst du ihn anzeigen!«

»Um Gottes willen, nein. Dann schaltet er mich aus. Außerdem, wer würde einer alten Frau schon glauben?«

»Ich werde Werner fragen, was zu tun ist.«

Helga packte den Arm der Freundin. »Das wirst du keineswegs tun. Ich allein entscheide, was ich machen werde. Ich habe es dir im Vertrauen erzählt – und nicht deinem Werner. Wenn ich möchte, dass es die Polizei erfährt, gebe ich dir Bescheid. Bitte behalte es für dich.«

»Warum hast du es mir gesagt, wenn ich nicht helfen darf? Werner weiß mit solchen Angelegenheiten besser umzugehen als du, Helga.«

»Ich möchte es nicht! Ich habe dich eingeweiht, weil du meine Freundin bist.«

»Schon gut, aber wie kann ich dir helfen, wenn du meine Ratschläge nicht annimmst?«

»Ich weiß es noch nicht. Das genau meine ich. Manchmal muss man sich einfach etwas von der Seele reden, ohne Hilfe zu erwarten.«

»Und nun soll ich in Ruhe schlafen? Meine Güte, ich lade eine große Schuld auf mich, wenn dir etwas zustößt.«

»Du lädst bloß eine Schuld auf dich, wenn du mit jemandem darüber redest. Dann werde ich dich nämlich nie mehr wieder ansehen.«

Erika trank einen Schluck Eierlikör und sah nachdenklich durchs Fenster zum Opernplatz. Dann sagte sie: »Wenn dieser Lehmann sich wirklich für das Nummernschild von Herrn Bartos interessiert hat, bedeutet das doch, dass er einen Verdacht gegen den Mann hegt, oder? Sicher ist er kein Spanner, sondern nur ein aufmerksamer Bürger, der etwas beobachtet hat. Oder ein Privatdetektiv. Hast du mal darüber nachgedacht?«

Helga stutzte. »Das ist gar kein so dummer Gedanke … Aber nein, Unsinn, er ist zu alt.«

»Weißt du, was er beruflich gemacht hat?«

»Woher?«

»Von Rosa.«

»Sie kennt ihn nicht.«

»Bestimmt steht die Beobachtung im Zusammenhang mit den Mädchen, die dort leben. Er ist Ungar, nicht?«

»Der Lehmann doch nicht.«

»Nein, der Herr Bartos. Schleust er Schwarzarbeiterinnen nach Deutschland ein?«

»Niemals. Herr Bartos ist ein stiller, zurückgezogener Mann. Nur weil er kein Deutscher ist, muss er noch lange kein Straftäter sein!«

»So war das nicht gemeint, Helga. Ich denke nur über die Mädchen nach, von denen du sprichst. Sie können kaum Deutsch?«

»Schon möglich.«

»Lass mich laut denken. Als wir eins der Mädchen kürzlich auf der Straße sahen, wunderten wir uns über die freizügige Aufmachung, stimmt's?«

Helga nickte. »Was willst du damit sagen?«

»Dass er sie anschaffen schickt. Bis zum Hauptbahnhof ist es nicht weit.«

»Was?« Helga verschluckte sich und begann heftig zu husten.

Erika klopfte ihrer Freundin auf den Rücken. »Du liebe Zeit, ich wollte dich nicht erschrecken. Geht's wieder?«

Helga prustete. »Du kommst auf Ideen. Herr Bartos ist im Holzhandel tätig. Das erzählt man sich. Die Bartos sind seriöse Nachbarn. Er ist sicher kein Zuhälter, ich bitte dich, Erika. Klar, über die Aufmachung der Mädchen könnte man streiten. Er kann sich vermutlich nicht durchsetzen. Das spricht für seine sanfte und zurückhaltende Art. Zuhälter sind ganz anders und deren Frauen betreiben keinen Schreibwarenladen. Nein, Erika, bei allem, was recht ist. So ist es nicht.«

»Dann solltest du Herrn Bartos von Lehmann unterrichten.«

»Das wollte ich erst. Ich werde mich da doch raushalten. Ich frage mich nämlich, ob der John Ausonius, der die Frau Zmigrod getötet haben soll, kein Einzeltäter war. Wahrscheinlich kennt der den Lehmann sogar. Vielleicht hecken die gemeinsam was gegen Bartos aus. Oder Lehmann ist so ein Mitfahrer.«

»Ein was?«

»Na, einer, der eine Straftat kopiert. Ach, jetzt fällt's mir ein. Man nennt sie Trittbrettfahrer.«

»Du meinst, der Lehmann will eine Straftat begehen? Du glaubst, er ist rechtsradikal oder so? Das wird immer wilder.«

»Das würde zu einem Kerl passen, der einer alten Frau droht.«

Erika wurde ernst. »Mit solchen Vermutungen darfst du mir nicht kommen, sonst muss ich Werner doch einschalten. Ich werde nicht riskieren, dass dir etwas zustößt, Helga. Wirklich nicht.«

Helga nahm ihr Eierlikörglas. »Prost, Erika, vergiss, was ich eben sagte. Es war Unsinn. Du hast recht, ich fange wohl doch noch an zu spinnen. Sag mal, wollen wir versuchen, für morgen Opernkarten zu bekommen? Zur Premiere der Janáček-Oper?«

Erika machte große Augen. »Jenůfa? Gern.«

»Nein, sie heißt ›Aus einem Totenhaus‹.«

»Ach du liebe Zeit, das klingt ja furchtbar. Nein, nichts Gruseliges. Da bekommst du mich nicht rein. Abgesehen davon weißt du doch, dass wir wahrscheinlich keine Karten bekommen werden. Premieren sind an den Städtischen Bühnen meistens ausverkauft.«

Jetzt grinste Helga. »Nicht, wenn alle Leute so auf den Titel reagieren wie du. Überleg es dir noch mal. Wir könnten es an der Abendkasse versuchen, und wenn wir kein Glück haben, lade ich dich in den Frankfurter Hof zum Abendessen ein. Na, wie klingt das?«

»Verzeih mir, nein. Außerdem wüsste ich nicht, wie ich Werner erklären sollte, dass ich schon wieder ausgehen möchte.«

»Ach, natürlich, Werner. Den habe ich beinah vergessen. Na, dann nicht. Ich wollte uns nur etwas Gutes tun, weil wir die ganze Zeit so trübsinnig dahergeredet haben. Bitte, es bleibt dabei, kein Wort zu deinem Mann, ja? Ich werde dir mitteilen, wenn ich die Hilfe der Polizei benötige.«

Erika nickte.

Helga hob ihr Glas. »Prost.«

7
SAMSTAG, 12. FEBRUAR 1994

Ich meide die Villa seit Tagen. Obwohl mir die Sache keine Ruhe lässt. Aber ich will die Polizei nicht auf mich aufmerksam machen. In meinem Alter nicht mehr.

Als ich heute Mittag mit meinen Einkäufen vom Bockenheimer Markt nach Hause kam, fuhr Bartos' weißer Citroën an mir vorbei. Kennzeichen F-CC 15. Ein dunkelhaariger Mann saß am Steuer, offenbar er selbst. Im Innern befanden sich drei oder vier Frauen. Er hielt vor seiner Garage. Ob Anna und Basia auch drinsaßen, kann ich nicht sagen. Wenn ich sie doch nur einmal sehen würde, um mich davon zu überzeugen, dass es ihnen gut geht. Ich würde sie nicht weiter unterrichten, das wäre mir zu gefährlich. Jeder weiß, was in der Villa geschieht. Auch wenn Bartos versucht, es geheim zu halten. Ich denke, er baut bei seiner Klientel auf Mundpropaganda und bevorzugt wohlhabende und verschwiegene Gäste. Zumindest kommen mir die Männer, die ich in die Villa gehen sehe, wohlhabend vor. Bartos hat mich noch nicht angesprochen. Das heißt, er weiß nicht, dass die beiden jungen Frauen bei mir waren. Sonst würde er mich doch bestimmt darauf ansprechen. Oder hat er sie genau aus dem Grund verschwinden lassen? Dann wäre ich dafür verantwortlich. Ich frage mich außerdem, welche Rolle seine Frau dabei spielt? Prostituiert sie sich ebenfalls? Ich muss daran denken, wie Anna mir sagte, sie sei mit einem Privatflugzeug hergekommen. Ich glaubte zunächst, das sei ein Verständnisfehler bei der Übersetzung gewesen. Andererseits wäre es eine gute Möglichkeit für Bartos, die Mädchen ins Land zu schleusen und auch wieder abzuschieben. Dass Bartos einen Piloten beschäftigt, kann ich mir kaum vorstellen. Dazu ist er zu schlau. Wenn er ein illegales Bordell betreibt, braucht er keine Mitwisser. Er muss eine andere Möglichkeit haben.

8
SAMSTAG, 12. MÄRZ 1994

Helga stand seit einer Viertelstunde am Gleis eins des Frankfurter Hauptbahnhofs und wartete auf das Eintreffen des Zuges aus Cuxhaven, mit dem Isolde kommen würde. Helga hatte die Freundin seit Heinz' Beerdigung nicht gesehen und war aufgeregt wie ein Kind. Der Brief, in dem sie Isolde zugegebenermaßen ein wenig unter Druck gesetzt hatte, war wirksam gewesen. Isolde hatte nach ihren wichtigsten Arztterminen alles stehen und liegen lassen, um nach Frankfurt zu reisen. Sie würde voraussichtlich eine Woche bleiben. Helga war überglücklich. Eine Woche Ablenkung von den ganzen Aufregungen. Wie sehr sie sich danach sehnte. In den letzten Wochen hatte sie mehr oder weniger erfolgreich versucht, die Villa und die jungen Mädchen von gegenüber zu ignorieren. Einmal hatte sie Lehmann von Weitem gesehen. Aber nicht im Kettenhofweg, sondern auf dem Bockenheimer Markt. Er war mit seinen Einkäufen beschäftigt gewesen, und sie hatte rechtzeitig im Eingang zur U-Bahn verschwinden können, wo sie gewiss zehn Minuten lang unbeweglich verharrt hatte, bis ihr ein junger Mann Hilfe anbieten wollte, weil er glaubte, sie habe Probleme, die Treppen hinaufzusteigen. »So alt bin ich nun auch nicht, junger Mann«, hatte sie gesagt.

In wenigen Minuten sollte Isolde eintreffen, und Helgas Leben würde sich endlich wieder normalisieren. Sie hatte als Überraschung für ihre Freundin Konzertkarten für die Wiener Symphoniker am heutigen Abend in der Alten Oper gekauft. Isolde wäre bestimmt erfreut. Sie ging sehr gern ins Konzert. Vorher wollte Helga mit ihr im Mövenpick ein Eierlikörchen trinken. Nervös schaute sie auf die Bahnhofsuhr. Die Zeit bis zum Eintreffen des Zuges wollte nicht vergehen. Wieder studierte sie die Anzeigetafel. Der Zug sollte um 15 Uhr am Hauptbahnhof eintreffen, hatte aber mittlerweile eine geringfügige Verspätung von fünf Minuten. Helgas Herz schlug ihr vor Aufregung bis zum Hals. In wenigen Minuten würde sie ihre Freundin in die Arme schließen. Ach, es gab so viel zu erzählen.

Nachdem der Zug eingefahren, das Quietschen der Bremsen verklungen war und sich die Türen geöffnet hatten, wimmelte es von Fahrgästen, die über den Bahnsteig eilten, um die nächste Straßenbahn oder einen anderen Anschluss zu erreichen. Doch schon bald leerte sich der Bahnsteig wieder. Helga stellte sich suchend auf die Zehenspitzen. Von Isolde keine Spur. War sie nicht im Zug gewesen? Helga lief ein Stück den Bahnsteig hinauf. Ein paar ältere, langsam gehende Personen kamen ihr entgegen. Isolde war nicht dabei. Schließlich war das Gleis fast menschenleer. Helga war traurig und enttäuscht. Isolde hatte sie noch nie versetzt. Sie war ihr in all den Jahren eine zuverlässige Freundin gewesen. Sie konnte sich auf sie verlassen. Helga wendete sich zum Anfang des Bahnsteigs. War die Freundin unbemerkt an ihr vorbeigegangen? Nein, unten stand niemand. Ein letzter Blick den Bahnsteig hinauf. Ganz hinten bemerkte sie eine kleine Gestalt, die sich mit einem Rollkoffer abmühte. Fehlanzeige, Isolde war viel größer. Enttäuscht ließ sich Helga auf eine Bank sinken. Was nun? Ein verpasster Zug? Dann würde Isolde hoffentlich mit dem nächsten eintreffen. Oder war ihr gar etwas zugestoßen?

»Helga?«

Sie fuhr herum. Vor ihr stand eine kleine, hagere, leicht gebückte alte Dame. Helga sprang auf. »Isolde! Du bist es doch. Verzeih, ich habe dich von Weitem nicht erkannt. Ich bin so erleichtert, ich dachte schon, du hättest es dir anders überlegt oder gar den Zug verpasst.«

Die beiden Frauen umarmten sich und wollten sich gar nicht mehr loslassen. Helga küsste die Freundin auf beide Wangen. »Ich freue mich so sehr.«

»Ach, meine Liebe, wenn ich sage, dass ich dich besuche, ist das eine verbindliche Zusage. So gut kennst du mich hoffentlich noch. Beinahe hätte ich allerdings den Anschlusszug in Hamburg verpasst. Ich kann nicht mehr so schnell laufen, bin krumm geworden und ein wenig geschrumpft. Und wenn man den Bahnsteig wechseln muss, wird es anstrengend, zumal man Treppen steigen muss. Aber ein junger Herr hat mir geholfen. Ja, meine Liebe, sieh mich an. Das Alter hat mich gezeichnet.« Sie lächelte, blickte zu Helga auf und strich ihr sanft über die Wange. »Du hingegen hast dich nicht verändert. Du siehst gut aus.«

Helga lachte. »Hör schon auf. Auch ich bin nicht ohne Malaisen. Komm, ich ziehe den Koffer. Wir gehen zum Taxistand. Spätestens in zehn Minuten sind wir bei mir.«

»Wo ist Karlchen?«

»Zu Hause. Er mag den Bahnhofsrummel nicht. Zu laut und zu voll.« Der Koffer holperte über den Bahnsteig. »Ganz schön schwer, hast du Wackersteine da drin?«

»Tut mir leid, soll ich ziehen? Ich wusste nicht, auf welches Wetter ich mich einstellen soll.«

»Ist doch kein Problem. Finger weg, ich mache das. Ich habe eine Überraschung für dich. Wir gehen heute Abend ins Konzert in der Alten Oper. Die Wiener Symphoniker. Was sagst du dazu?«

Isolde lächelte. »Das ist lieb von dir. Du hast es nicht vergessen. Ich liebe Konzerte. Ich hoffe, dass ich mich später besser fühle. Denn die sechsstündige Fahrt steckt mir ziemlich in den Gliedern. In der Not könnte ich in deiner Wohnung bleiben und mich ausruhen. Es macht mir nichts aus, wenn du allein gehst. Du könntest meine Karte in diesem Fall weitergeben? Nur wenn ich zu matt bin, meine ich.«

Helga war beschämt. Sie hatte sich keine Gedanken darüber gemacht, dass Isolde zu erschöpft für eine Unternehmung sein könnte. Bei ihrem letzten Besuch war sie das blühende Leben und flexibel gewesen. Und nun war sie eine alte, gebrechliche Frau geworden. »Ach, das war unüberlegt von mir, Isolde. Es tut mir leid, bitte entschuldige. Das ist kein Problem, ich werde dich sicher nicht allein lassen. Die Karten können verfallen. Strafe muss sein.«

»Jetzt machst du mir ein schlechtes Gewissen, Helga.«

»Unsinn. Ich erhalte ohnehin einen Rentnerrabatt.«

Sie hatten den Taxistand erreicht und stiegen in den vordersten Wagen ein. Während der Fahrt schaute

Isolde neugierig aus dem Fenster. »Es hat sich nichts verändert. Alles sieht aus wie beim letzten Mal. Nicht schön, doch auch diese Gegend gehört zu Frankfurt.«

»Ja, es ist und bleibt eine hässliche Ecke. Gleich sind wir da.«

»Der Kettenhofweg ist eine wunderschöne Straße. Du kannst dich wahrhaftig nicht beklagen. Und so zentral gelegen.«

Als der Taxifahrer nach Ankunft vorm Haus den Koffer aus dem Auto gehoben und ihn vor der Haustür abgestellt hatte, hielt ein weiteres Taxi direkt hinter ihrem. Ein Herr stieg aus und ging zum Haus gegenüber. Gleich darauf erschien eine spärlich bekleidete Frau am Tor und öffnete dem Herrn.

Isolde machte große Augen. »Sag mal, wohnen da etwa leichte Mädchen?«

»Wie kommst du denn darauf?«

»Hast du gesehen, wie die Frau angezogen war?«

Der Taxifahrer, der wieder ins Auto gestiegen war, schaute aus dem geöffneten Fahrerfenster heraus. »Ich kann dazu nur äußern: Die Kundschaft, die ich einigermaßen regelmäßig herbringe, spricht Bände.« Er grinste. »Es sind ausschließlich Herren, wenn Sie verstehen, was ich meine.«

»Was wollen Sie uns damit sagen?«, fragte Helga verwirrt.

Der Taxifahrer senkte die Stimme. »Das ist ein Puff, will ich damit sagen. Wenn Sie da wohnen, müssten Sie das doch wissen.«

Helga wurde blass und schüttelte ungläubig den Kopf. »Wie können Sie so etwas behaupten? Ich wohne seit vielen Jahren in dieser Straße und kenne die Besitzer des Hauses. Das sind unbescholtene und seriöse Leute. Ich glaube, Sie fahren zu häufig durchs Bahnhofsviertel. Im Kettenhofweg gibt es so etwas nicht.«

»Meine Dame, glauben Sie mir, wir Taxifahrer wissen fast alles, was in der Stadt vor sich geht. Und wir kennen die geheimsten Etablissements. Ich habe schon häufig sehr bekannte Frankfurter Persönlichkeiten hergefahren. Wenn ich aus dem Nähkästchen plaudern würde, Sie würden staunen. Besser gesagt, Ihnen würde Hören und Sehen vergehen, aber …« Er fuhr mit Daumen und Zeigefinger von links nach rechts über seinen Mund. »Ich kann schweigen wie ein Grab. Schönen Tag noch, die Damen.«

Helga war wie vom Donner gerührt und blickte hinter dem Taxi her. »Was für ein ungehobelter Mensch, einfach von einem Puff zu sprechen. Das ist unerhört.«

Dieses Mal war es Isolde, die ihre Freundin unterm Arm stützte. »Was ist los, ist das so schlimm? Beruhig dich, meine Liebe. Ist doch alles halb so wild, und wer weiß, ob der Mann überhaupt recht hat. Komm, altes Mädchen, lass uns gehen. Ich helfe dir.«

Die beiden Damen stiegen ächzend die Treppe nach oben, wobei Isolde Helga ein wenig stützen musste.

»Tut mir leid, das hat mir eben den Boden unter den Füßen weggezogen, Isolde.«

Karlchen wartete bereits hinter der Tür und sprang wedelnd auf die beiden zu, als sie eintraten. »Mach Platz, Karlchen, ich muss mich setzen.« Helga schaffte es gerade noch ins Wohnzimmer zu ihrem Ohrensessel, in den sie sich kurzatmig fallen ließ. »Das war knapp.«

»Ich hole dir Wasser, ich kenne mich noch ein wenig aus bei dir.« Isolde eilte in die Küche und kam mit einem vollen Wasserglas ins Wohnzimmer zurück. »Damit dir dein Kreislauf nicht völlig zusammenbricht.«

Helga leerte das Glas in einem Zug und stellte es neben sich auf den Beistelltisch. »Ich danke dir. Jetzt musst du die Gastgeberin auch noch bedienen. Das war nicht meine Absicht. Nun würde ich es heute Abend auch nicht mehr fertigbringen, auszugehen. Das hat sich erledigt.«

Isolde setzte sich schweigend aufs Sofa, tätschelte Karlchen, der freudig neben sie gesprungen war, und tupfte sich mit einem Taschentuch, das sie sich aus dem Ärmel ihrer Bluse gezogen hatte, die feuchte Stirn. »Bin ich froh, dass wir oben sind, ich dachte schon, du wirst im Treppenhaus ohnmächtig. War das für dich so ein Schock? Das ist gar nicht so schlimm. Wieso regst du dich denn darüber so auf, meine Liebe?«

»Ich bin einfach sprachlos. Dies ist eine bevorzugte Wohngegend. Hier wohnen Leute, die es sich leisten können. Bordelle stehen im Bahnhofsviertel, nicht in unserer noblen Straße. Heinz und ich wären niemals in die Nähe eines Puffs gezogen. Das kannst du mir glauben. Nein, das kann nicht stimmen. Das hätte ich längst erfahren. Rosa vom Kiosk weiß alles, was im Viertel los ist. Herr Bartos ist kein Zuhälter, niemals. Ich täusche mich keinesfalls derartig in ihm.« Sie schüttelte unentwegt den Kopf. Schließlich sagte sie: »Und was, wenn? Isolde, ich muss mir unbedingt Klarheit verschaffen.«

»Letzten Endes ist es nicht deine Angelegenheit, Helga. Warum irritiert dich das so sehr? Warum brauchst du Beweise?«

»Warum mich das beschäftigt? Na, du hast Nerven. Jeder weiß, dass Zuhälterei ein schmutziges Geschäft ist. Schau dich in der Bahnhofsgegend um. Weißt du, wie gefährlich es ist, wenn man nachts durchs Rotlichtviertel läuft? Man kann von Glück sagen, wenn man überlebt.«

»Aber du musst dich gar nicht nachts am Bahnhof herumtreiben.«

»Natürlich nicht. Ich tu es nicht, weil ich es nicht muss. Nun soll ich so etwas vor meiner eigenen Haustür tolerieren? Karlchen nimmt keine Rücksicht auf die Tageszeit. Der muss raus, wenn es dunkel ist. Stell dir vor, ich gerate in eine Schießerei. Ich darf gar nicht daran denken.«

»Ach, Helga, wer sollte ausgerechnet einer älteren Dame etwas tun und warum?«

Helga antwortete nicht, hing ihren Gedanken nach, erinnerte sich an Erika, die in Erwägung gezogen hatte, dass Bartos seine Mädchen zum Anschaffen schickte, allerdings im Bahnhofsviertel, nicht direkt vor Helgas Tür. Isolde hatte gut reden. Sie wohnte weit weg. Wenn es stimmte, was der Taxifahrer behauptet hatte, wie lange mochte Herr Bartos dann diesen »Betrieb« bereits führen – wenn man es denn Betrieb nennen wollte? Sie erinnerte sich an die Unterhaltungen mit Ingrid Bartos. Nett und zwanglos. Nun erschien es ihr wie eine Fügung des Schicksals, dass es nie zu einem wirklichen Gespräch zwischen Herrn Bartos und ihr gekommen war. Wenn dieser Mann tatsächlich ein Bordell betrieb, wäre jedes Wort eines zu viel. Helga würde in Verruf geraten, wenn man sie zusammen sah. Die Vorstellung allein, dass es Männer gab, die ein solches Etablissement aufsuchten, bereitete ihr Übelkeit. Mit Schaudern dachte sie an Lehmann. Er steckte womöglich mit drin. Gehörte er zum Kundenstamm? Wie nannte man doch gleich solche Männer? Freier. Empörend in seinem Alter. Hatten Männer denn niemals genug? Auch begreiflich, dass er ihr gegenüber deshalb so feindselig war. Er wollte seinen guten Ruf nicht verlieren. Die Puzzleteile setzten sich langsam zusammen. Ihr stellte sich noch eine andere Frage.

Isolde tätschelte Helgas Hand. »Hallo, meine Liebe, darf ich dich aus deinen düsteren Gedankengängen herausholen? Oder kann ich dir vielleicht bei deinen Überlegungen weiterhelfen?«

Helgas verklärter Blick richtete sich auf Isolde. »Ich frage mich gerade, ob man als Anwohnerin ein solches …«, sie räusperte sich, »… Etablissement überhaupt dulden muss? Dies ist eine Wohn- und keine Geschäftsstraße.«

»Diese Frage kann ich dir nicht beantworten. Du machst dir viel zu viele Gedanken. Wir wissen nicht einmal, ob es richtig ist, was der Taxifahrer behauptet. Du weißt selbst, wie schnell sich Gerüchte verbreiten. Stell dir vor, wir täten den Leuten da drüben Unrecht?« Isolde stand auf, ging zum Fenster und schaute eine Weile auf die Straße. Schließlich drehte sie sich zu Helga um. »Kein einziges rotes Licht im Fenster. Nein, Helga, wenn dort ein Bordell wäre, dann würde man das wahrnehmen. Nichts deutet darauf hin, dass da etwas Unseriöses im Gange ist. Beruhige dich und lass uns über alte Zeiten plaudern. Weißt du, wie lange wir uns schon kennen? Ein halbes Leben lang.« Sie nahm wieder auf dem Sofa Platz.

Helga nickte. »Das stimmt. Und nun sind wir beide Witwen. Dein Eberhard ist sogar schon zwei Jahre vor meinem Heinz gestorben. Warum müssen alte Fregatten wie wir nur immer unsere Männer überleben?«

Isolde kicherte. »Weil wir besser allein zurechtkommen als die Herren der Schöpfung. Früher glaubte ich immer, Eberhard sei mein Quell der Kraft. Erst später bemerkte ich, dass er nicht nur zwei linke Hände hatte, ich musste ihm auch noch alle Entscheidungen abnehmen. Wir Frauen sind … Wie heißt das doch gleich? Multipletasking? Nein, meine Tochter Andrea sagte es neulich, von ihr soll ich übrigens grüßen.«

»Vielen Dank.«

»Jetzt fällt's mir ein. Sie sagte Multitasking. Wir sind multitaskingfähig.«

»Was heißt das?«, fragte Helga.

»Dass wir in der Lage sind, mehrere Dinge gleichzeitig zu tun.«

»Männer nicht?«

»Also, wenn Eberhard sich mit einer Sache beschäftigte, dann war er so darin vertieft, dass er nicht einmal bemerkte, wenn ich ihn ansprach, was ich im Allgemeinen deshalb auch vermieden habe. Ich war froh, wenn er sich ausnahmsweise mal nützlich machte.« Isolde kicherte. »Wir Frauen hingegen konnten schon immer gleichzeitig Kinder stillen, Essen kochen, uns mit unserem Partner unterhalten und dabei auch noch einen Nagel in die Wand schlagen. Kennst du einen Mann, der das alles gleichzeitig kann?«

»Ich weiß nicht. Ich hatte keine Kinder, die ich stillen musste. Heinz konnte weder kochen noch putzen.

Nur handwerklich war er recht geschickt, Kunststück. Er hatte seine Malerfirma über 30 Jahre lang. Unsere Wohnung hat er selbst gestrichen. In den letzten Jahren hatte er sich allerdings nicht mehr dazu in der Lage gefühlt und auch kaum noch die Wohnung verlassen.«

»Siehst du, du tust das nicht. Du sitzt nicht den ganzen Tag zu Hause herum, sondern gehst in Ausstellungen und Konzerte, in die Oper und du triffst deine Freundinnen oder deine Nichte. Das hält dich jung und fit. Man sollte immer Aufgaben haben, das hindert einen daran, alt zu werden.«

»Schon, jetzt traue ich mich abends nicht mehr raus, wenn das stimmt, was da drüben los ist. Und dann kommt in ein paar Monaten der Herbst, da wird es zunehmend früher dunkel. Und ich muss im Dämmerlicht an der Villa der Bartos vorbeigehen und weiß nicht, ob sich auf der anderen Straßenseite Menschen verbergen, die mit Drogen handeln oder so.«

»Nun übertreib mal nicht, bis zum Herbst ist noch ein halbes Jahr Zeit, Helga.«

»Ja, ja, ich muss mich bis dahin wieder sicher fühlen. Isolde, ich muss mich mit eigenen Augen davon überzeugen, was da drin los ist.«

Isolde machte ein ungläubiges Gesicht. »Du willst da rein?«

»Genau, und du kommst mit.«

»Das ist nicht dein Ernst, oder? Du scherzt wohl.«

»Tu ich nicht. Gemeinsam wird uns nichts passieren. Wir gehen einfach am Montag rüber. Ich will mir ein Bild machen. Ich meine, ob da Waffen rumliegen, Drogen oder so.«

Isolde kicherte. »Manchmal liegen auch Prostituierte rum.«

»Igitt, Isolde. Soll das ein Scherz sein? Du mit deiner Fantasie.«

»Aber ehrlich, Helga, ich traue mich da nicht rein. Das ist mir zu gefährlich. Damit machen wir uns strafbar.«

»Ach was, ich denke mir was aus. Was soll am helllichten Tag passieren? Wir wüssten Bescheid, was sich da abspielt, und könnten im schlimmsten Fall die Polizei alarmieren. Kann ein Drogenumschlagplatz sein. Verstehst du? Bis die Kripo von sich aus was tut, muss erst etwas passiert sein. Wir können den Verbrechen vorbeugen, sozusagen die Gefahr abwenden.«

»Du hast zu viele Miss-Marple-Filme gesehen, Helga. Meine Tochter wäre nicht einverstanden mit dem, was du vorhast.«

»Papperlapapp! Sie wird es nicht erfahren. Nun sei kein Feigling. Ich glaube, ich habe schon eine gute Idee.«

Isolde wiegte den Kopf hin und her, schließlich schmunzelte sie. »Ich bin zum Glück weit weg von zu Hause. Und eigentlich wollte ich schon immer mal in so einen Puff reinschauen. Ist bestimmt plüschig dort. Was soll's, man erlebt in unserem Alter ja sonst nichts.«

»Dies wird ein richtiges Abenteuer, das garantiere ich dir. Außerdem nimmt es mir die Angst, wenn ich sehe, dass da ganz normale Menschen leben. Nun ja, mit einem merkwürdigen Beruf.« Helga verzog den Mund. »Oder es stimmt im besten Fall gar nicht. Das wäre wünschenswert.«

»Bewaffnen wir uns?«

Helga prustete los. »Mit einem Küchenmesser oder hast du etwa einen Revolver im Koffer?«

»Ich dachte nur. Na gut. Dann erzähl mal, was du genau vorhast.«

Die beiden redeten sich die Köpfe heiß und gackerten am Ende wie Teenager. Schließlich ging Helga in die Küche, holte Eierlikör und zwei Gläser, schenkte ein und reichte Isolde eines. »Lass uns auf unser Abenteuer anstoßen.«

»Das hat gutgetan«, sagte Isolde, leckte sich über die Lippen und setzte ihr Glas ab. »Ich war richtig hibbelig. So etwas tut man nicht alle Tage. Sag mal, wie geht es deiner Nichte?«

»Gut, dass du fragst, sie kommt morgen zum Frühstück. Sie möchte dich gerne mal wiedersehen. Ich hoffe, das ist dir recht? Sie bringt Brötchen mit. Aber kein Wort über das, was wir vorhaben, ja?«

»Ich werde schweigen. Ich freue mich sehr, sie wiederzusehen. Ob ich sie wohl wiedererkenne oder ich müsste besser fragen, ob sie mich noch erkennt? Wie alt ist sie mittlerweile?«

»38.«

»Mein Gott, wie die Zeit vergeht. Ich hab sie das letzte Mal gesehen, als sie gerade ihre Ausbildung zur Krankenschwester begann. Sei froh, dass du sie hast.«

»Das bin ich. Sie ist für mich wie eine Tochter.«

»Ach ja, meine Enkel sind zwar anstrengend, aber sie vertreiben mir die Zeit. Und über Andrea kann ich mich nicht beschweren. Sie ist eine gute Tochter. Das sind die Dinge, die zählen, sie sind immer für uns da.«

»Das stimmt. Früher war ich davon überzeugt, ich sei durch und durch Städterin, Isolde. Weil eine Großstadt nun mal was zu bieten hat und man dadurch umtriebig bleibt. Ich hätte mich in der schönsten Idylle nicht wohlgefühlt, begriff nie, wieso ihr freiwillig nach Cuxhaven gezogen seid. Aber heute verstehe ich dich. Ja, ich beneide dich darum.«

»Wir leben nicht auf dem Dorf. Und glaube mir, selbst bei uns gibt es Dinge, vor denen man lieber die Augen verschließt.«

»Natürlich glaube ich das. Dennoch hast du kein Bordell vor der Tür. Weißt du, früher sagten Heinz und ich, wenn wir kurzfristig dem Trubel der Stadt entfliehen wollen, fahren wir in die Berge. Eine Woche gute Luft und wandern, das reichte uns, denn wir wohnten ja in dieser schönen Gegend hier.«

Isolde lächelte. »Ja, ich weiß. Eberhard und ich waren mal dabei, erinnerst du dich?«

»Na klar. Wie könnte ich das vergessen, wo wir so viel Spaß miteinander hatten.«

»Es war ein so schöner Urlaub, damals in Tirol. Wir kauften uns dafür eine vollständige Wanderausrüstung.«

Helga lachte. »Dein Eberhard konnte am zweiten Tag wegen seiner Blasen an den Füßen nicht mehr mitlaufen. Du hast ihm päckchenweise Pflaster besorgt, weißt du noch?«

Isolde nickte kichernd. »Stimmt, und er hat dann Wellness gemacht. Jeden Tag schwimmen, in der Sonne liegen und in die Berge gucken. Das hat ihm gut gefallen.«

»Und täglich gab's zum Nachtisch Kaiserschmarrn«, ergänzte Helga.

»Richtig, auch das hat ihm gefallen. Er hatte nach dem Urlaub drei Kilo drauf. Aber es war einfach zu schön mit euch. Und danach machten wir euch den Vorschlag, mit uns gemeinsam nach Südtirol zu fahren.«

Helga bejahte. »Das war eine besonders gute Idee, fanden wir. Für uns war es das erste Mal dort. Wir wohnten oberhalb von Bozen, wie hieß doch gleich das Hotel, von dem aus man abends das Alpenglühen bewundern konnte?«

»Reichrieglerhof. Ging hoch hinauf. Ach, war das schön dort. Erinnerst du dich noch an das kleine Lokal mitten in den Weinbergen? Dort saßen wir unter Weinreben voller dicker Trauben, die einem wie im Schlaraffenland beinah in den Mund hingen. Wir gingen an diesem Abend im Dunklen zurück und sahen unzählige Sternschnuppen. Willst du wissen, was ich mir wünschte?«

»Na?«

»Eine Tochter.«

»Die hast du auch bekommen. Hätte ich auch tun sollen. Ach, Schwamm drüber. Ich habe meine Nichte. Die reicht mir. Jedenfalls waren das schöne …« Die Türglocke läutete. »Pst«, machte Helga. »Nicht reagieren. Das ist garantiert wieder der Lehmann.«

»Wer?«

»Ein Nachbar. Also bloß nicht öffnen.«

Es klingelte erneut, und dann klopfte es. Karlchen bellte.

»Frau Lindemeyer, sind Sie da?«, rief eine weibliche Stimme.

Isolde stand auf. »Soll ich aufmachen? Das hört sich nicht nach einem Mann an.«

Helga nickte. »Aber sei vorsichtig.«

Isolde ging zur Tür und öffnete einen Spalt breit.

Eine Frau in Schürze stand draußen. »Entschuldigen Sie, ich bin die Nachbarin von unten. Ich will nicht stören, aber kann es sein, dass der Koffer, der unten vorm Haus steht, eventuell Ihnen gehört?«

Isolde machte große Augen. »Ach, du liebe Zeit, mein Koffer. Vielen Dank, den hatte ich vollkommen vergessen. Das ist sehr aufmerksam von Ihnen. Ich laufe gleich runter.«

»Nicht nötig. Michael, bringst du den Koffer rauf?«, rief die Frau die Treppe hinunter. Es folgten schwere Schritte. Ein Mann mit schütterem Haar stieg die Stufen mit dem Koffer hinauf und setzte ihn vor der Wohnungstür ab. »Ziemlich schwer«, sagte er.

»Ich werde ein paar Tage bleiben und man weiß nie, wie das Wetter wird. Es ist wirklich nett, dass Sie den Koffer hochgebracht haben, herzlichen Dank. Ich bin so froh, dass Sie mich drauf aufmerksam gemacht haben. Peters mein Name. Nicht auszudenken, wenn er weg gewesen wäre. Noch mal herzlichen Dank.«

»Gruß an Frau Lindemeyer von Frau Wickler«, sagte die Frau, winkte zum Abschied und ging mit ihrem Mann die Treppe hinunter.

Isolde rollte den Koffer in die Wohnung. »Hast du das mitbekommen, Helga?«

»Du hast den Koffer unten stehen lassen?«

»Du warst vorhin so aufgeregt, da habe ich nicht mehr an ihn gedacht. Du hast sehr aufmerksame Nachbarn. Das ist doch tröstlich.«

»Nun, der Sohn ist eine Nervensäge. Er hört den ganzen Tag schrecklich laute Rockmusik. Ich klopfe dann immer mit dem Besen auf den Boden. Ich dachte schon, sie wollten sich beschweren. Ist nett von ihnen, dass sie geholfen haben.«

»Wer wohnt über dir?«

»Amerikaner. Wir grüßen uns nur. Sprachbarriere, verstehst du? Ich habe nie Englisch gelernt. Sie sind sehr freundlich, wenn ich ihnen begegne, sprechen allerdings kaum Deutsch. Nun komm, ich habe dir noch nicht mal dein Zimmer gezeigt. Allerdings hat sich nichts drin verändert. Nimm den Koffer mit.« Helga ging voraus und öffnete die Tür des Gästezimmers.

Isolde freute sich. »Danke, meine Liebe. Ich mochte das Zimmer schon immer. Wenn man aus dem Fenster schaut, sieht man den Messeturm. Dann denke ich immer, ich bin in New York. Da war ich mehrmals mit Eberhard.« Sie umarmte ihre Freundin. »Ich packe später aus. Lass uns wieder ins Wohnzimmer gehen und du erzählst mir, was es mit diesem Herrn Lehmann auf sich hat. Ein lästiger Nachbar?«

9
SONNTAG, 13. MÄRZ 1994

Als es um neun an der Wohnungstür läutete, hatten Isolde und Helga bereits den Tisch gedeckt. Helga öffnete. Karlchen jaulte vor Freude, als Monika eintrat, und sprang an ihren Beinen hoch. Monika bückte sich, streichelte den Hund und küsste ihre Tante auf die Wange.

»Ich hatte befürchtet, dass dir ein Nachtdienst dazwischenkommen könnte«, sagte Helga. »Isolde freut sich auf dich.«

»Nein, alles gut. Im Moment sind wir im Krankenhaus zum Glück gut besetzt. Wo ist deine Freundin?«

Isolde trat in die Diele, lächelte und breitete ihre Arme aus. »Hallo, Monika, kannst du dich noch an mich erinnern?«

»Hallo, Isolde, natürlich.« Monika umarmte die kleine Frau. »Wie geht es dir?«

»Du siehst ja, ich bin bucklig geworden. Sonst will ich nicht klagen.«

»Tante Helga erzählt häufig von dir. Wie schön, dich wiederzusehen. Es ist bestimmt beinah 20 Jahre her, oder?«

»Das stimmt. Du hättest mich auf der Straße vermutlich nicht wiedererkannt.«

»Du bist dünn geworden. Ich könnte dir in jedem Fall etwas von meinen Speckröllchen abgeben. Wenn man im Schichtdienst arbeitet, isst man unregelmäßig. Das hat bei mir zumindest unliebsame Folgen. Apropos, ich habe Brötchen mitgebracht.« Sie reichte Helga die Tüte.

»Nehmt am Esstisch Platz, der Kaffee steht schon da«, sagte Helga und verschwand mit der Tüte in der Küche.

Isolde und Monika setzten sich an den Esstisch.

»Ist sicher anstrengend im Schichtdienst, Monika. Möchtest du denn keine Familie gründen?«

Monika schenkte Kaffee aus einer Thermoskanne, die auf dem Tisch stand, in die Tassen ein. »Der Zug ist abgefahren. In meinem Alter nicht mehr. Außerdem habe ich momentan keinen Partner. Ich muss sagen, dass mich das nicht besonders belastet. Als Single muss ich auf niemanden Rücksicht nehmen. Das ist entspannt. Wenn mir der passende Partner über den Weg laufen sollte, lässt sich das ändern. Wie geht es deiner Tochter? Andrea, nicht?«

»Es geht ihr gut, danke. Sie arbeitet in der Anwaltskanzlei ihres Mannes.«

»Tante Helga erwähnte es kürzlich. Du kümmerst dich viel um deine Enkelkinder, nicht wahr?«

»Ja, Enkelkinder sind etwas anderes als die eigenen Kinder. Man muss sie nicht erziehen und kann sie außerdem wieder abgeben. Natürlich sind auch sie hin und wieder anstrengend.«

Helga kam mit dem Brötchenkorb zu den beiden. »So. Bedient euch bitte.«

Monika nahm sich ein Brötchen. »Ich freue mich, dass ihr zwei ein wenig Zeit miteinander verbringt. Das tut euch beiden sicher gut«, sagte Monika.

»Das kann man wohl sagen. Nach dem Stress in der letzten Zeit bin ich heilfroh, dass ich Gesellschaft habe.

Und Isolde ist auch froh, dass sie mal rauskommt, nicht wahr?«

Isolde nickte eifrig. »Aber natürlich. Ist mal etwas anderes.«

»Was hattest du denn für Stress, Tante Helga? Unsere letzten Treffen waren doch sehr entspannt. Ist etwas geschehen, wovon ich nichts weiß?«

»So kann man es nennen.« Helga tupfte sich den Mund mit ihrer Serviette ab. »Stell dir vor, es geht das Gerücht um, dass mir gegenüber, da, wo die Bartos wohnen nämlich, ein Bordell sein soll. Ist das nicht entsetzlich? Das hat mich richtig mitgenommen.«

Monika biss in ihr Brötchen und kaute bedächtig. Nach einer Weile sagte sie: »Das war mir bekannt.«

»Wie meinst du das?«

»Das ist mir seit Jahren bekannt, Tante Helga. Das wissen doch alle. Gabor Bartos und seine Frau betreiben das Bordell. Es heißt, dass Frau Bartos über ihren Schreibwarenladen bei Verlangen sogar Quittungen über vermeintliche Käufe für die Kunden ausstellt, sodass die das Vergnügen von der Steuer absetzen können.«

»Ach ja?« Isolde machte große Augen und hörte auf zu kauen.

»Was redest du da bloß, Moni? Das glaube ich nicht. Du warst im Bilde? Warum hast du nie mit mir darüber gesprochen?«

Monika zuckte die Achseln. »Tante Helga, ich dachte, du weißt Bescheid und es ist dir peinlich, darüber zu reden. Ich sprach sogar mal mit Onkel Heinz darüber.«

»Heinz? Er wusste, dass wir im Milieu wohnen? Ach Gott. Was muss ich da alles erfahren?«

»Tante Helga, das kannst du nicht als Milieu bezeichnen. Es gibt einige diskrete Bordelle in Frankfurt. Meiner Ansicht nach existieren außerhalb des Bahnhofsviertels etwa 14 sogenannte Privatclubs. Ich hörte, dass Wohnungsprostitution polizeilich toleriert wird, wenn das Haus nicht von außen als Bordell erkennbar ist. Am Sachsenhäuser Berg gibt es in einer guten Wohngegend ebenfalls ein solches Etablissement. Da beschwerten sich ein paar Anwohner, sind aber nicht damit durchgekommen. Bei euch verkehren ohnehin nur gutbetuchte Herren. Die werden sich keinen Skandal leisten. Angeblich sogar Prominente. Sie werden dich bestimmt nicht belästigen. Eher siehst du sogar mal einen Promi. Das ist doch spannend.«

Helga verzog angewidert das Gesicht. »Du sagst, Frau Bartos stellt Quittungen aus?«

»Angeblich.«

»Das ist absurd. Ich werde nie wieder einen Fuß in ihren Schreibwarenladen setzen. Woher weißt du das denn alles so genau?«

»Wir hatten mal einen Kunden in der Notaufnahme. Er hatte nach einem Besuch bei den Bartos einen leichten Herzanfall.«

»Das kommt davon«, kommentierte Isolde.

»Ja, er erwähnte, dass er gerade aus der Villa im Kettenhofweg gekommen war. Weil ich das Ehepaar Bartos durch dich vom Sehen kannte, war ich neugierig.«

»Er hat dir das alles erzählt?«

»Er sagte auch, dass die Mädchen nur vorübergehend

dort arbeiten. Dann treffen wieder Neue ein. Er hat schon einige kommen und gehen sehen. Er sagte, die gutsituierte Kundschaft liebt Abwechslung.«

»Ein langjähriger Freier also?« Helga fächelte sich mit ihrer Serviette Luft zu.

»Scheint so gewesen zu sein.«

»Die Bartos sind Ende der 80er-Jahre eingezogen. Glaubst du, das Haus wurde damals direkt zum Bordell?«, fragte Helga.

»Der Patient sagte so etwas in der Richtung. Er erzählte, dass das Bordell viel Geld eingebracht hat. Herr Bartos soll auch eine Villa mit einem großen Sportboot in Florida besitzen. Ach, Tante Helga, du siehst gar nicht gut aus, lass uns über etwas anderes sprechen. Ich wollte dich nicht aufregen.«

Isolde pflichtete ihr bei. »Sie hat sich gestern schon so furchtbar darüber echauffiert. Nicht, dass wir sie noch in die Notaufnahme bringen müssen.« Dann blickte sie zu Helga. »Wir sollten lieber nicht …«

Helga sprang auf. »Noch Kaffee?«

»Was solltet ihr lieber nicht tun?«, fragte Monika.

»Sie meint, wir sollten lieber nicht mehr darüber nachdenken, nicht wahr, Isolde?«

»Ja, ja, das meinte ich«, stotterte Isolde.

»Ich kann allerdings nicht länger die Augen davor verschließen. Ich lebte all die Jahre hinter dem Mond. Ich frage mich, ob das in meiner Nachbarschaft wirklich bekannt ist oder ob ich die Leute darüber informieren soll.«

»Davon würde ich dir dringend abraten, Tante Helga, wenn du keinen Ärger bekommen willst. Sei bitte weiterhin höflich zu den Bartos. Sie haben dir nichts getan. Es ist nicht deine Aufgabe, darüber zu urteilen.«

»Siehst du, jetzt sagst du es selbst. So ein Betrieb bringt Ärger ein.«

»Nicht, wenn du die Leute in Ruhe lässt. Außerdem werden es die meisten Anwohner ohnehin längst wissen und hinnehmen. So wie Onkel Heinz.«

»Im Nachhinein muss ich mich fragen, ob es ihm eine gewisse Freude bereitet hat. Er hat öfter mal von den hübschen jungen Dingern gesprochen. Und häufig aus dem Fenster geschaut. Pfui, kann ich nur sagen. Schade, dass ich ihn mir nicht mehr zur Brust nehmen kann.«

»Ach, Onkel Heinz hat gewiss nichts getan, wofür du dich schämen musst.«

»Das will ich hoffen, Moni. Weiß man, woher die jungen Dinger kommen?«

»Der Herr, der darüber gesprochen hat, sagte, sie stammen aus dem Osten. Ukraine, Moldawien, Russland und Ungarn, glaube ich mich zu erinnern«, antwortete Monika.

»Die Rosa vom Kiosk sagt, die eine, die dort mal eine Zeitschrift gekauft hat, sprach fast gar kein Deutsch. Schlimm, dann können die Männer sich mit denen ja nicht mal unterhalten.«

Monika hüstelte.

»Ich glaube, die wollen sich auch nicht unterhalten«, sagte Isolde.

»Hör auf. Ich muss immerzu an die Mutter von Frau Bartos denken, wenn sie nun mal unangemeldet erscheint und was mitbekommt. Mich würde auf der Stelle der Schlag treffen.«

»Du bist aber nur eine Nachbarin, die eine schöne Wohnung besitzt und jetzt an etwas anderes denken sollte. Wollen wir vielleicht zu dritt Canasta spielen?«

*

»Entschuldige, dass mir beinah was rausgerutscht wäre«, sagte Isolde, nachdem Monika gegangen war. »Aber als du das Bordell erwähntest, dachte ich, du wolltest über unser Vorhaben sprechen.«

»Niemals! Das würde Monika sofort untersagen. Das darf sie auf keinen Fall erfahren.«

»Sie ist so eine nette Frau, deine Nichte, und sie ist sehr besorgt um dich. Du kannst dich glücklich schätzen, dass du sie hast. Schade, dass sie schon wieder gehen musste. Warum hast du ihr nicht von deinem Problem mit Herrn Lehmann erzählt?«, fragte Isolde, während sie das frisch gewaschene Geschirr von Helga entgegennahm, um es abzutrocknen und in den Schrank zu stellen.

»Aus demselben Grund. Sie würde den Mann sofort anzeigen. Nein, noch schlimmer. Ich kenne meine Nichte, sie würde Lehmann aufsuchen, ihn zur Rede stellen und sich selbst dabei gefährden.«

»Zum Glück wissen wir nun aber alles, nicht wahr? Dann brauchen wir da gar nicht mehr reinzugehen.«

Helga runzelte die Stirn. »Wer sagt denn so was? Jetzt erst recht. Stell dir vor, die halten dort Mädchen gefangen oder wir finden einen Drogenumschlagplatz. Nein, wir müssen nach dem Rechten sehen. Ich verspreche, wenn wir was finden, überlassen wir alles Weitere der Polizei.«

10
MONTAG, 14. MÄRZ 1994

Helga und Isolde waren seit 7 Uhr wach und saßen nervös am Erkerfenster.

»Und du glaubst, sie wird rauskommen?«, fragte Isolde. »Es ist gleich neun.«

»Natürlich, sie verlässt immer um diese Zeit das Haus. Und sieh nur, da ist auch schon der Herr Bartos. Er geht mit dem Hund spazieren.«

»Tatsächlich. Der humpelt aber heftig. Dagegen bin ich schnell wie der Blitz«, bemerkte Isolde.

»Er hat eine Beinprothese, deshalb dauert es auch eine Weile, bis er zurückkehrt. Jetzt muss nur noch die Bartos rausgehen, dann machen wir uns auf den Weg.«

»Und wenn der Mann wiederkommt und uns erwischt?«

»Ich sagte doch, das dauert. Achtung, da ist Frau Bartos. Es geht los!« Isolde beobachtete die schlanke blonde Frau, die aus dem Garten auf die Straße trat. Mit hochhackigen Schuhen schritt sie davon. »Donnerwetter, so sieht eine Puffmutter aus?«

»Egal! Jetzt hält uns nichts mehr zurück. Los, Isolde.«

Die beiden alten Damen huschten zur Tür. Karlchen winselte und wollte sie begleiten.

»Du bleibst hier, Karlchen. Frauchen ist gleich zurück.«

Drei Minuten später standen beide Damen vor dem Tor zur Villa der Bartos. Helga, die eine Zeitung unter dem Arm trug, betätigte die Klingel. Kurz darauf öffnete sich die Haustür, und eine Frau mit weißer Schürze lugte heraus. »Ja?«, fragte sie.

»Entschuldigen Sie, es ist mir sehr unangenehm, dass ich bei Ihnen klingeln muss, aber meine Freundin und ich haben ein Problem. Wir wollten nur schnell eine Zeitung kaufen«, Helga hielt die Zeitung hoch, »und dann wieder nach Hause. Ich wohne gegenüber, aber ich habe den Schlüssel in der Wohnung gelassen. Wäre es möglich, dass ich von Ihnen aus meine Nichte anrufen kann? Die hat einen Schlüssel zu meiner Wohnung.«

Unschlüssig stand die Frau da. »Ich darf niemanden hier reinlassen, wenn die Herrschaften nicht da sind.«

»Wir sind ganz schnell wieder weg. Sie brauchen gar nicht erst zu erwähnen, dass wir hier waren. Außerdem muss meine Freundin dringend aufs Klo.«

Isolde knuffte Helga. »Toilette heißt das.«

»Sie hat eine schwache Blase. Wissen Sie, wir sind nicht mehr die Jüngsten.«

Zur Verdeutlichung trat Isolde von einem Bein aufs andere.

»In Ordnung, aber machen Sie schnell, bevor der Chef zurück ist.«

»Vielen Dank. Wir sind gleich wieder fort.«

Die Frau kam zum Tor und öffnete, während sie unsicher die Straße beobachtete. »Nun machen Sie schon.« Sie stiegen die Eingangstreppe hinauf und traten in eine große Halle. Dort standen sie vor einer breiten Treppe, die sowohl nach oben als auch nach unten führte.

»Ist die Toilette da unten?«, fragte Isolde.

»Nein, da ist der Saunabereich. In dieser Etage befinden sich die Privaträume von Frau und Herrn Bartos. Bitte gehen Sie hinauf. Dort finden Sie eine Toilette gleich gegenüber der Treppe.«

Isolde nickte und stieg mit zitternden Knien die Treppenstufen hinauf.

»Und Sie, kommen Sie schnell, dort vorne auf dem Podest steht ein Telefon«, sagte die Frau und wies mit der Hand zu einer Kommode. »Und bitte beeilen Sie sich. Ich will Ihretwegen meinen Job nicht verlieren.«

Das Erste, was Helga auffiel, war ein Briefkasten mitten im imposanten Eingangsbereich. Sie schaute zweimal hin. Ein Briefkasten im Innern eines Hauses, das hatte sie noch nie gesehen. Helga stellte beruhigt fest, dass die Zugehfrau sich in einen der Räume begeben und den Staubsauger eingeschaltet hatte. Helga sah sich um. Die Villa wirkte riesig, allein schon wegen des großzügigen Eingangsbereichs. Wie die Räume eingerichtet waren, blieb ihr allerdings verborgen, da die Türen der angrenzenden Räume verschlossen waren. Das Podest, auf dem das Telefon sich befand, hatte eine Schublade. Sie sah sich noch einmal um, bevor sie neugierig am Griff der Schublade zog. Quietschend öffnete sich die Lade einen Spalt. Da verstummten die Sauggeräusche im Nebenraum. Erschrocken nahm Helga den Telefonhörer zur Hand und inszenierte ein Gespräch. »Hallo, Kind, ich muss dich bitten, zu mir nach Hause zu fahren. Wir haben uns ausgesperrt. … Ja, ich rufe dich vom Nachbarhaus aus an. … Das ist nett, kannst du jetzt gleich? … In einer Viertelstunde, das klingt gut.«

Der Staubsauger wurde wieder in Betrieb genommen. Helga zog die Schublade beherzt weiter auf und staunte, als sie einen prallen Stapel Hundertmarkscheine darin entdeckte. Schnell schloss sie sie wieder. Ihr Herz schlug bis zum Hals, sie drehte sich noch mal um und atmete erleichtert auf. Die Frau war noch beschäftigt. Helga schlich zur Treppe und raunte: »Isolde?«

Isolde befand sich eine Etage weiter oben in einer sehr dunklen Diele, von der viele Zimmertüren abgingen. Zwei Türen standen sperrangelweit offen. Isolde näherte sich einer davon geräuschlos und spähte in ein pinkfarbenes Zimmer. Es war spärlich eingerichtet mit einem großen Bett, einem Schrank und einem Waschtisch voller Kosmetika. Auf dem Boden verstreut waren Wäschestücke. Schlüpfer, BHs, Strapsgürtel, wenn sie sich nicht täuschte, und nicht wenige Handtaschen. Ein paar Zehnmarkscheine achtlos auf dem Bett verteilt. Das zweite Zimmer war identisch. Auch in diesem Raum befand sich ein Bett mit rosafarbener Bettwäsche und ein Waschtisch mit Kosmetikartikeln. Das Bett war ordentlich gemacht. Lediglich ein Bademantel darauf und ein Föhn mit einem goldenen Kabel. Plötzlich quietschte eine Tür. Isolde fuhr herum. Ein nur mit Unterwäsche bekleidetes Mädchen mit wirrem Haar blickte sie erstaunt an.

»Entschuldigung«, stammelte Isolde. »Ich durfte schnell mal die Toilette benutzen und nun bin ich wohl in die falsche Richtung gelaufen. Geht's hier nach unten?«

Das Mädchen wies wortlos mit der Hand zur Treppe.

»Danke ... und ... und Entschuldigung«, stotterte Isolde. Doch dann nahm sie sich ein Herz und fragte sehr leise: »Sind Sie freiwillig hier?«

Das Mädchen schien nicht zu verstehen.

»Verstehen Sie meine Sprache? Werden Sie gefangen gehalten? Brauchen Sie Hilfe?«

Das Mädchen zuckte die Schultern, öffnete eine Tür und verschwand dahinter.

Isolde eilte die Stufen herab. »Nichts wie weg«, flüsterte sie Helga zu, die noch immer vor der Treppe stand.

»Wir gehen jetzt, vielen Dank!«, rief Helga durch die Halle.

Die Haushaltshilfe steckte den Kopf durch die Tür. »Sagen Sie bloß niemandem, dass Sie hier waren. Ich will meinen Job nicht verlieren, verstehen Sie? Frau Bartos allein entscheidet, wer reinkommen darf.«

Helga machte große Augen und wollte schon eine Frage dazu stellen, doch Isolde kniff ihr in den Arm.

»Von uns kommt kein Wort«, sagte sie deshalb nur.

Als sie draußen waren, überquerten sie hastig die Straße und eilten ins Haus. Als die Tür hinter ihnen ins Schloss fiel, sahen sie sich an und brachen in hysterisches Gelächter aus.

»Ich glaube es nicht, wir haben es getan«, prustete Helga und schnappte nach Luft.

»Ich habe mir beinah in die Hosen gemacht, das ist kein Scherz.« Isolde hielt sich den Bauch vor Lachen. »Ich hatte selten solche Angst, aber ich bin über meinen Schatten gesprungen!«

»Gehen wir hoch, du musst mir alles erzählen.«

Isolde ließ sich im Wohnzimmer aufs Sofa plumpsen. »Ich werde mich in einer Detektei bewerben. Ich hätte nie gedacht, dass ich mich traue, fremde Häuser auszuspionieren – und schon gar kein Bordell.« Isolde grinste bis über beide Ohren. »Ich habe zum ersten Mal in so ein Arbeitszimmer reingeschaut.«

»Wie, da oben waren Arbeitszimmer?« Helga saß in ihrem Ohrensessel und spitzte erstaunt die Ohren.

»Wie würdest du diese Räume sonst bezeichnen?«

»Du meinst …? Ah, ich verstehe. Wie sahen die Zimmer aus?«

»Nur zwei Türen standen offen. Ich schlich mich wie ein Dieb hinein. Wie sahen sie aus? Na ja, es standen Betten drin, schäbige Schränke und außerdem Waschtische. Das eine Zimmer hatte pinkfarbene Wände, das andere goldene.«

»Oho, goldene Wände?«

»Ja, aber luxuriös sah es nicht aus. Da lagen Dessous. Die Frauen dort tragen nicht solche Unterhosen wie du und ich, von denen höchstens vier auf eine Wäscheleine passen. Es waren so kleine Teile, die man mit der Lupe suchen muss. Ich wusste gar nicht, dass es so was gibt. Die waren jedenfalls garantiert nicht vom Wühltisch.«

»Isolde, wirklich! Du hast wohl ganz genau hingesehen, wie mir scheint.«

»Und da war ein Föhn mit einem goldenen Kabel.«

»Golden?«

»Wenn ich es sage. Aber pass auf, es kommt noch besser. Das war vielleicht gruselig, kann ich dir sagen!«

»Was?«

»Wie aus dem Nichts erschien ein halbnacktes Mädchen im Flur. Sie stand wie ein Geist hinter mir und starrte mich aus starren Augen an. Ich dachte, mir bleibt das Herz stehen. Ich stammelte, dass ich mich verlaufen habe. Und dann, Helga, habe ich mich überwunden und sie gefragt, ob sie gefangen gehalten wird.«

Helga sperrte den Mund auf. »Das hast du gefragt?«

Isolde nickte stolz.

»Sehr gut, und?«

»Nichts, und. Sie hat nicht geantwortet. Ich glaube, sie hat mich nicht verstanden. Aber sie sah nicht besonders ängstlich aus. Die Polizei brauchen wir deswegen nicht zu rufen, da machen wir uns nur lächerlich.«

»Waren die Fenster vergittert?«

»Nein, Gitter sind mir nicht aufgefallen.«

»Irgendetwas anderes? Hast du weiße Päckchen gesehen?«

»Weiße Päckchen?«

»Ja, so wie Waschpulver.«

»Nein, da war keine Waschmaschine.«

»Ach, Isolde, ich meine Päckchen mit Drogen. Kennst du doch bestimmt aus dem Fernsehen.«

Isolde dachte nach. »In dem einen Zimmer, das mit den pinkfarbenen Wänden, da herrschte Chaos. Da musste man sich erst mal orientieren. Also ein richtiges Durcheinander von Klamotten und so. Aber weiße Päckchen? Nein. Dafür flogen auf dem Bett Geldscheine rum. Und Handtaschen, kann ich dir sagen, so richtig edle, wenn du mich fragst. Wobei ich mich mit Handtaschen nicht gut auskenne. Meine ist schon 30 Jahre alt und die tut's immer noch. Echte deutsche Handarbeit. Nicht so 'n italienischer Schick.«

»Besser Handtaschen als Drogen. Muss nicht heißen, dass es dort keine gibt. Ich bin mir sogar sicher, dass wir fündig geworden wären, hätten wir Zeit gehabt.

Du hast nur in zwei Zimmer geschaut? Wie viele gibt es da oben?«

»Weiß nicht genau. War dunkel. Ich meine, ich sah mindestens noch vier verschlossene Türen. Was hast du rausgefunden, Helga?«

»Ich fand Geld in einer Kommodenschublade, auf der das Telefon stand.«

»Was? Du hast Geld mitgenommen?«

»Isolde, ich bitte dich, doch nicht mitgenommen! Wofür hältst du mich? Ich hab die Schublade ein klein wenig aufgezogen. War gruselig, sie quietschte nämlich. Da lagen einige Hundertmarkscheine drin. So was bewahrt man normalerweise in einer Geldkassette auf.«

»Waren vielleicht die Einnahmen der letzten Nacht?«

»Schon möglich. Hast du den Briefkasten gesehen?«

»Vorm Haus, ja klar.«

»Nein, ich meine im Haus. Unten in der Halle.«

Isolde war verwirrt. »Ein Briefkasten im Haus?«

»Ja, ich war verwundert.«

»Ist schon merkwürdig, was sich manche Leute zur Dekoration ins Haus stellen. Sag mal, Helga, was hätten wir gemacht, wenn der Bartos oder seine Frau uns im Haus erwischt hätten?«

»Wir hätten gefragt, ob er uns einstellt«, sagte Helga keck.

»Sehr witzig. Ich glaube, uns war gar nicht bewusst, wie ungünstig das für uns hätte ausgehen können.«

»Hätte, hätte. Liebe Isolde, ich bin froh, dass wir drüben waren. Jetzt können wir wenigstens mitreden und vor allem beruhigt es mich, dass es den Mädchen offenbar gut geht. Alles in allem habe ich mir einen Puff plüschiger vorgestellt. So in Rot und Samt. Du nicht?«

»Zweckdienlich, aber nicht unbedingt pompös. Höchstens unten.«

»Unten wohnen ja auch Ingrid und Gabor Bartos. Hast du oben vielleicht so was wie Waffen gesehen?«

»Ach, Helga, ich, ich habe beschrieben, was ich sah. Waffen sicher nicht. Wenn die welche besitzen, werden die da bestimmt nicht einfach so herumliegen.«

»Stimmt auch wieder. Leider konnte ich mich unten nicht richtig umsehen. Der Bartos hat garantiert einen großen Safe. Aber die Türen waren verschlossen, nur das Zimmer, in dem die Haushälterin arbeitete, nicht. Sie sagte doch, ganz unten gibt's einen Saunabereich. Ich glaube, in Frankfurt gibt es ganz spezielle Saunen. Also Saunaoasen mit Massage und so.«

»Helga, wo schnappt man denn so was auf?«

»Was weiß ich, in irgendeinem Klatschblatt wahrscheinlich. Nein, jetzt fällt's mir ein. Rosa sagte das.«

Isolde nickte. »Rosa ist besser als jedes Klatschblatt. Fragen wir sie das nächste Mal. Du verlangst hoffentlich nicht, dass wir noch mal hingehen und uns die Sauna anschauen, oder?«

Helga grinste. »Keine schlechte Idee. Nein, keine Angst, das war genug Abenteuer für zwei alte Weiber wie uns. Ich fand uns verdammt mutig. Ein bisschen verrückt, aber mutig.« Sie hielt inne und grinste. »Weißt du, wie Frau Bartos ihren Mann nennt?«

»Woher?«, fragte Isolde.

Helga schüttete sich aus vor Lachen.

»Was ist los?«

»Sie nennt ihn Gabi. Gabi, ist das nicht komisch?«

»Sehr komisch!«

Als Helga wieder Luft bekam, sagte sie: »Es hat mir Spaß gemacht. Meine Güte, wenn Monika wüsste, was wir angestellt haben. Die würde uns für komplett verrückt halten.«

»Ehrlich gesagt, halte ich uns auch für verrückt, Helga. Zwei alte Möchtegern-Miss-Marples. Was machen wir, wenn die Haushälterin dem Bartos was sagt?«

Helga winkte ab. »Dem Gabi? Vergiss es. Sie hält den Mund. Sie hat Angst, dass er ihr kündigt, wenn sie einfach jemanden reinlässt, hat sie doch erklärt. Nein, die Frau wird schweigen. Ich fühle mich jetzt jedenfalls deutlich besser. Ich hatte die Befürchtung, dass da lauter halbnackte Männer und Frauen rumspringen.«

»Helga, du Luder, daran habe ich gar nicht gedacht. Müssen die Männer am Morgen nicht arbeiten? Selbst wenn sie Geld haben, von nichts kommt nichts, oder?«

»Was heißt hier Luder? Glaubst du am Ende, ich wollte die Kerle sehen? Da hast du dich aber getäuscht.«

Plötzlich machte Isolde ein erschrockenes Gesicht.

»Was hast du?«

»Was, wenn die Haushälterin beobachtet hat, dass wir ins Haus gegangen sind? Angeblich sollte doch deine Nichte kommen, um uns reinzulassen?«

»Man kann von drüben meinen Hauseingang nicht sehen.«

»Zum Glück. Dann können wir uns jetzt beruhigt zurücklehnen, oder?«

»Vorerst«, sagte Helga.

»Vorerst? Du willst da doch nicht noch mal rein?«

»Ich werde das Treiben aus gebührendem Abstand im Auge behalten, vor allem die Kundschaft. Zwielichtige Gestalten können wir in der Straße nicht brauchen.«

»Du könntest dich als Türsteherin bewerben. Apropos Tür. Hast du dir die Haustür genauer angeschaut?«

»Warum?«

»Die ist garantiert einbruchsicher. Sie ist nicht aus Holz, eher aus Stahl oder Eisen.«

Helga staunte. »Bist du sicher?«

»Ganz sicher! So was habe ich davor noch nie gesehen. Versprich mir, dass du allein keine weiteren Nachforschungen anstellst.«

Helga zwinkerte schelmisch. »Ab wann?«

»Ab sofort natürlich. Gib mir deine Hand darauf! Du bringst da sonst Dinge ins Rollen, die du nicht mehr aufhalten kannst!«

»Wie meinst du das?«

»Zum Beispiel, dass dich der Herr Bartos oder seine Frau beim Spionieren erwischen. Ich weiß nicht, was das kleinere Übel wäre. Glaube mir, du würdest es bereuen.« Isolde streckte der Freundin die Hand entgegen. »Komm, schlag ein. Es gibt angenehmere Dinge, mit denen es sich zu beschäftigen lohnt.«

Helga machte ein kindlich beleidigtes Gesicht, gab ihr dann aber die Hand darauf. »Spielverderberin! Aber von mir aus. Schau, was ich jetzt mache.« Sie stand auf, ging zum Erkerfenster und zog die Gardine zu. »Es ist wahr. Es geht mich nichts an, solange sie mich nicht belästigen, und ich werde versuchen, mich nicht mehr damit zu befassen.« Sie setzte sich wieder. »Gegruselt habe ich mich heute. Übrigens ist es schade, dass der

Lehmann nicht dagewesen ist. Ich hätte ihn gern dort ertappt. Dann würde er sich mir gegenüber gewiss respektvoller verhalten.«

»Du weißt nicht mal, ob er dort überhaupt reingeht. Oder hast du das beobachtet?«

»Nicht direkt.«

»Na also. Das ist reine Mutmaßung.«

»Das ist mein Bauchgefühl.«

»Du mit deinem Bauchgefühl. Es ist gut, dass ich eine Weile hier bin, um dich abzulenken. Sag mal, darf ich Karlchen ein Leckerli geben? Er schaut mich so erwartungsvoll an.«

11
FREITAG, 29. JULI 1994

Die letzten Monate musste ich mich gezwungenermaßen mit meiner Gesundheit beschäftigen und konnte meine Nachforschungen zum Verbleib von Anna und Basia, die mich noch bis zum März beschäftigt haben, nicht vorantreiben. Ich hatte nicht erwartet, dass ich von heute auf morgen mit massiven körperlichen Problemen zu kämpfen haben würde. Obwohl ich mein Leben lang auf meine Gesundheit geachtet habe, häufig gewandert und Fahrrad gefahren bin, hat es mich, besser gesagt meine Knie, heftig erwischt. Zugegebenermaßen ignorierte ich die anfänglich leichten Beschwerden. Ich musste mir aber doch eingestehen, dass ich in einem Alter bin, in dem Ignoranz durchaus gefährlich werden kann. Selbst ein vermeintlich gesunder Mensch wie ich ist nicht vor Alterserscheinungen gefeit, wie ich mir demütig eingestehe. Die starken Beschwerden begannen zunächst in nur einem Knie. Ich dachte bei mir, was spontan kommt, geht auch wieder. Das sah der Orthopäde anders, den ich geraume Zeit später konsultierte. Es stellte sich heraus, dass beide Knie durch Arthrose in Mitleidenschaft gezogen wurden und dass ich zumindest um Teilprothesen langfristig nicht herumkommen werde. Kurzum, ich unterzog mich im April der ersten Operation. Dank eines befreundeten Arztes ging das so zügig. Bis zur OP am zweiten Knie wird wohl dieses Jahr ins Land ziehen. Erst einmal muss das behandelte Knie stabil genug sein. Jedenfalls habe ich mich nach dem Eingriff in eine stationäre Reha in Bad Nauheim begeben. Auf mich allein gestellt wäre ich nicht zurechtgekommen, schon, was das Treppensteigen betrifft. So war mein Fokus plötzlich ausschließlich auf meine Gesundheit gerichtet. Man könnte annehmen, dass das Schicksal mich aus meinen Nachforschungen herausreißen wollte, wenn man denn an das Schicksal glauben will. Damit ich endlich auf andere Gedanken komme. Aber so einfach ist das nicht, ich empfinde dieses verflixte Verantwortungsgefühl. Zum Glück lag bei meiner Rückkehr keine polizeiliche Aufforderung zu einer Anhörung wegen Verschleppung der beiden Mädchen in meinem Briefkasten. Das zumindest war beruhigend. Seit einiger Zeit fühle ich mich einigermaßen beschwerdefrei und ich hinke auch nicht mehr. Obwohl sich das andere Knie bemerkbar macht. Da ich mich laut ärztlicher Anweisung bewegen soll, mache ich kleine Rundgänge durchs Wohnviertel, die ich in den nächsten Wochen langsam ausweiten werde. Und wie ein Magnet zieht es mich nun erneut zur Villa. Von meinem Balkon aus erkenne ich mit meinem grünen Star, der mich ebenfalls heimgesucht hat, nicht mehr viel. Es wäre mir ein großes Anliegen, zu erfahren, was aus den Mädchen geworden ist.

Der weiße Citroën von Herrn Bartos parkt weiterhin regelmäßig vorm Haus. Das momentane Kennzeichen: F-CC 979. Ich frage mich, ob nur mir die wechselnden Kennzeichen auffallen. Ich glaube, Bartos ist ein

Geschäftsmann durch und durch, der aus allem, was er tut, seinen finanziellen Nutzen zieht, so hat er neben dem Holzhandel auch mit Flugzeugteilen und landwirtschaftlichen Maschinen gehandelt. Das ist zumindest meine Einschätzung. Ob er das aktuell noch macht, entzieht sich meiner Kenntnis. Warum eine Polizeistreife seit ein paar Tagen in der Straße patrouilliert, konnte ich noch nicht herausfinden. Die Rollläden der Villa sind seit Tagen tief heruntergelassen, was sicher den Temperaturen geschuldet ist und nicht der Schließung des Betriebs, wie ich meine. Ist die Hitze erst im Haus, geht sie nicht mehr raus.

Vorgestern fiel mir ein Mädchen auf, das ich nie zuvor gesehen habe. Sie trat aus dem Tor der Villa und wandte sich in meine Richtung. Sie hatte ein auffallend hübsches Gesicht und lange blonde Haare. Sie war etwa Mitte 20, schlank und attraktiv. Beinahe hätte ich sie angesprochen und nach Anna und Basia gefragt. Aber dann schritt sie auf einen Fiat zu, aus dem ein junger, großer dunkelhaariger Mann stieg, der sie auf den Mund küsste. Vom Typ her wirkte er wie ein Osteuropäer. Sie sprach eine Weile mit ihm und ging zurück ins Haus. Der Mann setzte sich wieder ins Auto, blieb damit eine Weile stehen und fuhr langsam davon. Ich glaube nicht, dass er ein Freier war. Schon wegen des eher schäbigen Autos. Der Mann wirkte eher wie ihr Freund. Ich kann nicht sagen, was es war, aber etwas stimmte zwischen den beiden nicht. Es war die Art, wie sie sich begegneten. Ein unruhiger Blick und eine erkennbare Nervosität, wenn mich meine schlechten Augen nicht täuschten. Ich habe mir die Marke seines Autos gemerkt und das Kennzeichen. Es war ein Fiat Uno, dem Kennzeichen nach kommt er aus dem Ostallgäu.

Seit gestern verzichte ich wegen der Hitze auf die Mittagsrunde und verlege meine Spaziergänge auf den Abend, was sich als durchaus interessant herausgestellt hat, denn dieses Mal saßen drei dunkelhaarige Mädchen auf den Treppenstufen vor der Villa und unterhielten sich ausgelassen. Als sie mich entdeckten, lächelten sie. Die eine winkte mir zu. Da trat plötzlich die blonde Schönheit vor die Tür. Sie betrachtete mich misstrauisch und sagte etwas zu den anderen Mädchen. Diese standen sofort auf und verschwanden im Haus. Ich dachte schon, die Blonde wollte mich ansprechen, aber sie ging ebenfalls rein und schloss die Tür. Merkwürdig, hielten sie mich für einen Beamten vom Sittendezernat? Ich stand noch einen Moment unschlüssig da, ehe ich meinen Gedanken nachhängend weiterlief. Ich frage mich, ob Bartos seine gesamte Truppe ausgewechselt hat, weil mir keines der Gesichter bekannt erscheint.

Ich las kürzlich, dass man in diesem Gewerbe von Menschenhandel spricht, wenn der Zuhälter mehr als die Hälfte des Geldes, das die Mädchen verdienen, für sich behält. Ich bin mir sicher, dass es den Mädchen finanziell nicht gut geht und dass sie sich nicht prostituieren würden, wenn sie das Geld nicht bräuchten. Wie gerne würde ich ihnen helfen. Sie sind alle so jung und haben ihr Leben noch vor sich. Suggeriert man ihnen, dass sie auf diesem Weg reich werden können? Sicher haben sie in der Heimat schlechter verdient.

12
SAMSTAG, 6. AUGUST 1994

»Ich glaube es nicht, endlich sehe ich dich mal wieder, Helga. Ich wollte schon bei dir vorbeischauen, aber ich hatte in letzter Zeit zu viel zu tun. Was war los? Warst du krank oder hoffentlich nur auf Reisen?«, fragte Rosa.

»Weder das eine noch das andere. Es hat sich einiges zugetragen, das mich davon abhielt, dich zu besuchen. Sag mal, Rosa, du weißt doch so gut über das Viertel Bescheid, oder?«

»Über alles nicht, aber über vieles. Warum?«

»Weil du nie über das Bordell gesprochen hast.«

»Klar weiß ich davon, jeder weiß es. Ich dachte eigentlich, du auch, aber dann hast du so merkwürdig reagiert, als ich dir von dem einen Mädchen berichtete. Da dachte ich, ich halte lieber den Mund.«

»Wann soll das gewesen sein?«

»Erinnerst du dich an die junge Frau, die bei mir Schokolade kaufte? Ich sagte, dass sie in Begleitung von Herrn Bartos war, und ich beschrieb sie dir, besser gesagt ihre Kleidung. Ich erzählte dir, wie der Herr Bartos sie ansah. Ich traute mich nicht, das Bordell zu erwähnen, da du große Stücke auf das Ehepaar Bartos hältst. Ich hatte Angst, dass dich der Schlag trifft, wenn ich mit dir drüber spreche.«

»Ach so?« Helgas Lippen bebten. »Ich kann mich auf nichts und niemanden mehr verlassen, das tut weh.« Ihr schossen die Tränen in die Augen.

Rosa nahm Helgas Hand. »Was ist denn los? Was ist passiert?«

Helga schüttelte stumm den Kopf und schluchzte.

»Beruhig dich, bitte. Sag schon.«

»Nichts ist gut. Nicht mal auf die Nachbarschaft kann ich mich verlassen und dann auch noch mein Karlchen …« Sie nahm ein Taschentuch aus der Handtasche und schnäuzte sich.

»Was soll das heißen? Ist Karlchen krank?«

Helga antwortete stockend. »Er ist … Ich musste ihn einschläfern lassen. Er war von heute auf morgen hinten gelähmt. Es nennt sich Dackellähme. Es war furchtbar!« Wieder liefen die Tränen. »Er kam einfach nicht mehr auf seine krummen Beinchen. Ich habe es kaum ertragen. Er war auch schon sehr alt und konnte sich kaum mehr auf seinen Vorderpfoten halten.«

»Ach, Helga, das tut mir so leid. Ihr wart ein gutes Team. Deswegen habe ich dich also so lange nicht gesehen! Er war ein guter Hund. Aber wenn er krank war, hast du alles richtig gemacht. Wer weiß, vielleicht ist er jetzt da oben bei deinem Mann.«

»Dann ist Heinz wenigstens nicht mehr allein. Jedenfalls waren es für mich schreckliche Wochen. Monika hat mich von einem Tierarzt zum anderen gefahren. Man muss doch mehrere Meinungen einholen. Ich habe Karlchen hinten mit einer Schlinge getragen. Er musste schließlich sein Geschäft verrichten. Und danach musste ich ihn im Korb nach oben schleppen. Ein Arzt sagte, wäre er nicht so dick gewesen, hätte die Lähmung verhindert werden können. Das hat mir sehr zugesetzt. Er fraß doch so gern. Was sollte ich machen, wenn er mich mit seinen treuen Augen so lieb anguckte?«

Rosa streichelte Helga zärtlich über die Wange. »Du hast alles richtig gemacht, Helga. Mach dir keine Vorwürfe. Er hatte ein schönes Leben.«

»Es fällt mir alles so schwer. Er fehlt überall. Ich gehe kaum noch spazieren, warum auch? Und erst recht nicht mehr, seit ich weiß, was sich bei mir gegenüber abspielt. Alle wussten es. Nur ich nicht. Glaubt ihr, weil ich alt bin, bin ich es nicht wert, die Wahrheit zu kennen?«

»Oh nein. Ganz sicher nicht. Du siehst doch selbst, wie es dir zu schaffen macht. Du solltest dich ablenken. Du hast doch nette Freundinnen und obendrein eine liebe Nichte. Geh raus, du brauchst Zerstreuung!«

»Ich weiß, es tut noch so weh. Alles ist anders und ich habe das Gefühl, dass ich jetzt richtig alt geworden bin. Morgen will ich zum ersten Mal wieder ins Mövenpick mit meiner Freundin Erika. Du hast sie auch schon gesehen.« Helga nahm ein Taschentuch und wischte sich einen Tropfen von der Nase.

Rosa nickte. »Ihr wart ein paarmal gemeinsam bei mir und habt euch mit Zeitschriften eingedeckt. Ach, warte mal, das war das Stichwort.« Sie zog aus einem Zeitungsständer ein halbes Dutzend Zeitschriften heraus. »Hier, die schenke ich dir. Dann hast du heute Abend was zur Ablenkung. Manchmal sind die Zeiten hart. Du schaffst das, Helga.«

13
SONNTAG, 7. AUGUST 1994

»Ihre Freundin sitzt schon an Ihrem gemeinsamen Stammtisch, Frau Lindemeyer. Wir haben uns Sorgen gemacht, weil Sie so lange nicht hier waren. Waren Sie krank?«, fragte die Dame am Empfang des Mövenpicks.

»Ich war verhindert. Aber jetzt sind wir endlich da.«

Helga war dankbar, dass sie heute nicht auf ihre Freundin warten musste, denn Erika war chronisch unpünktlich. Es war das erste Mal nach Karlchens Ableben, dass Helga sich wieder auf ein Stück Kuchen freute. Überhaupt war es der erste Tag, an dem sie wieder eine Lokalität aufsuchte. Als Erika Helga entdeckte, stand sie auf und breitete die Arme aus. Die beiden küssten sich auf die Wangen. »Meine Liebe, ich freue mich wirklich sehr, dass du dich aufgerafft hast. Es ist an der Zeit, dass du auf andere Gedanken kommst. Sieh nur, ich habe uns zur Feier des Tages einen Eierlikör bestellt. Wir wollen auf bessere Zeiten anstoßen, ja?«

Helga setzte sich niedergeschlagen. »Das Mövenpick wird mittlerweile zum Café für traurige Angelegenheiten.« Sie nahmen die Gläser und stießen an. »Nun hat mich Karlchen allein gelassen. Ich hatte schon lange Angst vor dem Tag. Ich bin allerdings froh, dass ich nicht zuerst gegangen bin. Das hätte Karlchen nicht verkraftet. Aber ich hätte nicht gedacht, dass es so plötzlich geschehen würde.«

»Ich kann mir gut vorstellen, wie du dich fühlst. Vielleicht kannst du dir ein kleineres Tier zulegen. Du könntest dir einen Wellensittich anschaffen. Die können sogar recht gut sprechen, wenn man sich mit ihnen beschäftigt. Ich kannte mal einen, der konnte perfekt Hessisch«, versuchte Erika, ihre Freundin aufzumuntern.

»Ach du liebe Zeit, nein, wirklich nicht. Ein Vogel kommt mir nicht ins Haus. Ich habe selbst einen. Spaß beiseite, Tiere in Käfigen tun mir leid. Abgesehen davon bin ich zu alt, um mir ein neues Haustier anzuschaffen. Wenn ich sterbe, landet das arme Geschöpf im Tierheim. Monika hätte nicht die Zeit, sich darum zu kümmern.«

»Dann könntest du dir ein Hobby suchen, Helga.«

»Ein Hobby, was denn für eins?«

»Du könntest wieder stricken.«

»Das erinnert mich an das Mäntelchen, das ich Karlchen noch stricken wollte. Nein, ich werde nie wieder stricken.«

»Oder du trittst einem Bridgeclub bei.«

»Nichts für mich.«

»Manche Frauen in unserem Alter gehen an die Universität. So ein Seniorenstudiengang, was hältst du davon?«

»Ich habe früher nicht studiert und werde in meinem Alter nicht damit anfangen. – Können wir bestellen?«, rief sie der Bedienung zu.

»Natürlich. Das Gleiche wie immer?«

Helga und Erika nickten. »Frankfurter Kranz.«

Helga wandte sich wieder ihrer Freundin zu. »Es ist lieb, dass du dir Gedanken über mich machst. Leider helfen deine gut gemeinten Ratschläge im Moment nicht. Ich dachte mir, dass ich doch bald in ein Seniorenheim ziehen sollte. Monika hat mich kürzlich angemeldet.«

»Was? Wieso denn so plötzlich? Du liebst doch deine Wohnung. Willst du das oder möchte sie das?«

»Ich will es selbst. Natürlich nicht sofort. Zunächst muss ein Platz frei werden. Dann darf man, glaube ich, einmal ablehnen, wenn man die Chance bekommt, einzuziehen. Beim zweiten Mal muss man zusagen, sonst verfällt der Platz. Warten wir ab. Dieses Jahr möchte ich auf jeden Fall noch in meiner Wohnung bleiben, wenn das möglich ist. Ich muss mir erst mal klar darüber werden, was ich mit meinen vielen Möbeln machen will.«

»Ach, Helga, das sind Neuigkeiten, die mich völlig überraschen. Werner und ich haben uns zufällig auch kürzlich über ein Seniorenheim unterhalten. Wir wollen da beide nicht rein. Zu wissen, dass es die Endstation ist, das verkraften wir nicht. Und weißt du eigentlich, wie teuer ein Platz in einem vernünftigen Seniorenstift ist? Ich rede nicht vom besten, nur von einem, in dem man sich einigermaßen gut aufgehoben fühlt. Das sauber ist und angenehme Mitbewohner hat. Wenn man nur von dementen Greisen umgeben ist, deprimiert das.«

»Oh ja, ich habe auch über die Preise gestaunt. Aber zum Glück hat mich Heinz gut abgesichert. Ich möchte ins Kursana in der Eschersheimer Landstraße.«

»Das ist erstklassig. Es gibt auch eins in Königstein. Da lebt eine Bekannte von uns.«

»Was soll ich denn im Taunus, Erika? Da wäre ich völlig aus der Welt. Außerdem geht eine Nachbarin von mir auch bald ins Kursana. So werde ich dort wenigstens auf ein bekanntes Gesicht stoßen, auch wenn ich sie nicht besonders gut kenne.«

»Das ist ein richtig elegantes Haus. Hut ab, wenn du dir das leisten kannst.« Erika trank einen Schluck Kaffee und freute sich über den Kuchen, den die Bedienung soeben brachte. »Wird es dir nicht schwerfallen, die Menschen aus deinem Umfeld zu verlassen?«

Helga tupfte sich einen Tortenkrümel mit der Serviette vom Mund. »Um wen sollte ich trauern? Um die Bartos, die ein Bordell betreiben? Oder etwa um Herrn Lehmann, den ich zum Glück schon seit einer Weile nicht mehr gesehen habe? Oder die gut situierten Kunden der Villa Bartos? In letzter Zeit schleichen da besonders merkwürdige Kerle rum. Nein, die alle verlasse ich nur allzu gern. Und Rosa vom Kiosk hat mich auch enttäuscht.«

»Was hat sie getan?«

»Sie war unehrlich, ich möchte nicht drüber sprechen. Dadurch fällt mir der Abschied umso leichter. Ich wundere mich sowieso, dass es bei uns in der Straße friedlich zugeht. Würde noch fehlen, wenn es vor meinem Haus eine Schießerei gäbe. Du wirst sehen, irgendwann geschieht das. Nein, Erika. Sie alle werde ich nicht vermissen. Und meine Freundinnen werde ich durch den Umzug nicht verlieren, hoffe ich doch, oder?« Sie sah Erika unverwandt in die Augen.

»Natürlich nicht. Du hast recht. Noch kannst du dich zwar bestens versorgen, aber das kann sich ändern. Wir werden nicht jünger, sagt man wohl. Werner oder ich könnten auch jederzeit krank werden, dann stünde der andere auch vor der Frage, was zu tun ist. Du hast wenigstens deine Nichte. Wir? Wir kennen niemanden, der sich um uns kümmert. Ach, wechseln wir lieber das Thema. Das macht mich sentimental. Gibt's eigentlich was Neues bei den Bartos?«

»Das willst du nicht wissen.«

»Warum?«

»Weil es abstoßend ist. Stell dir vor, seit es draußen so warm ist, fläzen sich die Mädchen nackig oben auf dem Balkon in die Sonne. Ich schäme mich für die Leute in Grund und Boden. Bin ich froh, dass Heinz das nicht sehen muss. Ist das nicht vulgär? Selbst wenn man nicht hinschauen will, bei dem Gegacker guckt man automatisch hoch. Die legen es bestimmt drauf an, beobachtet zu werden.«

Erika verzog teilnahmsvoll den Mund. »Abscheulich. Du könntest sie wegen Belästigung anzeigen.«

»Lieber nicht, dann zieh ich ihren Hass noch auf mich.«

»Du hast von einer Schießerei gesprochen. Wie kommst du darauf?«

»Wo lebst du denn? Das kennt man doch aus den Krimis. Ich versuche, mich nicht mehr damit auseinanderzusetzen, was verdammt schwerfällt. Ab und zu fährt neuerdings eine Polizeistreife durch die Straße. Ich hoffe, die sorgen für Ordnung. Keine Ahnung, ob die regelmäßig jemand ruft oder weshalb die aufkreuzen. Ich hab sie jedenfalls nicht alarmiert. Ich halte mich raus. Und jetzt, wo Karlchen fort ist, bin ich nicht mal mehr dem Bartos und seinem Pudel begegnet. Ab und zu schlägt der Hund an oder ich bemerke ihn am Fenster. Er steht manchmal auf dem Fensterbrett und guckt auf die Straße. Das ist zu niedlich. Es gibt ihn also noch, mehr weiß ich nicht.«

»Das ist auch gut so. Du kannst ohnehin nichts an der Situation ändern. Ob du dich ärgerst oder nicht, die ziehen deinetwegen nicht aus. Wenn ich ehrlich bin, hat Werner gesagt, er befürchtet, dass du dir Probleme einhandeln könntest, wenn du die ausspionierst.«

Helga hielt inne. »Du hast es ihm gesagt?«

Erika erschrak. »Nichts Genaues. Ich sagte ihm nur, dass ich vom Bordell im Kettenhofweg gehört hätte. Und er wusste natürlich davon.«

»Komm, Erika, das ergibt keinen Sinn. Wieso hat er dann gesagt, dass ich Ärger bekommen könnte?«

»Das … das weiß ich nicht, er hat sich gedacht, dass du Bescheid weißt«, stotterte Erika. »Er hat einiges über den Bartos rausgefunden, was den Mann in seinen Augen nicht gerade sympathischer macht.«

Helga konnte es nicht fassen. »Hatte ich dich nicht um Verschwiegenheit gebeten? Sagte ich nicht, dass du Werner nichts von unserem Gespräch erzählen sollst?«

»Es tut mir leid. Ich … ich wollte es nicht tun, aber dann …« Erika zuckte die Achseln. »Ich war besorgt um dich.«

Helga trank den Rest ihres Eierlikörs in einem Zug aus, stellte das Glas hart auf den Tisch und starrte Erika mit zusammengekniffenen Augen an. »Ich glaubte immer, ich kann dir alles anvertrauen. Wie konnte ich mich so täuschen? Mit wem hast du sonst noch darüber gesprochen?«

»Mit niemandem, es … es hat mich einfach belastet. Werner sagt es nicht weiter. Keine Angst.«

»Und was heißt, ich kann mir Ärger einhandeln?«

Erikas Hände zitterten. »Er glaubt, dass dort verdeckt vermittelt wird wegen Menschenhandels oder so was. Er glaubt, man soll sich da aus allem raushalten, mehr kann ich auch nicht sagen.«

»Ich bin ehrlich gesagt wie vor den Kopf gestoßen. Ich hielt dich für meine Freundin!«

»Helga, ich war bloß in Sorge um dich, bitte. Oh Gott, es tut mir leid!«

»Du hast ein Versprechen gebrochen. In letzter Zeit erlebe ich nur noch Enttäuschungen, das gerade war die Krönung.« Helga hatte sich in Rage geredet. Für einen Moment verstummten die Gespräche am Nachbartisch und die anderen Gäste starrten die beiden älteren Damen an.

»Was heißt hier Menschenhandel, rede!«, zischte Helga.

»Die glauben, dass Bartos Mädchen ausbeutet. Er holt sie illegal nach Frankfurt, bietet sie seinen Kunden an und bezahlt sie so schlecht, dass sie nicht mehr wegkönnen. Sie kommen alle aus dem Osten, hat Werner gesagt. Viele aus Russland. Im eigenen Land verdienen die schlecht. Bartos wechselt sie regelmäßig aus, sagt Werner, wie schmutzige Wäsche.«

»Menschenhandel. Mir wird übel. Und warum?«

»Warum, was?«

»Warum wechselt er sie aus, meine ich.«

»Ich weiß es nicht.«

»Und wie holt er sie her? Etwa mit dem Auto? Da stimmt doch was nicht.«

»Er soll in Egelsbach ein Flugzeug besitzen. Das ist so ein kleiner Privatflughafen, sagt Werner.«

»Wenn das so ist, was ich nicht glaube, warum unternimmt die Polizei dann nichts?«

Erika zuckte mit den Schultern. »Vermutlich reichen die Beweise noch nicht aus. Wie gesagt, es wird wohl ermittelt.«

»Ich bin empört darüber, dass du mir das verschwiegen hast.«

»Wenn du dich raushältst, kann dir doch gar nichts geschehen.«

»Natürlich, die könnten glauben, dass ich zu viel weiß!«

»Du sagtest gerade noch, dass du dich nicht mehr dafür interessierst, was in der Villa geschieht. Außerdem willst du doch wegziehen. Reg dich nicht auf.«

»Du hast mein Vertrauen missbraucht, Erika. Da soll ich mich nicht aufregen? Ich glaube, ich möchte nach Hause gehen, und zwar allein. Das muss ich erst verdauen.«

»Ach, ich bitte dich, Helga. Mach kein Drama draus. Es tut mir leid. Ich habe einen Fehler gemacht, nur aus Sorge um dich.«

Helga stand wortlos auf, bezahlte ihre Rechnung und ging davon, ohne sich noch einmal zu Erika umzudrehen. Es reichte. Erst Karlchens Tod, dann die Sache mit Rosa und nun auch noch Erika.

Niedergeschlagen trat sie den Heimweg an. Ihre Nichte würde in einem Moment wie diesem wohl sagen, dass es schlechte Tage gibt, damit man sich über die guten freuen kann. Konnte Monika sich annähernd vorstellen, wie es sich anfühlte, alt und einsam zu sein? Niemand würde bemerken, wenn Helga in ihrer Wohnung der Schlag träfe. Sie würde dort liegen, bis sie unangenehm zu riechen begann. In Selbstmitleid versunken lief sie den Kettenhofweg hinunter, als ihr mit einem Mal jemand auf die Schulter tippte. Erschrocken drehte sie sich um. Vor ihr stand Lehmann.

»Wo kommen Sie so plötzlich her? Was wollen Sie von mir? Lassen Sie mich in Ruhe!«, herrschte sie ihn an.

Lehmann hob in einer entschuldigenden Geste die Hände. »Tut mir leid, Frau Lindemeyer. Ich wollte Sie nicht erschrecken.«

»Das haben Sie! Ich schreie, wenn Sie mir zu nahekommen, das können Sie mir glauben. Und jetzt lassen Sie mich gehen.« Sie stutzte. »Woher kennen Sie meinen Namen?«

»Er steht auf Ihrem Klingelschild. Bitte warten Sie einen Moment. Ich will Ihnen nichts tun. Ich möchte mich für mein damaliges Verhalten bei Ihnen entschuldigen. Ich weiß, dass ich unfreundlich war. Und das ist eigentlich nicht meine Art. Glauben Sie mir bitte, dass es mir leidtut. Ich war zu der Zeit einfach gestresst.«

»Aha, so nennen Sie das. Das verstehe ich, es ist höchst peinlich, wenn man vor einem solchen Etablissement entdeckt wird, nicht wahr? Erst recht, wenn man gerade reingehen will.«

»Oh nein, da irren Sie sich. Ich wollte da nie hinein. Das war nicht der Grund, weshalb ich dort stand.«

»Aha, was sucht man dann vor einem Bordell?« Helgas Unterlippe zitterte. »Ich war lange naiv und habe an das Gute geglaubt. Ich wollte mir sogar einreden, dass die Mädchen die Töchter von Herrn Bartos wären. Irgendwann war selbst mir klar, dass man vor gewissen Dingen die Augen nicht verschließen kann. Noch bin ich nicht schrullig genug. Sie sollten auf sich aufpassen. Sie sind auch nicht mehr der Jüngste. Das macht die Situation noch pikanter. Tut mir leid, ich glaube Ihnen kein Wort und ich möchte nicht, dass man uns zusammen sieht. Mit Freiern rede ich nämlich nicht. Ich will in Frieden in meiner Straße leben. Das tat ich all die Jahre, bis sich in letzter Zeit Wahrheiten auftaten, deren schmutzige Details ich nicht hören möchte.« Sie ging weiter.

»So warten Sie doch, Frau Lindemeyer. Lassen Sie mich das erklären.«

Helga drehte sich erzürnt um.

»Es ist nicht so, wie Sie denken. Ich bin nicht im Entferntesten interessiert an den Damen des Hauses. Ich versuchte nur, etwas Licht ins Dunkel zu bringen.«

»Licht ins Dunkel? Wie meinen Sie das?«

»Ich vermisse zwei der Mädchen.«

Helga schüttelte fassungslos den Kopf. »Gleich zwei, Sie sind doch nicht an ihnen interessiert, denke ich. Sagten Sie das nicht? Wie soll ich das jetzt verstehen? Oder reden Sie etwa von ihren Töchtern? Dann sind Sie ein verdammt schlechter Vater.«

»Ich habe keine Töchter. Kennen Sie die Mädchen, die dort wohnen? Ist Ihnen aufgefallen, dass die meisten nicht aus Deutschland stammen?«

»Kann sein, na und?«

In diesem Augenblick liefen zwei sehr leicht bekleidete, dunkelhaarige Mädchen mit hohen Absätzen und

Miniröcken eingehakt auf der gegenüberliegenden Straßenseite an ihnen vorbei. Lehmann starrte den beiden nach.

»Das sind wohl Ihre Mädchen, was?«, fragte Helga.

»Das wäre schön, leider sind sie es nicht«, sagte Lehmann.

»Ah, wäre das also schön? Sie schaffen es nicht, in Gegenwart einer alten Dame Ihre Wollust zu verbergen, schämen Sie sich.«

»Bitte hören Sie mir einen Moment zu, Frau Lindemeyer, damit Sie mich verstehen.«

»Ich bin in einem Alter, da möchte ich von so etwas nichts wissen. Und Sie sind zu alt für solche Possen. Sehen Sie sich doch mal im Spiegel an und schämen Sie sich. Die Mädchen könnten Ihre Enkeltöchter sein.«

»Hören Sie bitte, zwei Mädchen, eine Ungarin und eine Polin, haben mich um Deutschunterricht gebeten. Sie standen einfach vor meiner Tür. Ich bin pensionierter Lehrer. Das hatten die beiden in Erfahrung gebracht. Sie wollten sich in Deutschland besser verständigen können. Ich ahnte anfänglich nicht mal, dass sie in der Villa wohnen. Erst lehnte ich ab, sie taten mir leid. Sie wirkten so, ...«, Lehmann suchte nach den passenden Worten, »... hilflos. Sie kamen dann zwei-, dreimal zu mir. Und ich muss sagen, sie waren fleißig, wollten lernen und machten Fortschritte. Jedes Mal fragte ich sie, wo sie wohnten. Sie antworteten nicht. Sie wirkten vorsichtig, ja beinah verängstigt. Von meinem Fenster aus konnte ich sehen, dass die beiden nach dem Unterricht in die Villa gingen. Ich bin häufig an dem Haus vorbeigelaufen, wie Sie richtig beobachtet haben. Ich sah hin und wieder Mädchen vor dessen Tür, aber nie die beiden. Obwohl wir fest verabredet waren, kamen sie eines Tages nicht mehr und ich fragte mich, ob ihnen etwas zugestoßen sein könnte. Das ist alles. Besser gesagt, das ist der Grund, weshalb Sie mich vor der Villa sahen. Ich fühle mich auf eine Weise verantwortlich für die Mädchen. Es wäre möglich, dass jemand aus der Villa bemerkt hat, dass sie bei mir waren, und sie wurden bestraft!«

»Und warum sind Sie nicht zur Polizei gegangen?«

»Das ist eine lange Geschichte.«

»Die Sie lieber für sich behalten, nehme ich an?«

»So ist es.«

»Aha, dachte ich's mir. Sie verbergen etwas. Ich wusste das von vornherein.«

»Es hat überhaupt nichts mit den Mädchen zu tun.«

»So, und warum klären Sie das nicht mit Herrn Bartos selbst? Er muss doch wissen, wo sie sind.«

»Er will nicht mit mir sprechen.«

»Ich glaube eher, Sie versuchen es gar nicht erst. Denn Sie würden Ärger bekommen, wenn Sie sich in Dinge einmischen, die Sie nichts angehen.«

»Es gibt eine Zugehfrau.«

»Mehrere.«

Lehmann fuhr fort: »Ich habe ihr die jungen Frauen beschrieben, sie sagte, sie kenne sie nicht. Aber ich glaube ihr nicht. Sie konnte mir nicht in die Augen schauen. Sie hatte eindeutig Angst, etwas zu sagen. Da möchte ich wetten. Die beiden Mädchen heißen Anna und Basia. Haben Sie die Namen vielleicht gehört?«

»Nein, ich kenne außer Frau und Herrn Bartos niemanden aus der Villa mit Namen.« Helga trat von einem Fuß auf den anderen und starrte zu Boden. Schließlich sagte sie: »Ich hörte, er wechselt sie aus.«

»Wie meinen Sie das? Wer wechselt wen aus?«

»Gabor Bartos wechselt die Mädchen aus.«

»Woher wissen Sie das?«

»Das bleibt mein Geheimnis. Die Information stammt aus einer zuverlässigen Quelle.«

»Ich dachte es mir ohnehin schon. Eine der beiden sprach von einem Privatflugzeug, mit dem sie nach Deutschland gekommen ist.«

»Das passt, Herr Bartos besitzt ein Flugzeug. Es steht auf einem Privatflugplatz in Egelsbach. Ehrlich gesagt weiß ich nicht, warum ich Ihnen das erzähle. Mich strengt das Gespräch an. Ich möchte es jetzt beenden. Ich kann nur hoffen, dass hier in der Gegend nichts Schlimmeres passiert und dass Sie in der ganzen Sache nicht mit drinstecken, Herr Lehmann. Das hoffe ich inständig, und zwar für Sie. Und eines können Sie mir glauben, wenn Sie mir noch mal Angst machen, dann rufe ich die Polizei.«

Helga eilte davon. Als sie die Tür ihrer Wohnung von innen versperrt hatte, trat sie ins Wohnzimmer und zog entschlossen den Vorhang des Erkerfensters auf. »Ich lasse mir keine Angst mehr machen! Auch nicht von dir, Lehmann! Du hast versucht, mich um den Finger zu wickeln. Um ein Haar hätte ich dir geglaubt. Außerdem kann ich schauen, wohin ich möchte, und das, solange ich lebe!« Nach einem solchen Erlebnis hätte sie im Normalfall Erika angerufen. Doch nun gab es nur noch eine Person, der sie sich öffnen wollte. Entschlossen setzte sie sich an ihren Schreibtisch und nahm einen Bogen Briefpapier aus der Schublade.

»Liebe Isolde,

es tut mir leid, dass ich Dir erst jetzt wieder schreibe, nachdem nun schon über vier Monate seit Deinem letzten Besuch vergangen sind. Die Ereignisse überschlagen sich hier. Ich weiß gar nicht, wo mir der Kopf steht und wo ich anfangen soll. Es ging mir aus verschiedenen Gründen nicht gut. Deswegen erwäge ich, in ein Seniorenstift zu ziehen. Man überfordert sich in unserem Alter schnell. Du hast versprochen, auf Dich aufzupassen und Dich um eine geeignete Physiotherapie zu kümmern, damit Du nicht noch krummer wirst.

Noch etwas, liebe Isolde, natürlich gab ich Dir die Hand darauf, mich nicht mehr um das Bordell zu kümmern. Gewöhnlich halte ich meine Versprechen, deshalb war der Vorhang vorm Erkerfenster bis heute verschlossen. Aber gerade erfuhr ich Fakten, die ich nicht ignorieren kann. Angeblich geht es im Bordell um Menschenhandel, ja, du hast richtig gelesen, Isolde. Ich vermutete schon immer, dass da noch was auf mich zukommt. Stell Dir bloß vor, wenn die wissen, dass ich die Villa hin und wieder beobachte, dann werden die mich garantiert aus dem Weg räumen.

Nun, ich hoffe, ich habe Dich mit meinem Brief bisher nicht allzu sehr aufgewühlt. Ich bin nämlich mit den Schauergeschichten noch nicht am Ende. Man muss wohl sagen, wenn es hart kommt, dann kommt alles auf einmal, denn es geschah etwas Erschütterndes. Ich hoffe, Du sitzt, während Du diese Zeilen liest. Jemand packte mich an der Schulter, ich dachte sofort an Blanka Zmigrod. Ich hatte Angst, der Mörder sei zurückgekehrt. Ich erinnere mich nicht ganz genau, aber ich glaube, ich schrie vor Angst laut auf. Jedenfalls wollte ich meinen Augen nicht trauen, als ich sah, wer es war, der mir solche Angst gemacht hatte. Ahnst Du es? Natürlich der Lehmann. Ich wusste immer, dass mit ihm etwas nicht stimmt. Er faselte etwas von einer Entschuldigung wegen seiner Drohung damals. Das war meiner Meinung nach nur ein Vorwand, um herauszufinden, ob ich etwas gegen ihn in der Hand habe. Er versuchte mir weiszumachen, dass er nach zwei Mädchen suche, die angeblich in der Villa wohnen. Er habe sie bei sich unterrichtet und nun seien sie spurlos verschwunden. Ja, Du verstehst es richtig. Ich denke, er hat gelogen. Aber hätte ich um Hilfe gerufen, wäre er vermutlich handgreiflich geworden oder er hätte mich erstochen. Leute wie er tragen meistens eine Waffe bei sich. Das kennt man aus den Krimis. Meine Befürchtung ist, dass er genau weiß, wo sich die Mädchen aufhalten. Womöglich hält er sie gefangen. Wärst Du doch hier, dann könnten wir der Sache gemeinsam auf den Grund gehen. Allein traue ich mich nicht. Er will meiner Meinung nach um jeden Preis den Eindruck erwecken, unschuldig zu sein. Das macht ihn verdächtig. Wenn Du ihn siehst, wirkt er harmlos, sogar elegant. Ein Gentleman-Verbrecher, würde ich sagen. Nur dass er da bei mir an die Falsche geraten ist. Noch fehlen mir die Beweise. Deswegen hoffte ich doch damals, als wir in der Villa waren, ihn dort zu ertappen. Dann hätte ihn die Polizei längst verhaften können und Schlimmeres wäre verhindert worden. Nun kann ich mir also aussuchen, wer für mich gefährlicher ist. Der Herr Bartos selbst oder Lehmann. Ich denke, es ist der Lehmann. Mach Dir aber bitte keine Sorgen, meine liebe Isolde. Ich komme schon zurecht und nein, ich gehe kein unnötiges Risiko ein. Aber wenn mir jemals etwas zustoßen sollte, dann steckt Lehmann dahinter. Das kannst Du Dir merken. Ich hoffe, es kommen bald bessere Zeiten.

Aber nun zu Dir. Was macht Deine Tochter und wie geht es deinen Enkeln?

Über eine Nachricht von Dir freue ich mich immer und natürlich auch über einen Besuch, bevor ich im Seniorenheim oder sonst wohin verschwinde. Solltest Du also längere Zeit nichts mehr von mir hören, kontaktiere bitte Monika. Sie hat einen Wohnungsschlüssel und kann nach mir sehen. Du darfst ihr dann alles erzählen, was ich Dir berichtete, oder Du schickst ihr einfach diesen Brief. Und sag meiner Nichte, dass ich sie nicht beunruhigen wollte und deswegen geschwiegen habe. Das Testament zu ihren Gunsten liegt in der obersten Schreibtischschublade rechts.

Nun tun mir die Finger vom Schreiben weh. Außerdem will ich Dich nicht länger langweilen.

Herzliche Grüße,

immer Deine Helga.«

Helga atmete durch. Das hatte gutgetan. Wem hätte sie sich sonst anvertrauen sollen? Isolde kannte nicht nur die Umstände, sie kannte sogar das Bordell und würde aussagen, wenn Helga etwas passieren sollte.

Den Gedanken, dass Isolde sich über den Brief aufregen könnte, verdrängte sie. Die Enkel würden sie schon ablenken. Nicht dass Helga eifersüchtig wäre, aber jemand, der sich aufopfernd um seine Enkelkinder kümmern konnte, durfte sich auch die Sorgen einer engen Freundin anhören. Sie schob den Brief in einen gefütterten Briefumschlag, schrieb Isoldes Adresse darauf, leckte über den Klebestreifen und schloss den Umschlag. Gleich morgen würde sie ihn in den Briefkasten werfen. Zufrieden setzte sie sich in ihren Ohrensessel, der ein wenig eingestaubt war, da sie ihn lange Zeit nicht benutzt hatte. Dabei war er doch so bequem, wie sie gerade wieder feststellte. Er musste unbedingt einen Platz in ihrer neuen Bleibe finden. Auf dem Beistelltisch stand noch immer das hübsche Opernglas. Sie sollte es häufiger benutzen, aber sie war schon lange Zeit nicht mehr in der Oper gewesen. Sie nahm es in die Hand und schaute zum Fenster hinaus. L. B. Jeffries hätte nichts anderes getan.

14
SAMSTAG, 13. AUGUST 1994

Helga wollte am Abend früh zu Bett gehen, aber dann hatte sich Monika angekündigt. »Ich muss doch wenigstens hin und wieder bei dir nach dem Rechten sehen, Tante Helga, und schauen, ob du wohlauf bist. Du hast dich in letzter Zeit viel zu sehr aufgeregt, das macht mir Sorgen. Es ist nicht gut für deine Gesundheit in deinem Alter«, sagte sie, nachdem sie gekommen war.

Helga musste lachen. »Aufregung tut niemandem gut. Auch nicht in deinem Alter. Tu nicht so, als ob ich morgen tot umkippe.«

»Natürlich nicht. Hast du gehört, dass Manfred Wörner heute in Brüssel verstorben ist?«, lenkte Monika ab.

»Manfred Wörner? Welches Amt hat er doch gleich bekleidet?«

»Er war NATO-Generalsekretär. Und erst knapp 60, ein bisschen jung zum Sterben, findest du nicht?«

»Das ist wirklich kein Alter. Auch zu viel Aufregung? Ist in der Politik nichts Neues. Außerdem leben Politiker generell gefährlich. Denk nur an den Tod von Uwe Barschel. Das war 1987? Die Geschichte vom Selbstmord kam mir schon immer komisch vor, Moni. Wer legt sich schon angezogen in eine Badewanne? Das ist doch Unsinn. Das war eiskalter Mord. Das sagt mir mein Bauchgefühl.«

»Tante Helga, du und dein Bauchgefühl. Du witterst überall das Böse. So schrecklich ist die Welt nun auch wieder nicht.«

»Oh doch, meine Liebe, und es wird immer schlimmer. Man kann gar nicht vorsichtig genug sein. Ruckzuck ist das Leben vorbei. Sei froh, dass du keine Kinder hast. Hat sich schon etwas mit meinem Platz in der Kursana ergeben?«, fragte Helga.

»Nein, noch nicht. Ich hätte dich sofort in Kenntnis gesetzt. Du wirst bestimmt noch froh sein, dass wir uns schon jetzt darum kümmern. So einen Platz bekommt man häufig nur mit langen Wartezeiten. Und am Ende hat man keine Wahl. Du wirst sicher noch einige Zeit hier in der schönen Wohnung bleiben können.«

Die beiden saßen in Helgas Wohnzimmer bei einer Tasse Tee. Helga in ihrem Ohrensessel und Monika gegenüber auf dem Sofa.

»Ich dachte immer, dass ich mich von der Wohnung niemals trennen könnte. Ich verbinde so viele Erinnerungen mit meinem Heinz mit ihr. Aber momentan machen mir eher meine Möbel Sorgen. Wir haben einfach jede Menge davon angesammelt. Den Ohrensessel nehme ich in jedem Fall mit. Und den Schreibtisch auch, viel Platz wird nicht sein. Ach, es ist schwer, sich von seinen Habseligkeiten zu trennen. Ich kann es mir noch nicht richtig vorstellen. Jedes einzelne Stück haben wir gemeinsam angeschafft, dein Onkel und ich. Aber natürlich möchte ich dir später nicht zur Last fallen. Du hast dich oft genug um mich gekümmert. Deswegen sollst du diese Wohnung erben und mit dem Inventar machen, was du willst.«

»Mach dir nicht so viele Gedanken darüber, Tante

Helga. Noch gehört die Wohnung dir, und so soll es auch bleiben. Du könntest sie erst einmal vermieten.«

Helga lachte. »Wird nicht so einfach sein. Wer zieht schon freiwillig gegenüber von einem Bordell?«

Monika warf einen Blick zum Erkerfenster. »Was tut sich drüben? Du hast den Vorhang geöffnet?«

»Ich kann ja nicht immer nur ins Leere starren. Mit Karlchen habe ich wenigstens was erlebt, aber nun fehlt mir der Anreiz, rauszugehen, wenn ich nichts Spezielles vorhabe. Besonders im Moment, wo es draußen so heiß ist. Und wenn ich dann erst an den kommenden Winter denke. Die Dunkelheit wird mich trübsinnig machen. Nun guck ich hin und wieder doch auf die Straße, um wenigstens etwas am Leben um mich herum teilzuhaben. Ja, was gibt's Neues? Alle paar Tage fährt ein Streifenwagen durch die Straße. Für mich ist das ein beruhigendes Gefühl. Die werden hoffentlich bald für Ordnung sorgen.«

»Bestimmt. Hast du gelesen, dass gestern die Frankfurter Sparkasse auf der Eschersheimer Landstraße überfallen wurde?«

»Nein«, sagte Helga.

»Das ist meine Filiale, das ist ein Ding, kann ich dir sagen. Ich hätte dort drin sein können.«

»Woher weißt du davon?«

»Habe ich vorhin im Radio gehört.«

»Ach du liebe Zeit, Kind, pass bloß auf dich auf. Sagte ich's nicht gerade? Die Welt wird immer schlechter. Da siehst du es selbst, wenn du mir nicht glaubst. Die nehmen Geiseln und töten sie oder sie erschießen die Zeugen. Haben sie die Täter gefasst?«

»Ich weiß nur, dass die 20.000 Mark erbeutet haben. Ich glaube, die Täter werden noch gesucht.«

»Überleg mal, für 20.000 Mark riskieren die Kopf und Kragen. Ich würde nie mehr froh werden, wenn ich wüsste, ich hätte einen Raubüberfall begangen. Stell dir das mal vor. Und am Ende kriegen die einen doch und man sitzt im Gefängnis und starrt auf die Gitterstäbe. Und das bei meiner Klaustrophobie, nein, Kind. Die Vorstellung allein macht mich schwindelig. Dann gehe ich schon lieber ins Seniorenheim.«

Monika musste lachen. »Der Vergleich hinkt. Dich im Gefängnis könnte ich mir allerdings nicht vorstellen, Tante Helga. Warum auch? Außerdem glaube ich nicht, dass die da Eierlikör ausschenken.«

»Mach dich nur lustig über mich. Gegen ein Likörchen ist nichts einzuwenden, oder?«

»Natürlich nicht. Manchmal muss man sich was gönnen. Wie geht's Erika?«

»Was weiß ich. Wir haben uns zerstritten.«

»Wieso das denn?«

»Lange Geschichte. Sie hat mein Vertrauen missbraucht. Kein Wunder, sie hat einen Mann, mit dem sie all ihre Sorgen teilen kann. Wozu braucht sie mich? Da kann man die Freundin ruhig verraten.«

»Das klingt nicht gut. Ich weiß nicht, worum es geht, versuche, nicht so empfindlich zu sein. Ich lebe ebenfalls allein, Tante Helga. Das ist nicht schlimm und hat seine Vorteile. Du bist niemandem Rechenschaft schuldig. Du kannst tun und lassen, was du willst. Stell dir vor, Onkel Heinz würde noch leben und wäre zum Pflegefall geworden.«

»Das wäre eine Katastrophe. Empfindlich? Wovon redest du? Du bist jung und hast einen abwechslungsreichen Beruf. Da bleibt dir keine Zeit für Sorgen und Ängste.«

»Wenn du Sorgen hast, teil sie mit mir. Ich stehe dir bei, das weißt du doch. Zerstreite dich nicht mit deiner besten Freundin.«

»Wie kommst du darauf, dass ich nachgeben soll? Ich habe nicht angefangen. Nein, Moni, da bist du im Irrtum. Ich brauche mir nicht alles gefallen zu lassen, verstehst du? Rosa wollte mit mir Schlitten fahren. Jetzt ist Schluss. Nicht mit mir.«

»Rosa vom Kiosk? Weshalb denn?«

»Ich möchte nicht darüber reden. Ich war wohl zu nett zu den Menschen. Das wird sich nun ändern. Ich erwarte Respekt!«

»Kann es sein, dass deine Nerven mit dir durchgehen? Ich kenne Rosa nicht besonders gut, aber Erika mag ich sehr. Sie ist eine loyale Freundin. Wenn ich dir helfen kann, euren Streit aus der Welt zu schaffen, werde ich das gerne tun. Du kennst Erika nun schon so lange. Du konntest dich stets auf sie verlassen, auch nachdem du Onkel Heinz verloren hast. Sie hat dir beigestanden. Also kann ich helfen?«

»Es gibt nichts aus der Welt zu schaffen. Sie hat mich verletzt und das war's jetzt.«

»Ach, jeder hat mal einen schlechten Tag und sagt etwas, was nicht so gemeint war. Nichts ist so schlimm, dass man nicht darüber reden kann. Ich bin sicher, dass Erika dich nicht verletzen wollte und Rosa wahrscheinlich genauso wenig. Ich glaube, seit Karlchen tot ist, bist du aus dem Gleichgewicht geraten. Das solltest du nicht an deinen Freundinnen auslassen.«

»Fängst du jetzt auch noch an?«

»Tante Helga, mir fällt schon die ganze Zeit auf, dass du dich verändert hast. Du musst zur Ruhe kommen, sonst vergraulst du alle.« Monika blickte auf die Uhr. »Gleich neun. Ich muss nach Hause. Ich habe morgen Frühschicht. Und du siehst müde aus.«

»Was du bemerkst, ist nicht meine Müdigkeit, sondern das blanke Entsetzen in meinem Gesicht, nämlich darüber, dass meine Nichte mir in den Rücken fällt. Du glaubst, ich übertreibe, wenn ich von meinem Bauchgefühl spreche? Ihr werdet euch noch alle wundern, wenn hier etwas Schlimmes geschieht.«

»Ich meine es nicht böse, ich denke, du solltest nicht so viele Krimis lesen. Die bringen dich auf absurde Gedanken.«

»Ich finde, dass du jetzt gehen solltest. Mit Menschen wie mir ist es schwer umzugehen, wie ich feststelle. Ich wünsche dir eine erholsame Nacht, falls du nach unserem Gespräch noch Schlaf findest. Und ich hoffe, du denkst darüber nach.«

»Tante Helga …«

»Es gibt nichts mehr zu sagen. Gute Nacht.«

»Schlaf gut«, sagte Monika kleinlaut, stand auf und verließ die Wohnung.

Helgas Herz raste, als sie die Tür ins Schloss fallen hörte. »Seit Karlchen tot ist, habe ich überhaupt keine gute Zeit mehr. Und meine Nichte ist mir auch keine Stütze. Dabei ist die Frau Krankenschwester. Da sollte man wissen, wie man mit schwachen Menschen umzugehen hat.« Stöhnend stand sie auf, schritt zum Schreibtisch, nahm den Brief, den sie an Isolde geschrieben hatte, zerriss ihn samt Umschlag und warf ihn in den Papierkorb. »Schade um die Briefmarke, Isolde fühlt sich am Ende noch aufgefordert, herzukommen. Im Moment will ich meine Ruhe haben. Mir reichen die Streitigkeiten um mich herum.«

Helga setzte sich in den Ohrensessel, nahm das Opernglas und beobachtete damit die Straße. Gerade hielt ein dunkles Fahrzeug vorm Haus. Die Beifahrertür öffnete sich und ein Mann mit einer dunklen Jacke stieg aus. Er trug eine Sonnenbrille. Er richtete eine Kamera auf die Villa. Plötzlich drehte er sich um und lichtete Helgas Haus ab. Helgas Fenster – oder täuschte sie sich? Ihr stockte der Atem, und sie zuckte zurück. Wozu die Fotos? Fieberhaft dachte sie nach. Ein Makler! Zugegebenermaßen war auch ihr Wohnhaus recht ansehnlich. Hatte Monika bereits einen Makler beauftragt, der ihre Wohnung ohne ihr Wissen veräußern sollte? Helga war entsetzt. Monika spielte die besorgte Nichte, und in Wahrheit konnte sie nicht schnell genug an das Geld für die Wohnung kommen. Fassungslos blickte sie auf die Straße. Da war inzwischen ein weiterer dunkelhaariger Mann aufgetaucht. Sie presste das Opernglas noch dichter vor die Augen. Er war größer als der andere. Ein athletischer Typ. Noch ein Makler? Er lugte über den Zaun der Bartos' Villa. Helga kannte ihn. Es war der Mann mit dem klapprigen Auto. Es war ihr aufgefallen, weil sein Wagen nicht recht zu den Nobelkarossen passte, die hier sonst parkten.

Der Mann blieb bewegungslos stehen.

»Warum guckst du so? Stell dich ans Tor und läute, wenn du was von denen willst. Aber wahrscheinlich hast du für derartige Vergnügungen kein Geld. Stimmt's?«

In diesem Moment entdeckte Helga eine zierliche junge Frau im Eingang der Villa. Sie kam zum Tor, reichte dem Mann etwas über den Zaun und ging zurück zum Haus. Sie drehte sich noch mal um und machte mit der Hand ein Zeichen, als wolle sie ihn verscheuchen.

Der Mann ging die Straße hinunter.

Helga sprang auf, presste die Stirn an die Fensterscheibe und betrachtete die Autos. Das alte Auto stand unten.

Es war noch nicht dunkel. Helga ging in die Diele, zog ihre Schuhe an und steckte den Hausschlüssel ein. Sie würde einen Blick aus der Nähe riskieren. Als sie auf die Straße trat, blickte sie sich verstohlen um. Weit und breit war niemand zu sehen. Das Auto parkte etwa zehn Meter entfernt von ihrer Haustür. Sie ging darauf zu und spähte durch die Heckscheibe. Merkwürdiges Zeug lag darin. Schnüre und Kabel wie von einem Handwerker. Der Mann versuchte wohl, einen Job in der Villa zu bekommen. Das war die Erklärung. Die junge Frau sollte ihm dabei helfen – Schwarzarbeit. Oder schuldete Herr Bartos ihm Geld? Vielleicht war es das, was ihm die junge Frau vorhin in die Hand gedrückt hatte. Aber warum war dann das Auto jetzt noch hier? Sollte der Kerl auch woanders Schulden eintreiben? In diesem Moment hörte Helga ein Geräusch direkt hinter sich und drehte sich erschrocken um. Der Besitzer des Fahrzeugs war unmittelbar hinter sie getreten und fixierte sie unverwandt. Helgas Beine fühlten sich an, als seien sie am Boden festgewachsen. »Ach, ähm, das ist Ihr Auto, oder? Ich hielt es für das Fahrzeug eines Freundes. Aber in diesem Augenblick merke ich, dass ich mich vertan habe. Nichts für ungut. Dunkle Autos kann ich nicht voneinander unterscheiden«, krächzte Helga. Dann eilte sie weiter. Nicht hektisch werden, dachte sie, als sie die Straßenseite wechselte, das wäre zu auffällig. Jetzt bloß nicht nach Hause. Er darf nicht wissen, wo ich wohne. Sie bog in die Beethovenstraße ab und verbarg sich hinter einer Hecke. Wenige Augenblicke später lugte sie um die Ecke. Er war ihr nicht gefolgt.

15
MONTAG, 15. AUGUST 1994

Als Helga erwachte, war sie schweißgebadet und zitterte, als habe sie Schüttelfrost. Beruhigt stellte sie fest, dass sie in ihrem Bett lag. Sie hatte von einem Makler geträumt, der sie in sein Auto gestoßen hatte. Er wolle sie zum Seniorenstift bringen, hatte er behauptet. Stattdessen raste er mit ihr in dem alten Auto nach Cape Canaveral, wo er sie in eine Rakete sperrte, um sie zum Mond zu schießen. Was für ein absurder Traum. Sie hatte gestern Abend noch eine halbe Stunde in der Beethovenstraße verharrt, bis das Auto über den Kettenhofweg an ihr vorübergefahren war. Dann war sie, so schnell sie konnte, zu ihrem Wohnhaus geeilt. An Schlaf war nicht zu denken gewesen, und als sie gegen Mitternacht noch mal aus dem Fenster geschaut hatte, hatte das Auto des Mannes wieder dagestanden.

Das Telefon läutete. Helga sah auf die Uhr. Halb elf. Ihre Nichte, die sich bei ihr entschuldigen wollte? Isolde vielleicht? Aber Isolde rief doch nicht an, oder? Das Klingeln erstarb, um kurz darauf wieder einzusetzen. Hurtig schlüpfte sie in ihre Hausschuhe und stapfte ins unbeleuchtete Wohnzimmer, wo sie mit dem Fuß gegen den Ohrensessel stieß. »Autsch! Verdammt, ist das düster hier.« Na klar, sie hatte in der Nacht den Rollladen heruntergelassen. Als sie den Hörer abnahm, war nur noch das Freizeichen zu hören. Sie seufzte und zog den Rollladen hoch, nahm das Telefon von der Station und schlurfte mit dem Apparat in die Küche, um sich Tee zu kochen und einen klaren Kopf zu bekommen.

Wieder klingelte es. Sie ging ran. »Hallo?«

»Gott sei Dank, Tante Helga, habe ich dich geweckt oder wieso gehst du nicht ans Telefon? Ich habe mir schon Sorgen gemacht. Ich war drauf und dran, mich auf den Weg zu dir zu machen. Geht es dir gut oder bist du mir etwa immer noch böse?«

Helga sortierte ihre Gedanken. »Monika, ich möchte eine ehrliche Antwort von dir haben. Hast du einen Makler beauftragt, meine Wohnung zu verkaufen?«

»Was soll ich getan haben? Wie kommst du denn darauf?«

»Wenn du mir das antust und meine Wohnung hinter meinem Rücken verkaufst, will ich nichts mehr mit dir zu tun haben. Außerdem enterbe ich dich auf der Stelle.«

»Tante Helga, ich bitte dich, das würde ich niemals tun. Außerdem gehört die Wohnung dir, nur du kannst sie verkaufen. Ich kann die Anfrage ans Seniorenheim jederzeit zurückziehen, wenn es das ist, was dich beunruhigt. Die Wohnung gehört dir und du allein entscheidest, was du damit machen willst. Bitte verzeih, aber im Moment glaubst du, jeder hat es auf dich abgesehen. Natürlich steht mir nicht zu, mich einzumischen. Du weißt am besten, was du tust. Ich habe mir heute Nacht wegen gestern Abend die größten Vorwürfe gemacht und kaum geschlafen. Ich wollte dich nicht verärgern. Du weißt hoffentlich, wie wichtig du mir bist? Ich habe doch nur dich.« Ihr versagte die Stimme.

»Du würdest also nichts über meinen Kopf hinweg entscheiden?«

»Niemals!«

»Gut. Und sag mir nicht wieder, was ich zu tun und zu lassen habe. Kein Wunder, wenn ich dann auf solche Ideen komme.«

»Versprochen, es tut mir leid. Pass auf dich auf, Tante Helga, ich muss arbeiten. Ich wünsche dir einen schönen Tag. Auf Wiederhören.«

»Tschüss«, antwortete Helga, legte das Telefon auf die Arbeitsplatte und setzte ihr Teewasser auf.

Draußen bellte ein Hund. Helga nahm ihren Tee, ging ins Wohnzimmer und öffnete das Erkerfenster. Ein sonniger Sommertag empfing sie. Das Hundegebell war nun deutlich zu hören und schien aus der Villa der Bartos zu kommen. Dort waren die Rollläden noch verschlossen. Ungewöhnlich für diese Uhrzeit. Normalerweise hockte Struppi morgens auf der Fensterbank und schaute hinaus.

»Armer Kerl, heute wirst du wohl noch ein Weilchen Geduld haben müssen. Die Herrschaften hatten offenbar eine turbulente Nacht. Ich darf gar nicht drüber nachdenken.« Sie war müde und gähnte. »Niemand wartet auf mich. Ich werde mich noch ein Weilchen ausruhen.« Sie ging zurück ins Schlafzimmer und legte sich wieder aufs Bett. Einer der wenigen Vorteile, wenn man keinen Hund besaß und verrentet war: Es gab keinen Grund aufzustehen. Helga kuschelte sich in ihre Bettdecke und schloss die Augen, doch zur Ruhe kam sie nicht. Der Pudel von gegenüber kläffte unaufhörlich. Merkwürdig, das tat er sonst nie. Sie hörte das Tier deutlich, obwohl das Schlafzimmerfenster von der Straße abgewandt war. Sie versuchte, sich mit Atemübungen abzulenken. Einatmen, Luft anhalten, ausatmen, wieder einatmen, Luft anhalten, nicht zum Aushalten. Sie setzte sich. Das Kläffen machte sie nervös. »Hören die da drüben denn gar nichts? Der Hund muss raus! Das Tier klingt schon heiser.« Ich weiß nicht, was in die gefahren ist, dachte Helga. Ob ich anrufen soll? Oder vielleicht sollte ich bei Gelegenheit mal anbieten, den Hund hin und wieder auszuführen? Ich habe die Zeit dazu. Mir würde es guttun und dem Tier wahrscheinlich auch. Aber nein, was würden die Nachbarn von mir halten, wenn ich mit den Leuten vom Bordell verkehre? Nachher kämen die noch auf eigentümliche Gedanken. Wieder stand sie auf, ging ins Wohnzimmer, setzte sich in den Ohrensessel und schaute nach draußen. Eine junge Frau und ein elegant gekleideter Mann standen auf der anderen Straßenseite vorm Tor der Villa. Wenn Helga das richtig erkannte, betätigte die Frau die Haustürklingel, denn die Stimme des Pudels überschlug sich nun förmlich.

»Na, endlich merkt's jemand.« Helga hätte am liebsten das Fenster aufgerissen und den beiden zugerufen, dass der Hund unaufhörlich bellt. Doch nach dem gestrigen Abend wollte sie nicht wieder auf sich aufmerksam machen. Mit einem Mal gingen die beiden fort.

»Was soll das, warum geht ihr nicht rein? Macht keiner auf? Kommt schon, holt endlich den Hund da raus«, murmelte Helga. »Also so was Dummes aber auch. Sind die etwa alle ausgeflogen?« Helga hatte einen Gedankenblitz: Hatte es in der letzten Nacht eine Razzia gegeben? Der Mann mit dem Auto, Moment mal! Er arbeitete undercover, aber natürlich. Sie hatte ihn bei der Arbeit gestört. Endlich begriff sie. Und der Mann mit der Kamera hatte dazugehört. Die haben die Leute drüben festgenommen – dass sie erst jetzt auf den Gedanken kam. Die saßen wahrscheinlich alle in Untersuchungshaft. Und sie hätte es mit ihrer Neugier beinah vermasselt. Sie stellte sich nah ans Fenster. Und was ist nun mit dem Hund? Klar, dass sie den nicht mitnehmen konnten, wenn sie alle ins Gefängnis gewandert sind. An den armen Kerl hat in dem Moment wahrscheinlich keiner gedacht. Andererseits hatte die Polizei gute Arbeit geleistet, fand sie, man sollte sie nicht unterschätzen. Die schlug im rechten Moment zu. Das war in Kriminalfilmen auch immer der Fall. Für Helga ergab nun alles Sinn. Die haben die Villa allem Anschein nach wochenlang observiert. Und die Männer gestern Abend gehörten zur Sonderkommission. »Und ich habe den Einsatz gestört. Aber sagte ich es nicht? Ein solches Etablissement hat in einer Wohngegend nichts zu suchen. Ich wusste, es würde noch etwas passieren.« Nun würde endlich wieder Ruhe im Viertel einkehren. Sie dachte ans Kursana. Den ersten freien Platz würde sie keinesfalls annehmen. Der arme Hund bellte noch immer. Wer würde sich um ihn kümmern, wenn die im Gefängnis bleiben mussten? »Struppi soll nicht ins Tierheim! Dann nehme ich ihn lieber.« Wieder war jemand am Tor aufgetaucht. »Das geht heute zu wie in einem Taubenschlag. Was macht der denn da? Er scheint zu telefonieren.« Helga stand genauso unbeweglich da wie der Mann. Er schien zu warten. Und da entdeckte sie die Mutter von Frau Bartos. Die wohnte gleich um die

Ecke. Helga atmete auf. Sie hatte sicher einen Schlüssel und würde den Hund rauslassen.

Das Telefon läutete. »Das gibt's doch nicht, Kind. Du gehst mir auf die Nerven«, schimpfte sie. »Wo liegt das Ding?« Sie ging dem Ton nach, fand es in der Küche und drückte auf die grüne Taste. »Ja, Moni, was hast du vergessen, mir zu sagen?«

Am anderen Ende blieb es stumm.

»Monika?«

»Nein, hier ist Erika.«

Jetzt war Helga sprachlos.

»Helga, bist du dran? Bitte nicht auflegen, ich ... ich wollte mich entschuldigen und mit dir versöhnen«, stotterte Erika. »Ich war töricht und kann verstehen, dass du verärgert bist. Wir kennen uns so lange und sind doch viel zu eng befreundet, um uns zu entzweien.«

Helga atmete tief durch. »Du hast mir ein Versprechen gegeben und es gebrochen, vergiss das nicht.«

»Es wird nie mehr vorkommen. Können wir uns denn nicht wieder vertragen? Ich habe dich doch so gern und wünsch dir nur das Allerbeste.«

Helga schwieg.

»Bist du noch dran?«, fragte Erika.

»Ja, ich denke darüber nach. Mag sein, dass ich im Moment empfindlich bin. Das mit Karlchen wirkt immer noch nach. Du hast keinen Hund. Ich hoffte auf Mitgefühl.« Helga räusperte sich. »Nun, es schwingt etwas Selbstmitleid mit. Das glaube ich zwar nicht, theoretisch wäre es möglich.«

»Klar verstehe ich das. Und ich fühle absolut mit dir. Du bist eine starke und rüstige Frau. Ich bin voller Respekt davor, wie du dein Leben meisterst. Dich wirft so schnell nichts um.«

»Also gut, Erika. Schwamm drüber, sonst ärgere ich mich wieder. Außerdem ist hier gerade was Eigentümliches geschehen.«

»Was willst du damit sagen?«

»Drüben im Bordell. Die sind entweder Hals über Kopf abgereist oder sie sind alle verhaftet worden. Jedenfalls sind sie nicht da. Der arme Hund ist anscheinend allein im Haus. Er kläfft schon geraume Zeit. Gerade ist die Mutter von Frau Bartos ins Haus gegangen und kümmert sich hoffentlich um ihn.«

»Sagtest du nicht, dass sich der Herr Bartos immer so liebevoll um das Tier kümmert? Er würde es doch gewiss nicht allein lassen.«

»Mein Bauchgefühl ist anscheinend in letzter Zeit etwas angeschlagen, wenn man das so ausdrücken will. Ich täusche mich wohl doch hin und wieder. Meinst du, das liegt am Alter?«

»Das weiß ich nicht, Helga.«

»Ich glaube, das ist der eigentliche Grund für meine schlechte Laune. Ich bin ständig auf der falschen Fährte. Da wird man automatisch skeptischer und traut sogar den eigenen Freunden nicht mehr über den Weg. Vielleicht wurde das Bordell geschlossen, wer weiß? Dann käme ich endlich wieder zur Ruhe. Lass uns bald wieder telefonieren oder wir könnten uns auch treffen, das würde mich freuen. Jetzt muss ich schauen, was da drüben los ist.«

»Verstehe, liebe Helga. Ich verspreche dir, dass ich dich niemals mehr enttäuschen werde.«

»Bis bald.« Helga beendete das Gespräch und stellte das Telefon zurück in die Ladestation. Draußen war es ruhig. Der Hund bellte nicht mehr, und zu sehen war auch nichts.

Trotz der Sommerhitze ließ sie sich zur Entspannung ein Vollbad ein. Sie fühlte sich angestrengt und verkrampft, und sie spürte ihr Rheuma. Als die Wanne vollgelaufen war, schaltete sie das kleine Radio in ihrem Badezimmer an. Im Hessischen Rundfunk lief klassische Musik. Seufzend ließ sie sich in das warme Wasser sinken und genoss den Duft des Badeschaums. Entspannt legte sie den Kopf auf dem Badewannenkissen ab und schlummerte augenblicklich ein.

Als sie erwachte, drang lautes Heulen an ihre Ohren. Sie fuhr hoch, war noch immer im Wasser und fröstelte. Sie musste tief geschlafen haben. »Ach du Schreck, das ist mir ja noch nie passiert.« Sie stieg aus der Wanne, wickelte sich in ein Handtuch und trocknete sich ab. Die Armbanduhr auf dem Toilettentisch zeigte kurz vor 12 Uhr mittags an. Ein Martinshorn, dann noch eines. Und ein weiteres. Der Lärm der Sirenen war ohrenbetäubend.

»Das gibt's doch nicht«, murmelte Helga, zog sich ihre Kleider an und eilte ins Wohnzimmer. Einsatzfahrzeuge mit blitzendem Blaulicht, soweit das Auge reichte. Dann entdeckte sie mehrere Sanitäter direkt vor der Bartos-Villa. Ein weiterer Polizeiwagen traf ein.

»Das sieht aber gar nicht gut aus.« Sie blickte nach links und rechts. Trauben von Menschen standen herum. »Großer Gott, werden gerade alle Häuser evakuiert? Ich muss raus und schauen, was los ist.« Hektisch zog sie ihre Schuhe an, riss die Wohnungstür auf, schloss sie hinter sich, eilte die Treppe hinab und trat auf die Straße. Draußen empfing sie aufgewühltes Stimmengewirr.

»Ach, da kommt die Frau Lindemeyer.« Helgas Nachbarin löste sich aus einer Gruppe und kam auf Helga zu.

»Was ist hier los, Frau Wickler?«, fragte Helga.

»Wir wissen es nicht. Wir vermuten eine Gasexplosion oder Ähnliches. Man hat uns noch nicht informiert.«

»Gibt es etwa Verletzte?«

»Noch ist nichts zu sehen. Aber die Sanitäter werden ihre Gründe haben, hier zu sein«, äußerte Herr Wickler, der auf Helga aufmerksam geworden war.

»Könnte eine Vorsichtsmaßnahme sein«, sagte ein Mann, der in der Nähe stand.

»Du meine Güte, ich bin erschüttert. Gas? Dann sind wir alle in Gefahr, oder? Nicht, dass unser Haus in die Luft fliegt. Haben Sie die gefragt?« Helga deutete auf eine Gruppe von Polizisten. »Normalerweise müssten die uns in Sicherheit bringen.«

Wickler schüttelte den Kopf. »Einer der Beamten sagte gerade, wir sollen zurück in die Häuser gehen.«

»Wo denken die hin? Man kann doch jetzt nicht rein, solange man nicht weiß, was los ist«, sagte eine Nachbarin, die neben den Bartos wohnte. »Ich gehe jetzt ganz sicher nicht rein! Ich wundere mich schon seit Stunden über den Köter. Wir hören das direkt durch die Wand.«

»Stimmt, ich habe den Hund auch ununterbrochen bellen hören«, sagte Helga.

»Ja, Frau Lindemeyer. Als Phillip heute Morgen zur

Schule ging, ist es uns auch aufgefallen«, antwortete Frau Wickler. »Er bellt hin und wieder schon mal, aber heute hat er sich gar nicht beruhigt. Vielleicht wollte er die Hausbewohner warnen.«

»Ich habe bei Frau Bartos angerufen. Wie gesagt, der Hund hat uns um den Schlaf gebracht. Es ging niemand ran«, sagte die Frau vom Nachbarhaus. »Das kam mir schon merkwürdig vor.«

»Ich dachte mir gleich, dass etwas nicht stimmt. Ich habe ein Pärchen vorm Tor stehen sehen. Die wollten zu den Bartos, glaube ich. Und später kam die Mutter von der Frau Bartos.«

»Kennen Sie die Dame?«, fragte Frau Wickler.

»Klar, ich bin ihr schon oft begegnet. Wir plaudern hin und wieder. Ich nehme an, sie hat einen Hausschlüssel.«

»Wir haben niemanden vorm Haus gesehen. Wann soll das gewesen sein?«

»So gegen elf, glaube ich«, antwortete Helga.

»Hast du jemanden bemerkt, Michael?«, fragte Frau Wickler.

Ihr Mann nickte. »Allerdings war das ein einzelner Herr.«

Helga zuckte die Achseln. »Wieso steht hier denn so viel Polizei?«

»Die kommen immer, wenn nicht sicher ist, was vorgefallen ist«, meinte Wickler.

»Bestimmt ist im Haus eine Wand eingestürzt oder so etwas«, sagte eine rothaarige Frau.

»Ach was«, meinte die Frau von gegenüber. »Das hätten wir gehört.«

»Sehen Sie nur, da sind mehrere Personen in Ganzkörperanzügen. Im Krimi fahren die nur zu Tatorten«, sagte Helga aufgebracht.

Eine Passantin trat hinzu. »Ehrlich gesagt finde ich diese Gafferei von Ihnen widerlich. Gehen Sie nach Hause und lassen Sie die Experten ihre Arbeit machen.«

»Wenn wir nun mal aber in Sorge sind, dass uns was passiert?«, fragte Frau Wickler.

»Dann hätten die was gesagt. Glauben Sie etwa, die wissen nicht, was sie tun? Mal ehrlich, wir verbieten unseren Kindern das Gaffen.«

»Nun lassen Sie's gut sein. Sie stehen doch auch hier«, sagte Herr Wickler.

»Ich bin gerade auf dem Heimweg. Mir bleibt nichts übrig, als diesen Weg zu nehmen.«

»Dann halten wir Sie nicht vom Weitergehen ab.«

Die Frau ging kopfschüttelnd davon.

»Und ich dachte, die wären alle fort.« Helga zeigte auf die Villa. »Wegen Struppi. Ich kenne das Tier, so hat er sich noch nie verhalten.«

Ein anderer Nachbar trat hinzu. »Vielleicht ist ein Freier durchgedreht und hat irgendwelche wilden Fesselspiele gemacht.« Er zwinkerte Helga zu.

»Also, so was müssen Sie nun nicht unbedingt behaupten. Das ist widerwärtig. Im Viertel scheint absolut jeder über das Etablissement Bescheid zu wissen.«

»Natürlich, Frau Lindemeyer. Aber es läuft alles sehr diskret ab, darauf achtet der Herr Bartos. Er ist immer so höflich und zuvorkommend. Da kann man nichts sagen. Deswegen drücken wir alle ein Auge zu«, sagte der Mann.

»Und die Mädchen sind freundlich, wenn man sie trifft«, sagte eine Dame.

»Also, wenn ich das Aufgebot sehe, kommen mir die schlimmsten Gedanken«, sagte Herr Wickler. »Im Bahnhofsviertel würde man sofort an einen Mord denken. Aber hier doch nicht.«

Helga nestelte am Kragen ihrer Bluse herum. »Ich wünsche niemandem etwas Schlechtes. Selbst wenn das da drüben«, sie machte eine Pause, »Prostituierte sind. Ich wusste bis vor Kurzem nichts von dem Bordell, vermutlich war ich weit und breit die Einzige. Ich bin eben eine alte Schachtel. Aber wissen Sie, was ich denke? Möglicherweise ist die Polizei fälschlicherweise angefordert worden. Womöglich hat jemand Schreie gehört. Ich meine, in einem Bordell muss das doch nicht unbedingt für eine Notlage sprechen, oder?« Helga machte ein nachdenkliches Gesicht.

»Nein, Frau Lindemeyer, dann wären die längst wieder weg. Es ist etwas Schlimmes passiert, etwas sehr Schlimmes, wenn Sie mich fragen!«, antwortete Wickler.

»Oh nein, gucken Sie nur dort.« Helga deutete auf einen Polizisten, der eine Tiertransportbox in einen Streifenwagen brachte.

»Was soll da drin sein?«, fragte eine andere Nachbarin.

»Struppi. Warum kümmert sich denn niemand aus dem Haus um das Tier?«, Helga war fassungslos. »Wo bringen Sie den Hund hin?«, rief sie dem Polizisten zu, bekam aber keine Antwort. »Nun sehen Sie sich das an, Herr Wickler. Jetzt untersuchen die das schäbige Auto da vorn. Es stand schon gestern da.« Sie wollte über die Straße zu den Polizisten eilen, doch Herr Wickler hielt sie davon ab.

»Tun Sie das nicht. Sie merken doch, wie beschäftigt die sind.«

»Aber ich hab den Mann gesehen, dem es gehört.«

»Sind Sie sicher?«

»Eigentlich schon.«

»Eigentlich? Saß er im Auto?«

»Nein, er stand plötzlich hinter mir, als ich ins Auto schaute. Das war gestern Abend. Aber ich meine, gesehen zu haben, dass er davor im Auto saß. Vom Fenster aus kann man das leider nicht so gut erkennen. Er war dunkelhaarig und groß, mindestens 1,80 Meter.«

»Nicht bei den laufenden Ermittlungen stören, Frau Lindemeyer, mein Mann hat recht. Die Polizisten wissen ganz genau, was sie tun«, meinte Frau Wickler.

»Na gut, aber was machen die jetzt mit dem Hund? Warum bringen sie ihn weg?«

»Beruhigen Sie sich, Frau Lindemeyer. Die werden den Hund vorübergehend woanders unterbringen«, sagte Frau Wickler.

»Aber warum? Was ist denn da nur passiert?«

»Es könnte sein, dass sich alle eine Lebensmittelvergiftung zugezogen haben. Das kann schon mal passieren. Dann müssen jetzt alle ins Krankenhaus und niemand kann sich um das Tier kümmern«, vermutete Herr Wickler. »Und weil nicht klar ist, wodurch sie sich vergiftet haben, ist die Polizei hier. Könnte auch ein Anschlag gewesen sein.«

»Und was ist mit der Mutter von Frau Bartos?«, fragte Helga. »Die sah vorhin putzmunter aus.«

»Sie muss vorsorglich in Quarantäne«, antwortete Herr Wickler.

Frau Wickler nickte. »Das wäre denkbar.«

»Dann ist es zumindest keine Lebensmittelvergiftung. Die wäre nicht ansteckend«, überlegte Helga und hatte einen Geistesblitz. »Das Norovirus. Das würde die Personen in den Schutzanzügen erklären. Das ist sehr ansteckend.«

Wickler verzog ungläubig den Mund. »Im Sommer? Eher nicht. Das ist eher ein Wintervirus.«

»Zumindest sieht es nach einer ansteckenden Krankheit aus. Wollen wir hoffen, dass alle wieder gesund werden. Hoffentlich keine offene Tuberkulose. Ach du lieber Gott, das wäre schrecklich. In so einem Bordell kann die schon mal ausbrechen. Bei all den Menschen, die dort ein und aus gehen«, behauptete Helga.

»Die Herrschaften, die hierherkommen, sind gepflegt. Die achten auf ihre Gesundheit. Ich hab hier noch nie schmuddelige Männer gesehen, bei allem, was man gegen die sagen kann«, sagte Wickler.

»Es müssen doch nicht die Männer sein. Vielleicht hat eines der Mädchen was gehabt und alle angesteckt«, entgegnete Helga.

»Für eine ansteckende Krankheit kommt die Polizei nicht.«

»Aha.« Helga war nachdenklich. »Ich dachte nur wegen der Schutzanzüge.«

»Wir werden uns nicht mehr allzu lange Gedanken darüber machen müssen. Bestimmt werden wir es sehr bald erfahren«, sagte Wickler. »Schön wär's, wenn's nur eine Krankheit ist. Aber schauen Sie mal da vorne. Da kommt ein Wagen vom Bestattungsinstitut.«

Alle starrten wie gebannt auf einen Kombi mit schwarzen Scheiben, der unmittelbar vor der Villa hielt.

»Noch einer«, rief die Frau vom Nachbarhaus. »Und sehen Sie nur die Bahre!«

Zwei Männer in weißen Schutzanzügen trugen soeben eine Bahre aus dem Haus.

»Oh Gott!« Helga schlug die Hände vor den Mund. »Das glaube ich nicht. Ich glaube es nicht. Was in aller Welt ist da vorgefallen?«

Eine unheimliche Stille breitete sich in der umstehenden Menschenmenge aus, als sei in diesem Moment die Zeit stehen geblieben. Niemand bewegte sich, niemand wagte zu atmen.

Zwei Bestatter trugen einen Metallsarg in den Hof der Villa.

Helga zitterte am ganzen Körper, als ein weiterer Leichenwagen eintraf. Der erste Sarg wurde aus dem Hof nach draußen gebracht und in den vorderen Leichenwagen geschoben.

»Bitte sagen Sie mir, dass ich träume«, bat Helga und blickte Frau Wickler aus wässrigen Augen an. »Warum wird denn niemand ins Krankenhaus gebracht?«

Frau Wickler nahm Helgas Hand.

»Wo sind denn Herr und Frau Bartos, sie müssen sich doch kümmern, oder nicht? Und wo ist die Mutter von Frau Bartos?«

»Frau Lindemeyer, mein Mann kann Sie nach oben in Ihre Wohnung bringen. Ich glaube, das reicht jetzt für Sie.«

»Nein, ich fürchte mich, ich will nicht allein sein.«

»Sollen wir Ihre Nichte anrufen?«

Helga schüttelte den Kopf. »Sie arbeitet. Aber sehen Sie die Polizisten da vorn? Die wirken völlig fertig. Der eine schüttelt unentwegt den Kopf. Das macht mir richtig Angst.«

»Die werden jetzt alle in die Rechtsmedizin gebracht«, sagte ein älterer Herr.

»Wer?«

»Die Toten.«

»Woher wollen Sie das wissen?«

»Ich hörte vorhin, dass Rechtsmediziner vor Ort sind.«

»Was bedeutet das? Warum kommen sie in die Rechtsmedizin?«, wollte Helga wissen.

»Sie werden obduziert. Sie könnten sich vergiftet haben oder sind vergiftet worden. Das stellen die dort fest. Hier vor Ort können die Rechtsmediziner das nicht untersuchen.«

»Sie sind vergiftet worden?«, rief eine Frau, die in der Nähe stand.

»Wirklich? Meinen Sie, das war ein Freier?«, fragte eine andere.

»Wahrscheinlich ein Psychopath.«

»Moment, wer sagt, dass sie sich nicht durch Lebensmittel vergiftet haben? Gehen Sie doch nicht gleich vom Schlimmsten aus«, mischte sich ein jüngerer Mann ein.

»Na ja, ich denke da an den Mord vor zwei Jahren. Erinnern Sie sich? Diese alte Dame, sie wurde im Kettenhofweg ermordet. Wie hieß sie doch gleich?«

»Blanka Zmigrod«, antwortete Helga.

»Richtig, die Frau Zmigrod. Das war abscheulich. Ich

glaube, auf dem Kettenhofweg liegt ein Fluch«, sagte eine Frau im Jogginganzug.

»Die haben hier jedes einzelne Auto untersucht«, bemerkte die Nachbarin von gegenüber.

»Was meinen Sie mit untersucht?«

»Sie haben durch die Fenster überall reingeschaut und sich außerdem die Kennzeichen notiert. Ich sage Ihnen, da hat ein Freier die Hände im Spiel. Es gibt genug Psychopathen auf der Welt. Bestimmt sollte der Mann mehr bezahlen, als er dachte, und ist durchgedreht. Oder er hat die Leute im Haus als Geiseln festgehalten.«

»Und warum die Leichenwagen?«, fragte Frau Wickler.

»Ich sage doch, er ist durchgedreht. Zum Glück haben wir durch die Wand keine Schüsse gehört«, sagte die Nachbarin.

Helga war bestürzt. »Mir wird übel. Die sind erschossen worden, glauben Sie? Ich habe es geahnt.«

»Das sind nur Spekulationen, Frau Lindemeyer, weiter nichts. Kommen Sie, ich bringe Sie in Ihre Wohnung, nicht, dass Sie noch umfallen«, schlug Herr Wickler vor.

»Aber wer sagt, dass hier nicht noch Schlimmeres passiert? Eine Explosion oder Ähnliches? Ich befürchte, dass wir gleich alle die Schutzräume aufsuchen müssen!«

»Dann hätten die Polizisten das längst durchgesagt. Die sind nur mit dem Haus drüben beschäftigt, Frau Lindemeyer. Aber keine Sorge, ich werde mich umgehend bei Ihnen melden, wenn wir aufgefordert werden, die Häuser zu verlassen.« Herr Wickler begleitete Helga und half ihr die Treppe hinauf.

*

Gegen Mittag ist im Kettenhofweg die reinste Hölle ausgebrochen. Etliche Polizei- und Rettungswagen stehen vorm Bordell und versperren die Straße. Ein Großeinsatz, wie ich ihn nie zuvor erlebt habe. Ich dachte an einen Hausbrand, aber die Feuerwehr ist nicht vor Ort und Rauchentwicklung ist nicht sichtbar. Auch riecht man nichts. Gerade fährt ein Leichenwagen an meinem Haus vorüber. Überall Polizei, Sanitäter und Schaulustige. Eine Explosion? Ein Überfall?

*

Als Helga in ihrer Wohnung war, hastete sie ins Schlafzimmer, zog einen Stuhl zum Kleiderschrank, stieg auf die Sitzfläche und angelte nach ihrer Reisetasche, die sich auf dem Schrank befand. Falls sie evakuiert würde, wollte sie das Wesentliche beisammenhaben. Sie hielt sich an der Lehne fest und stieg ab, bevor der Stuhl umfiel. Das wäre beinahe ins Auge gegangen. Was verstaute man in einer Notsituation in einer Reisetasche? Sie konnte sich nur schwer konzentrieren. Geld, Ausweis, EC-Karte und die Karte für die Krankenversicherung. Das alles befand sich zum Glück bereits in ihrer Handtasche auf der Kommode in der Diele. Sie ging ins Bad und sammelte ein paar Toilettenartikel zusammen, die sie hektisch in ihr Reisenecessaire fallen ließ. Vielleicht war das Leitungswasser verunreinigt? Sie drehte den Hahn des Waschbeckens auf. Das Wasser war unauffällig. Aber konnte man Keime mit bloßem Auge erkennen? Sicher nicht. Sie öffnete ihren Hängeschrank und fischte eine Flasche Desinfektionsmittel heraus. Sie schraubte den Verschluss ab und goss mehr als die Hälfte des Inhalts über ihre zitternden Hände. Man konnte nicht vorsichtig genug sein. Vielleicht informierte man die Bevölkerung nicht, um Panik zu vermeiden.

Weiter! Was brauchte sie noch? Kleidung! Sie hastete ins Schlafzimmer, riss die Tür ihres Kleiderschranks auf und zerrte einen Schlafanzug aus dem Regalfach, Unterwäsche und zwei Sommerkleider. Alles zusammen stopfte sie in die Tasche und zog den Reißverschluss zu. Sie atmete auf. Das Gepäck stellte sie vor die Wohnungstür und die Handtasche obendrauf. Jetzt konnten sie kommen, um sie in Sicherheit zu bringen. Nervös lief sie in ihrer Wohnung auf und ab, wie der berühmte neurotische Tiger im Käfig. Wieder und wieder blieb sie am Erkerfenster stehen und starrte auf die Straße. Die Einsatzwagen waren noch da. Gerade wurde eine weitere Leiche in einem Leichensack herausgetragen. Helga schlug die Hände vors Gesicht. »Das könnte die Mutter von Frau Bartos sein.« Deshalb hatte Helga sie nicht mehr aus dem Haus kommen sehen. »Oh nein. Es war zu viel für die alte Frau.«

Sie griff zum Telefonhörer und wählte Erikas Nummer. Ihre Freundin war direkt am Telefon. »Gott sei Dank erreiche ich dich. Es ist entsetzlich, Erika. Ich muss mit jemandem sprechen. Hier ist ein Unglück geschehen.«

»Was? Ist dir etwas zugestoßen?«

»Nein, es war bei den Bartos. Dort muss sich eine Tragödie zugetragen haben.«

»Wie meinst du das?«

»Die Polizei ist hier, auch Spurensicherung und Leichenwagen. Sie haben Leichensäcke aus der Villa gebracht und …«

»Was meinst du damit?«

»Was ich sagte, Erika, so hör doch zu. Sie tragen tote Menschen aus der Villa.«

»Bist du dir sicher?«

»Natürlich. Ich glaube sogar, die Mutter von Frau Bartos war dabei. Sie ist heute Morgen zum Haus gelaufen. Ich habe sie mit eigenen Augen gesehen. Ich bin sicher, dass sie reingegangen ist, aber sie kam nicht wieder heraus, soviel ich weiß.« Helga japste und konnte für einen Moment nicht weitersprechen. »Ich glaube, ich bekomme Asthma, Erika.«

»Beruhig dich, atme tief durch. Es ist entsetzlich, aber du musst jetzt auf dich aufpassen. Wieso glaubst du, dass die Mutter von Frau Bartos unter den Toten ist?«

»Sonst hätte sie doch in der Menschentraube gestanden.«

»Menschentraube?«

»Ja, überall sind Nachbarn und Schaulustige.«

»Ach du Schreck. Vielleicht hast du sie in der Menge übersehen. Oder hast du ihr Gesicht erkannt, als sie sie rausbrachten?«

»Nein, die Leichen waren zugedeckt.«

»Dann vermutest du also nur, dass die Dame unter den Toten war?«

Helga seufzte. »Genau weiß ich es nicht.«

»Na also.«

»Es tauchen dauernd neue Leichenwagen hier auf.«

»Dauernd?«

»Ja, einer nach dem anderen.«

»Bist du dir sicher, dass es Leichenwagen sind? Die von der Soko fahren auch schwarze Wagen.«

»Es sind Leichenwagen. Da steht der Name eines Bestattungsinstituts drauf.«

»Aber wir wissen nicht, wer gestorben ist.«

»Willst du wissen, was gerade geschieht?« Helga hatte das Telefon am Ohr und schaute aus dem Fenster.

»Was?«

»Da sind Personen mit weißen Schutzanzügen. Du weißt, wie sie sie in Kriminalfilmen bei der Spurensicherung tragen. Mit Kapuze und Gesichtsmasken.«

»Das klingt allerdings nicht gut. Vielleicht ein Gasleck?«

»Das dachte ich auch. Und du darfst mir glauben, dass ich mir Sorgen um meine eigene Sicherheit mache. Nachher fliegt noch unser Haus in die Luft. Ich will nicht jammern, aber ich zittere am ganzen Körper, Erika. Wäre es möglich, dass ihr mich aufnehmt, wenn ich hier raus muss? Also falls wir evakuiert werden?«

»Du kannst in unser Gästezimmer, kein Problem. Du kannst bleiben, solange du willst.«

»Ich danke dir. Ich habe schon befürchtet, dass ich in einer Turnhalle schlafen muss. Ich bin doch so geräuschempfindlich. Das Nötigste ist zusammengepackt und ich warte minütlich darauf, dass ich aus meiner Wohnung geholt werde.«

»Du sagst, die tragen Ganzkörperanzüge? Ich kann Werner nicht fragen, der ist mit Freunden beim Skat. Ich weiß, dass sie nicht nur im Film Ganzkörperanzüge tragen, sondern auch an echten Tatorten.«

»Das ist mir klar. Die sind von der Spurensicherung. Jemand sagte vorhin, Rechtsmediziner sind auch dort.«

»Hört sich nach einem Verbrechen an, Helga. Natürlich bin ich keine Expertin.«

»Endlich begreifst du, was mir alles durch den Kopf geht.«

»Du sagst, es waren mehrere Tote? Glaubst du das oder weißt du es?«

»Ich weiß es, weil die alle in Leichenwagen gebracht wurden, nicht in die Rettungswagen. Die sind leer geblieben.«

»Das scheint dramatisch zu sein. Geh auf keinen Fall raus, wenn dich die Polizei nicht dazu auffordert. Wer weiß, was da vorgefallen ist. Ich will dir keine Angst machen, aber vielleicht suchen die jemanden.«

»Ja, die schauen sich im Umfeld um. Jetzt sprichst du es selbst aus. Erinnerst du dich, dass ich mich vor einer Schießerei wegen des Bordellbetriebs fürchtete? Glaubst du, dass es so etwas sein könnte?«

»Hast du Schüsse gehört?«

»Nein.«

»Solche Spekulationen bringen nichts. Da sind Experten am Werk, die wissen, was zu tun ist. Du versprichst mir, dass du das Haus nicht verlässt, ja?«

»Ich war doch bis eben draußen. Wohin sollte ich also jetzt am Abend um kurz vor acht gehen?«

»Gut, Hauptsache, du bleibst jetzt in der Wohnung. Und mach dir keine Sorgen, die werden die Bevölkerung noch informieren. Du wirst sehen, in den nächsten Tagen steht es in allen Zeitungen.«

»Stimmt, jetzt sind Männer mit Kameras vor der Villa, Erika. Vielleicht waren die vorhin auch schon dort, ich weiß es nicht. Ich war so durcheinander. Wir konnten es alle kaum fassen.«

»Du wirst es sicher nachher in der Tagesschau sehen. Du kannst uns selbstverständlich Tag und Nacht anrufen. Und wir holen dich, wann immer du willst. Ich bin froh, dass du dich an uns gewendet hast.«

»Danke, Erika, aber es reicht mir schon, dass ich euch anrufen darf, wenn ich es nicht mehr aushalte.«

*

Helga schaltete um kurz nach acht den Fernseher ein. Gerade verkündete Werner Veigel in der Tagesschau, dass der weltweit meistgesuchte Terrorist den Sicherheitsbehörden ins Netz gegangen und im Sudan festgenommen worden sei. Man hatte ihn nach Frankreich ausgeliefert. »Carlos wird für zahlreiche Morde verantwortlich gemacht«, verlas Veigel. »Auch in Deutschland liegt ein Haftbefehl gegen ihn vor.«

»Das wird es sein. Das erklärt alles, dann hat dieser Carlos in unserer Straße zugeschlagen!« Helga führte vor Aufregung ein Selbstgespräch. »Es handelt sich also um Terror! Vielleicht war er sogar einer der Freier oder er hat sich als solcher eingeschlichen. Kein Wunder, dass die Polizei so lange vor Ort war. Kein Wunder, dass die alle Autos inspiziert haben. Dann geht es wohl doch um Mord. Das kann man sich kaum ausdenken, so schrecklich ist es.« Helgas Herz klopfte ihr bis zum Hals. »Aber wieso sprechen die nicht von dem Bordell? Sicher war dieser Carlos mit Komplizen in der Villa und die sind jetzt flüchtig. Oder er hat seine Komplizen getötet.« In diese Horrorvisionen versunken, lauschte sie mit halbem Ohr den weiteren Nachrichten. Dann stockte ihr der Atem. Die Villa im Kettenhofweg kam in Großaufnahme ins Bild. »In einem Bordell im Frankfurter Westend sind fünf Frauen und ein Mann ermordet worden.«

»Nein!«, kreischte Helga. »Das kann ich nicht glauben! Das kann nicht stimmen. Oh Gott!« Die Spurensicherung sei sechs Stunden im Haus gewesen. Man vermute, dass es sich bei den getöteten Personen um den Betreiber des Bordells und fünf Prostituierte gehandelt habe. Helga war schwindelig, sie glaubte, sich jeden Moment übergeben zu müssen. »Herr Bartos wurde ermordet? Mein Gott, das kann nicht wahr sein. Ich fasse es nicht. Das ist ein Albtraum. Lieber Gott, lass mich wachwerden! So etwas gibt es nur im Film.«

Ein Ermittler erklärte, dass es möglicherweise ein Bandenkrieg gewesen sein könne oder es sich bei den Tätern um Mitglieder der osteuropäischen Mafia handele.

»Die Mafia, nein! Schlimmer geht's gar nicht mehr.« Helga schluckte die Magensäure hinunter, die ihr aufstieg.

Sicher sei, dass es mehrere Täter waren, anders wäre der Mehrfachmord nicht durchzuführen gewesen.

»Mehrere Täter – hier in unserem beschaulichen Westend? Ob die sich noch in der Nähe verstecken? Was, wenn die im Keller unseres Hauses sitzen? Hat da jemand nachgeschaut? Was soll ich jetzt tun? Ich brauche Hilfe.«

Das Telefon klingelte wie auf Kommando. Helga rappelte sich auf und nahm den Hörer von der Station. »Hallo?«, hauchte sie.

»Ich bin's, Erika. Hast du die Nachrichten geschaut?«

»Ja! Ich habe alles gehört und gesehen. Ich kann es nicht verstehen. Der Herr Bartos ist tot und fünf Mädchen. Und es war nicht nur ein Täter. Ist das zu fassen? Ich bin sicher, die Mörder sind noch in der Nähe. Sie werden uns alle töten.«

»Ganz bestimmt nicht, die sind nicht mehr da, Helga. Viel zu gefährlich, bei dem großen Polizeiaufgebot. Nein, die sind längst fort. Ich verstehe, dass dich das mitnimmt. Wir sind auch ganz durch den Wind.«

»In einer Sache habe ich mich getäuscht: Die Mutter von Ingrid Bartos ist nicht unter den Toten. Zum Glück. Weißt du, was ich mich die ganze Zeit frage?«

»Was?«

»Wo Ingrid Bartos ist. Weiß sie, was geschehen ist oder ist sie verreist? Das erscheint mir wahrscheinlich. Sonst wäre sie garantiert auch tot. Nein, ich fasse es einfach nicht. Was soll die arme Frau denn jetzt tun? Nicht nur, dass sie sich um ihre Mutter kümmern muss, sie muss die Morde verkraften. Sie wird wahnsinnig werden. Also ich würde durchdrehen.«

»Das ist wahr, Helga. So etwas kann man auch nicht begreifen. Es tut mir so leid für die Frau. Und auch, dass du das alles mitmachen musst.«

»Ich wünschte, ich könnte auf der Stelle ausziehen, Erika. Ich meine, sofort!«

»Komm zu uns für ein paar Tage, damit du dich von dem Schreck erholen kannst.«

»Nein, auf gar keinen Fall. Ich würde euch mit meinem Gejammer nur zur Last fallen. Ich möchte zu Hause bleiben, bis ich den Platz im Seniorenheim bekomme. Zu Hause kann ich wenigstens nach Herzenslust heulen.«

»Nun hör schon auf. Du wärst uns nicht lästig. Wir würden uns wirklich freuen. Und wir würden dir sehr gern helfen. Gerade ruft mir Werner zu, dass ich dich grüßen soll. Hast du's gehört?«

»Nein, aber danke und zurück. Weißt du, was mich ein ganz klein wenig tröstet?«

»Nein.«

»Sie sagten, es sei ein besonderes Bordell gewesen.«

»Wie meinst du das?«

»Die haben doch berichtet, dass man dort nur auf Empfehlung reinkam. Da wurde nicht einfach jeder reingelassen. Ach, wenn doch Heinz jetzt hier wäre. Er wüsste, was zu tun ist. Und er würde mich beschützen. Sechs ermordete Menschen. Man denkt doch nicht, dass man plötzlich in ein Verbrechen verwickelt ist.«

»Das bist du auch nicht. Du bist nur Anliegerin der Straße und Beobachterin, wenn man so will. Du bist nicht in die Morde verwickelt. Du bist stark, Helga, du musst dich jetzt beruhigen.«

»Das sagst du so. Ich habe nichts mitbekommen. Nicht das Geringste. Habe stattdessen friedlich geschlafen. Weißt du, wenn man von einem Mord in den Nachrichten hört, ist er immer weit weg geschehen. Es betrifft einen nicht. Man kommt nicht auf den Gedanken, dass man sich selbst einmal in unmittelbarer Nähe eines Tatorts befinden würde. Stell dir vor, zwischen der Villa und meiner Wohnung liegen kaum mehr als 20 Meter. Ich hätte alles mitansehen können, wären die Wände aus Glas gewesen. Ach, wäre ich bloß wachgewesen. Ich hätte rechtzeitig die Polizei rufen können. Dann würden alle noch leben.«

»Helga, hör auf, dir das auszumalen. Du wirst noch einen Nervenzusammenbruch bekommen. Natürlich ist kaum vorstellbar, was dort geschehen ist, aber es hätte nichts geändert, wenn du wach gewesen wärst. Es hat offenbar keine draußen wahrnehmbaren Geräusche gegeben. Wir hörten, die Opfer wurden überrascht, wahrscheinlich im Schlaf. Das wäre ihnen zu wünschen, denn dann mussten sie wenigstens nicht leiden.«

»Unsinn, die sind erdrosselt worden. Stell dir das mal vor, Erika. Die Mörder haben den armen Opfern einfach die Luft abgedrückt. Du glaubst doch wohl nicht, dass sie dabei nicht wachgeworden sind, wenn sie überhaupt geschlafen haben. Ach Gott, mir fehlt zwar das Verständnis für Prostitution, aber die Mädchen waren alle noch so jung und hatten ihr Leben vor sich. So ein Schicksal wünscht man seinem ärgsten Feind nicht. Weißt du, was ich denke? Wenn es nicht die Mafia war, was ich wirklich hoffe, war es ein Bandenkrieg. Die wollten den Bartos beseitigen, damit das Bordell geschlossen wird.«

»Und warum?«

»Weil er denen die gut zahlende Kundschaft genommen hat.«

»Wem?«

»Den Zuhältern aus dem Bahnhofsviertel. Hast du nicht gehört? Das meinten die im Fernsehen mit Bandenkrieg. Ich verstehe nicht, warum niemand um Hilfe gerufen hat. Es waren so viele Opfer. Die können nicht alle stumm geblieben sein. Und dann sagen die, es hat sich ein anonymer Anrufer gemeldet. Meinst du, das war einer der Mörder?«

»Ach, Helga, natürlich nicht. Glaubst du, der bringt erst alle um und ruft dann die Polizei?«

»Er könnte es bereut haben.«

»Nein, vergiss es. Werner meint, dass es sich um die Russenmafia handeln könnte.«

»Mir läuft es eiskalt den Rücken runter. Also die Mafia. Die Russen? Die lassen sich von der Polizei bestimmt nicht einschüchtern. Ich sage dir, die kommen wieder und dann geht es mir an den Kragen.«

»Warum sollten sie?«

»Das mit dem Bordell könnte Zufall gewesen sein. Vielleicht wollten sie einfach reiche Menschen ausrauben. Du hast doch selbst gehört, dass das Bordell in Frankfurt gemeinhin nicht bekannt war, bei uns im Viertel wusste beinahe jeder davon, wie ich mir eingestehen muss, aber nicht in der ganzen Stadt. Woher sollte es dann die Mafia kennen?«

»Helga, da gibt es genügend Informanten.«

»Du meinst, die Täter kommen nicht zurück?«

»Bestimmt nicht und jetzt schon gar nicht. Ich sage doch, zu viel Polizei. Die Villa wird garantiert überwacht.«

»Ach Gott, der arme Herr Bartos, ich habe ihn erst vor Kurzem noch gesehen. Wenn er gewusst hätte, dass sein Leben so schnell zu Ende gehen würde! Mal ehrlich, wenn es nur ein Mord gewesen wäre, das wäre schon schlimm genug gewesen, aber ein Massenmord? Und mir hat das mit der Frau Zmigrod vor zwei Jahren schon so zugesetzt.«

»Man nennt das nicht Massenmord. Das sagt man erst bei deutlich mehr Opfern.«

»Noch mehr? Ich bitte dich, Erika. Für mich sind sechs Menschen eine ganze Menge. Denk doch nur. Die Mädchen hätten später mal eine Familie haben können. Diese Kinder werden nun niemals zur Welt kommen. Du glaubst nicht, wie sich das für eine alte Frau wie mich anfühlt, leben zu dürfen, während all die jungen Menschen sterben mussten. Ich habe noch morgens diese junge Frau und ihren Begleiter gesehen.«

»Eine junge Frau?«

»Ja, sie wollte in die Villa rein, aber niemand öffnete ihr. Dann ging sie mit ihrem Begleiter fort. Später kam ein anderer Herr. Er hat telefoniert. Das hätte ich beinah vergessen. War er der anonyme Anrufer? Wieso hat er seinen Namen verschwiegen?«

»Möglicherweise ist er bekannt und kann sich keinen Skandal leisten.«

»Aber jetzt begreife ich, weshalb die Mutter von Frau Bartos kam. Jemand hat sie angerufen.«

»Das sagtest du vorhin, nicht wahr, Helga?«

»Ich bin durcheinander. Ob die beiden die Morde begangen haben?«

»Du meinst, das Pärchen vom Morgen?«

»Richtig, und die beiden kamen wieder, nun ja, weil Mörder dazu neigen, zum Tatort zurückzukehren.«

»Viel wahrscheinlicher ist, dass der Mann die junge Frau nach Hause bringen wollte.«

»Wieso nach Hause bringen, wo soll sie denn gewesen sein?«

»Was weiß ich, auf einem Außeneinsatz, wenn man das so nennen will. Ich bin sicher, die junge Frau war auch eine der Prostituierten.«

»Da fällt mir ein, ich hätte mein Opernglas zu Hilfe nehmen können. Habe ich völlig vergessen.«

»Wenn sie eine von den Prostituierten ist, hat sie verdammt viel Glück gehabt, dass sie noch lebt.«

»Wenn sie nicht mit drinsteckt, ich sage es doch. Sie war deutlich jünger als ihr Begleiter. Wenn ich jetzt drüber nachdenke, könnte der Begleiter vielleicht sogar der Herr Lehmann gewesen sein, also von Weitem und auf den ersten Blick! Das käme vom Alter und der Statur her hin. Ich habe ihn allerdings nur von hinten gesehen, also den Mann am Tor. Sollte ich die Polizei darauf aufmerksam machen oder kannst du das Werner mitteilen?«

»Helga, ich sagte dir schon einmal, mit vielleicht können die nichts anfangen und auch Werner leider nicht. Wenn du eine Kartei mit Gesichtern anschauen sollst und behauptest, ein Gesicht erinnere dich an den Täter, dann werden sie dich fragen, wie sicher du dir bist. Also, wie sicher bist du? 100 Prozent? 90 Prozent?«

»Ich sagte doch, ich konnte sie nur von hinten sehen. Kann auch sein, dass der Mann kleiner war als der Lehmann.«

»Siehst du, viel zu vage. Behalte deinen Verdacht für dich. Soweit ich weiß, glaube ich nicht, dass du Herrn Lehmann überhaupt irgendwas anlasten kannst. Außer seiner unwirschen Worte von damals. Aber auch die würde ich an deiner Stelle vergessen. Wer weiß, welchen Stress er gerade hatte. Wir kennen das doch alle, dass wir uns mal danebenbenehmen, oder?«

»Fang bitte nicht wieder damit an, Erika.«

»Nein, nein. Dennoch würde das mit Herrn Lehmann zu nichts führen. Er könnte es abstreiten, wenn du keine Zeugen hast.«

»Erika, auf meine Ohren kann ich mich schon noch verlassen. Da gab es kein Missverständnis!«

»Schon, aber er könnte es behaupten. Laste ihm nichts an, ohne konkrete Beweise. Das wäre sonst Rufmord. In der Aufregung bekommt man Dinge schon mal in den falschen Hals. Lass es gut sein. Aber natürlich musst du selbst wissen, was du tust. Ich gebe dir nur gut gemeinte Ratschläge, und lass uns deswegen bloß nicht wieder streiten.«

»Hast du das mit dem Terroristen in der Tagesschau gehört, mit diesem Carlos?«

»Mit dem Terroristen? Wann?«

»Na, heute in der Tagesschau.«

»Ach so, ja.«

»Meinst du, der hängt mit drin?«

»Du meinst als Täter? Nein, Helga. Ganz sicher nicht. Wie sollte der so schnell von Frankfurt in den Sudan gekommen sein?«

»Mit einem Flugzeug natürlich. Wenn die schon an die Russenmafia denken, dann könnte es ein terroristischer Anschlag gewesen sein?«

»Die sagten aber doch, dass auch ein deutscher Haftbefehl gegen ihn vorliegt. Der hätte sich gehütet, nach Deutschland zu kommen und hier einen Anschlag zu verüben. Die hätten ihn sofort geschnappt. Nein, dieser

Carlos hat mit den Morden nichts zu tun, sonst hätte die Polizei das bekannt gegeben.«

»Du siehst aber, ich lag richtig, wo Bordelle sind, gibt es Schießereien und Probleme.«

»Es wurde gar nicht geschossen, Helga.«

»Nun gut, in diesem Fall wurde nicht geschossen, aber prinzipiell war mein Gefühl nicht verkehrt. Ach, es ist schrecklich. Sie sagen, die Mädchen kommen aus Osteuropa. Ich muss die ganze Zeit an die Angehörigen denken. Werden die jetzt benachrichtigt? Stell dir vor, ich bekäme einen Anruf, dass meine Nichte in einem anderen Land einem Mord zum Opfer gefallen ist. Nicht auszudenken. Auch wenn ich mich manchmal über sie ärgere. Aber wenn ihr was zustoßen würde? Nein, daran darf ich nicht denken. Ich würde keine Sekunde weiterleben wollen.«

»Die Polizei wird sich bei jedem einzelnen Opfer selbstverständlich sofort mit den Angehörigen in Verbindung setzen, wenn die Mädchen Pässe hatten und man weiß, wer sie sind.«

»Bist du sicher?«

»Das sagt Werner.«

Es klingelte an Helgas Wohnungstür.

»Hörst du das, Erika?«

»Es hat geläutet?«

»Ja, ich gehe nicht hin. Zu gefährlich.«

»Es könnte die Polizei sein.«

Nun klopfte es und dann hörte Helga die Stimme ihrer Nichte.

*

Ich bin sprachlos. Frankfurt hat schon lange den Ruf, die Hauptstadt des Verbrechens zu sein. Noch vor Kurzem lachte ich darüber, denn Straftaten kennen keine Hauptstadt. Auch auf dem Land ereignet sich Kriminelles. Die meisten Taten werden im persönlichen Umfeld begangen, überwiegend in Partnerschaften.

Doch nun ist der Tod in den Kettenhofweg eingezogen. Ob meine beiden vermissten Mädchen zu den Opfern zählen, ist für mich vorläufig nicht in Erfahrung zu bringen. Mir ist schon lange klar gewesen, dass sie in der Villa nicht sicher sind.

16
MITTWOCH, 17. AUGUST 1994

»Die geplante Aktion eines Killerkommandos. Rätsel um zwei Autos mit derselben Nummer« – so lautet die Überschrift des ersten Zeitungsartikels, der mir über das Verbrechen in die Hände fällt. Er ist gestern in der Frankfurter Rundschau erschienen. Ich habe in der Nacht kein Auge zugetan und bin gleich in der Frühe zum Kiosk am Westendplatz gelaufen, um mir die Zeitung zu beschaffen, in der Hoffnung, mehr über die Morde in Erfahrung zu bringen. Und natürlich fand ich einen großen Artikel. Das zugehörige Foto hat mich sehr bewegt. Zwei Bestatter tragen einen Leichnam im Leichentuch zu einem offenen Sarg, der vor der Villa liegt. Ein zutiefst erschütterndes Bild.

In dem Artikel erfahre ich, dass sich in der seit den 70er-Jahren als Bordell genutzten Villa im Kettenhofweg 124a ein Sechsfachmord ereignet hat.

Eine Nachbarin, die das Haus seit sechs Jahren kennt, sagt, dass der Bordellbetrieb sehr diskret vonstattenging. Eine 83-jährige Nachbarin bestätigt, dass Gabor Bartos ein sehr angenehmer Mann gewesen sei, der stets freundlich gegrüßt habe. Das hörte ich schon öfter über Herrn Bartos.

Im Artikel steht außerdem, dass die Kunden der Prostituierten ihre Autos rücksichtsvoll um die Ecke geparkt hätten. Niemand habe sich an dem Bordell gestört.

Ich bin mir da nicht so sicher, Frau Lindemeyer wirkte jedenfalls nicht gerade begeistert über den Betrieb, und sie war gewiss kein Einzelfall, dachte Lehmann.

Eine andere Person berichtete, dass mehr als zehn Frauen in dem Bordell gearbeitet hätten. Überwiegend Russinnen und Polinnen und auch Deutsche. Und was ist mit Anna aus Ungarn?

Gegen 18 Uhr wurden die Leichen abtransportiert, steht im Text. Alle Opfer sind erdrosselt worden.

Ich muss erst einmal aufstehen und auf den Balkon treten, bevor ich weiterlesen kann. Zu sehr wühlt mich das alles auf. Es müssen mehrere Täter gewesen sein, die gleichzeitig zugeschlagen haben, anders hätten die Morde kaum durchgeführt werden können. Ich lese wenig später, dass Gabor Bartos' Leiche in der Sauna im Keller entdeckt wurde. In den Nebenräumen fand man zwei tote Frauen, zwei weitere Leichen wurden im ersten und zweiten Stock entdeckt. Der Polizeisprecher spricht von der gezielten Aktion eines Killerkommandos. Die Ermittler glauben, dass es sich um sechs Täter gehandelt haben könnte. Die Nachbarn seien befragt worden, jedoch hat niemand etwas gehört, weder zugeschlagene Autotüren noch Schreie.

Das kommt mir seltsam vor. So viele Tote und keine Geräusche?

Ich habe gelesen, dass nur Männer, die im Haus bekannt waren oder empfohlen worden sind, eingelassen wurden. Dass das stimmt, habe ich am eigenen Leib erfahren, denn mich hat man nicht reingebeten, als ich ein Gespräch mit Herrn Bartos wegen der Mädchen führen wollte.

Einbruchspuren gab es laut dem Artikel nicht.

Die Polizei kann nicht ausschließen, dass die Tat die Handschrift der Russenmafia trägt. Prostituierte aus dem Ausland seien eingeschleust und gegen Geld an Bordelle vermittelt worden. Die Kriminalpolizei befasst sich nun mit der Frage, ob es bei den Morden um unbezahlte Rechnungen ging.

Daher weht der Wind. Hätte ich mir denken können. Worum sollte es sonst gehen, wenn nicht ums Geld?

Im nächsten Absatz steht, dass zwei weiße Citroën BX 19 abgeschleppt wurden. Zwei? Gabor Bartos hatte also zwei identische Citroëns. Der eine war laut Artikel in der Tiefgarage geparkt, der andere am Straßenrand. Und tatsächlich haben beide das gleiche Kennzeichen.

*

Zwei Kriminalbeamte saßen Helga und ihrer Nichte gegenüber. Zum Glück war Monika kurz vor den Beamten eingetroffen und hatte die Tür geöffnet. »Reg dich nicht auf, Tante Helga, ich bin doch bei dir«, sagte Monika und streichelte Helgas Hand. Dann wandte sie sich an die Polizisten: »Die Ereignisse waren zu viel für meine Tante. Könnten Sie ein anderes Mal wiederkommen?«

»Leider nicht, jede Aussage ist ausgesprochen wichtig und kann zur Aufklärung beitragen. Die Chancen, die Täter zu finden, sind in den ersten Stunden besonders hoch. Abzuwarten bringt nichts«, sagte einer der Beamten.

»Es ist nicht zu begreifen. Können Sie uns wenigstens sagen, was genau vorgefallen ist? Das würde mich beruhigen«, bat Helga.

»Das können wir wegen der laufenden Ermittlungen leider nicht. Wir arbeiten wie gesagt auf Hochtouren daran, die Täter dingfest zu machen.«

»Wurde die Umgebung auch gründlich abgesucht? Wissen Sie sicher, dass sich die Täter nicht mehr im Viertel aufhalten oder sogar hier im Haus?«

»Sie sind in Sicherheit, Frau Lindemeyer. Aber es gibt einige konkrete Ansatzpunkte. Deswegen müssen wir auch Ihnen ein paar Fragen stellen.«

»Bin ich etwa verdächtig?«

Der Beamte lächelte. »Aber nein.«

»Ich glaube nicht, dass ich Ihnen weiterhelfen kann. Das alles ängstigt mich und ich möchte da nicht mit reingezogen werden.«

»Das werden Sie nicht. Wir behandeln alle Aussagen streng vertraulich. Sind Sie bereit? Wir werden Sie nicht lange belästigen.«

Helga nickte.

»Kannten Sie das Ehepaar Bartos?«

»Ja, schon lange. Sie waren sehr nett. Ich kaufte auch hin und wieder bei Frau Bartos im Schreibwarenladen ein und …«

»Ist Ihnen in letzter Zeit etwas Ungewöhnliches in und um die Villa herum aufgefallen?«, unterbrach der Beamte sie.

Helga wiegte den Kopf. »Ich habe vorhin eine Beruhigungstablette genommen und hoffe, dass mein Gedächtnis mitspielt. Was mir aufgefallen ist? Dass der Pudel am Montagmorgen ununterbrochen gebellt hat. Das tat er sonst nie. Er ist eher ein ruhiges Tier. Außerdem fiel mir auf, dass am Morgen die Rollläden noch heruntergelassen waren. Auch das würde ich als ungewöhnlich bezeichnen. Jedenfalls ist es mir in all den Jahren zuvor nie aufgefallen. Wobei es draußen schon recht warm war. Da schließen viele Leute die Rollläden, um es im Haus möglichst kühl zu halten. Wegen des Hundes sah ich immer wieder aus dem Fenster. Ich machte mir Sorgen und überlegte schon, ob ich drüben klingeln sollte. Dann sah ich das Pärchen vorm Tor.« Helga erzählte ausführlich, was sie beobachtet hatte. Schließlich fragte sie: »Können Sie mir sagen, ob es der Mutter von Ingrid Bartos gutgeht? Wissen Sie, ich habe all die Särge gesehen. Ich hoffe doch, dass die alte Dame keinen Schock erlitten hat und im Krankenhaus behandelt werden muss? Unter den Opfern war sie laut der Tagesschau zum Glück nicht!«

»Sie wird betreut. Es geht ihr den Umständen entsprechend gut.«

»Gott sei Dank.«

»Haben Sie noch etwas bemerkt?«

»Nein.«

»Haben Sie in letzter Zeit Fremde vor dem Haus der Bartos gesehen, die sich auffällig verhalten oder gar die Villa beobachtet haben?«

»Mir ist der Elektriker aufgefallen.«

»Ein Elektriker?«

»Ja, er fuhr ein schäbiges, kleines dunkles Auto. Es war ziemlich verrostet.«

»Wie kommen Sie darauf, dass er Elektriker ist?«

»Es lagen Kabel und so was im Auto. Ich habe es im Vorbeigehen gesehen. Der wollte in der Villa arbeiten, nehme ich an. Jedenfalls fiel er mir ein paarmal vorm Haus auf.«

»Können Sie den Mann beschreiben?«

»Er hatte dunkle Haare, war groß, muskulös und dunkel gekleidet, so ein richtiger Kerl.«

Die Polizisten blickten sich vielsagend an.

»Welches Fabrikat hatte das Auto?«

Helga zuckte die Achseln. »Da fragen Sie genau die Richtige. So was wie ein Fiat oder ein Opel vielleicht. Ich kann Ihnen nicht einmal sagen, welche Farbe es wirklich hatte, so dreckig war es. Für mich war es schwarz.«

Monika mischte sich ein. »Ich habe das Auto auch gesehen, als ich neulich abends nach Hause ging. Es hatte kein Frankfurter Kennzeichen, sondern OAL, glaube ich. Ein Fahrzeug aus der ehemaligen DDR wahrscheinlich.«

»Nein«, sagte der eine Beamte. »OAL steht für Ostallgäu.«

»Ich muss gestehen, dass ich das beobachtet habe, dass die Polizei das Auto aufgebrochen hat«, sagte Helga. »Dürfen Sie das tun?«

»Wenn es den Ermittlungen dient.«

»Der Mann mit dem Auto kannte eines der Mädchen«, fuhr Helga fort.

»Was meinen Sie damit, dass er sie kannte?«

»Na, sie redeten miteinander und wirkten vertraut. So, als seien sie ein Paar. Merkwürdig war, dass sie ihn vorm Tor abfing.«

»Sie meinen, dass sie ihn nicht ins Haus ließ?«

»Das meine ich. Ich glaube, dass sie in seiner Nähe nervös war.«

»Woran haben Sie das erkannt?«

»Sie wendete sich mehrfach unruhig um. Ich hatte das Gefühl, als könnte sie ihn nicht schnell genug loswerden.«

»Wie oft haben Sie den Mann gesehen?«

»Zwei-, dreimal.«

»Die beiden redeten nur?«

»Wissen Sie, ich habe Wichtigeres zu tun, als den ganzen Tag am Fenster zu stehen.« Helga räusperte sich. »Aber einmal bemerkte ich, wie sie ihm etwas in die Hand gab, glaube ich. Was es war, konnte ich nicht erkennen. Vielleicht eine Visitenkarte, damit er sich bei Herrn Bartos bewerben konnte, nahm ich an.«

»Danke, Frau Lindemeyer. Können Sie die Frau bitte noch beschreiben?«

»Die Frau hatte lange blonde Haare und trug einen Pony. Sie war sehr schlank.«

»Wie alt waren die beiden etwa?«

»Ich bin schlecht im Schätzen und meine Augen sind nicht die besten. Aber so etwa Mitte bis Ende 20. Ich kann das allerdings nicht mit Gewissheit sagen.«

»Ist Ihnen ein weißer Citroën aufgefallen?«

»Natürlich, er gehört Herrn Bartos. Verzeihung, gehörte. Ach, es ist so schrecklich. Ich kann es noch immer nicht glauben.«

»Ist Ihnen an dem Auto etwas eigentümlich erschienen?«

Helga überlegte. »Was soll mir daran aufgefallen sein? Es war gepflegt, wenn Sie das meinen.«

»Kennen Sie das Nummernschild?«

»Auf so etwas achte ich nicht. Wissen Sie, wenn man kein Auto fährt, dann interessiert einen das nicht.«

»Danke, Frau Lindemeyer. Das war's vorläufig. Wir lassen Sie jetzt in Ruhe.«

»Der Herr Bartos war so ein höflicher Mann. Immer freundlich und zugewandt. Deshalb habe ich all die Jahre nicht einmal geahnt, dass da drüben ein Bordell ist. Ich habe es erst dieses Jahr erfahren. Aber sagen Sie mal, muss man sich so was in der Nachbarschaft eigentlich gefallen lassen?«

»Das ist ein schwieriges Thema, Frau Lindemeyer. Auch darüber können wir augenblicklich keine Auskunft geben. Es gehört mit zu den Ermittlungen.«

»Werden die Täter zurückkehren und uns Nachbarn umbringen? Ich meine, die müssen damit rechnen, dass wir sie beschreiben können.«

Der Beamte schüttelte den Kopf. »Wir gehen davon aus, dass es ihnen ausschließlich um die Bewohner des Hauses ging. Wie gesagt, Sie brauchen keine Angst zu haben.«

»Wissen Sie, meine Beine sind müde geworden. Ich kann nicht einfach davonlaufen wie ein junges Reh. Sind alle Bewohner der Villa tot? Man sieht nach wie vor Menschen mit Schutzanzügen. Gibt es etwa noch weitere Tote?«

»Tante Helga, bleib bitte ruhig«, sagte Monika und drückte Helgas Hand.

»Von weiteren Toten ist uns nichts bekannt. Die Spurensicherung und die Rechtsmedizin brauchen eine Weile. Das ist normal an Tatorten. Wir müssen sichergehen, keine Spuren zu übersehen.« Die Männer standen auf. »Frau Lindemeyer, sollte Ihnen im Nachhinein noch etwas einfallen, melden Sie sich bitte jederzeit bei uns.« Einer von ihnen reichte ihr seine Visitenkarte. »Wir nehmen jeden Hinweis ernst und gehen ihm nach.« An Monika gewandt sagte der eine Beamte: »Passen Sie gut auf Ihre Tante auf.«

»Das werde ich tun.«

Nachdem die Polizisten gegangen waren, ging Monika in die Küche, kochte Kaffee und schnitt ihrer Tante ein Stück von dem Kuchen ab, den sie mitgebracht hatte. Dann erzählte Helga noch mal ausführlich, was sie beobachtet hatte. »Es tut mir leid, aber es will einfach raus«, sagte sie zu ihrer Nichte. Um 16 Uhr verabschiedete sich Monika zu ihrem Schichtdienst. Helga wollte sich zum ersten Mal seit Tagen ein wenig die Beine vertreten und schritt an Monikas Arm gestützt die Treppe hinab.

»Bist du sicher, dass du stark genug bist, um wieder nach oben zu steigen?«

»Natürlich, Kind, es wird nicht besser, wenn ich mich nicht bewege. Außerdem brauche ich Bargeld. Ich muss also ohnehin zur Stadtsparkasse. Und bis zum Kiosk ist es auch nicht weit. Mir tut ein wenig Bewegung nach all der Aufregung gut. Und ich glaube, ich sollte wohl was mit Rosa klären.«

»So gefällst du mir, Tante Helga.« Monika küsste ihre Tante auf die Wange. »Geh langsam. Ich melde mich morgen bei dir.« Monika winkte noch einmal zum Abschied und eilte die Straße hinunter.

Helga ging in die entgegengesetzte Richtung, zuerst zur Sparkasse, die sich nur vier Häuser entfernt im Kettenhofweg befand. Als sie die Tür der Filiale öffnete, trat ihr die Nachbarin entgegen, die in der anderen Hälfte des Doppelhauses wohnte, in dem die Morde stattgefunden hatten.

»Guten Tag, Frau Schmidt«, sagte Helga und gab der Mittsechzigerin die Hand. »Wie geht es Ihnen?«

»Guten Tag, Frau Lindemeyer. Ja, wie geht es mir? Ich denke, wir alle brauchen Zeit, um das zu verdauen.«

»War die Polizei auch schon bei Ihnen?«

»Natürlich, bereits gestern. Ist klar, wenn man direkt nebenan wohnt.«

»Ja. Haben Sie was gehört?«

»Nicht das Geringste. Die Wände der Villa sind zum Glück massiv. Das ist ein Segen, kann in diesem Fall aber auch ein Fluch sein, nicht wahr? Sonst hätte ich rechtzeitig die Polizei rufen können. Die Vorstellung, was da nebenan passiert ist, jagt mir ununterbrochen Schauer über den Rücken. Zum Glück habe ich meinen Mann. Allein würde ich hier nicht wohnen bleiben. Ich glaube, ich kann die Geister der Toten spüren. Ständig umgibt mich ein eisiger Lufthauch.«

»Sagen Sie bloß so was nicht. Es macht mir Angst«, schauderte Helga.

»Ich habe schon mehrfach an Séancen teilgenommen, Frau Lindemeyer. Es ist so, wenn sich Menschen nicht auf den Tod vorbereiten konnten, dann irren ihre Seelen noch durch die Räume. Das Haus muss ausgeräuchert werden, damit die Seelen rausfliegen können.«

»Sie glauben an so etwas? Ich zum Glück nicht. Tot ist tot. So schrecklich es auch ist.«

»Sie werden sehen, die Haushälfte der Bartos wird zum Geisterhaus. Niemand wird sie kaufen wollen. Man kann negative Energie spüren.«

»Wieso sollte sie verkauft werden? Sie gehört doch jetzt der Frau Bartos. Es sei denn, sie ist ihr zu groß. Warum sieht man Frau Bartos nicht, ist sie verreist?«

»Das kann ich Ihnen nicht sagen«, antwortete Frau Schmidt. »Ich hoffe, die finden die Täter so schnell wie möglich. Ich bin sicher, dass wir die Mörder alle schon gesehen haben. Nur wussten wir nicht, dass es Mörder sind. Das steht den Menschen nicht auf die Stirn geschrieben.«

»Wie meinen Sie das, Frau Schmidt?«

»Ganz ehrlich. Wenn sechs Personen getötet werden und niemand schreit, scheint doch klar zu sein, dass die Männer dort verkehrten. Die Opfer kannten ihre Mörder.«

»Meinen Sie? Und wieso sprechen Sie von Männern?«, fragte Helga. »Es könnten doch auch Frauen dabei gewesen sein, oder?«

»Natürlich. Ich sage nur Männer, weil ich mir einfach nicht vorstellen kann, dass Frauen zu solch einer Tat fähig sind. Die Opfer wurden allesamt erdrosselt. Ich glaube nicht, dass eine Frau die Kraft dazu aufbringen könnte. Ach, Frau Lindemeyer, ob wir uns wohl jemals wieder über alltägliche Dinge unterhalten werden? In unseren Köpfen geht es nur noch um dieses

Verbrechen. Man wird verrückt. Niemand redet mehr übers Wetter oder das neueste Kochrezept.«

»Es ist doch gerade erst geschehen. Da ist es normal, dass man versucht, die furchtbaren Taten durch Gespräche zu begreifen und zu verarbeiten. Sonst müssten wir alle zum Psychologen. Ich habe vorhin lange mit meiner Nichte darüber gesprochen. Immerhin war es mir danach möglich, vor die Tür zu gehen.«

»Stimmt, es ist gerade erst geschehen. Mir kommt es vor, als wäre es schon viel länger her. Wenn Sie möchten, schauen Sie gern auf eine Tasse Kaffee vorbei. Ich bin nachmittags meistens zu Hause. Wir könnten versuchen, mit den Toten Kontakt aufzunehmen. Vielleicht erfahren wir von ihnen, wer die Mörder sind.«

»Oh nein. Da sind Sie bei mir an der falschen Adresse. So etwas Gruseliges würde ich nie tun. Das ist für mich schwarze Magie.«

Betreten trat Helga zum Schalter. Was für eine scheußliche Vorstellung, mit Toten in Kontakt zu treten. Ganz geheuer war ihr die Schmidt noch nie gewesen. Nachdem Helga ihr Geld abgehoben hatte, ging sie zum Kiosk und hoffte, dass das Gespräch mit Rosa gut verlaufen würde. Vor dem Kiosk stand eine dichte Menschentraube. Helga war klar, worüber gesprochen wurde.

»Da kommt die Dame, die gegenüber wohnt«, sagte eine ältere Dame, die Helga nicht bekannt war.

»Haben Sie das Verbrechen beobachtet?«, fragte ein Mann, der Kleidung nach ein Jogger.

»Was heißt, das Verbrechen? Es war eine ganze Serie«, sagte eine junge Frau, die Helga vom Sehen zu kennen glaubte. »Wie fühlt man sich, wenn man unmittelbar am Tatort wohnt?«

Helga schüttelte den Kopf. »Es tut mir leid, ich möchte nicht darüber reden. Es strengt mich zu sehr an.«

Rosa trat aus dem Kiosk. »Kann ich was für dich tun?«, fragte sie.

»Darf ich reinkommen? Ich möchte ungestört mit dir sprechen.«

»Natürlich. Ich kassiere nur schnell die Zeitungen ab, damit die Leute verschwinden«, flüsterte Rosa. »Geh ruhig schon rein.«

Wenig später schenkte sie Kaffee in zwei Becher und gab Helga einen davon.

»Ich freue mich, dass du hier bist. Wer hätte gedacht, dass so etwas Schreckliches passieren würde«, sagte Rosa zerknirscht.

»Und ich wusste die ganze Zeit nicht mal, dass ich gegenüber von einem Bordell wohne. Aber lassen wir's gut sein. Tut mir leid, dass ich kürzlich so biestig zu dir war. Ich war nicht gut beieinander.«

»Das weiß ich, und ich möchte mich auch entschuldigen. Ich hätte nicht einfach davon ausgehen sollen, dass du über das Bordell Bescheid weißt. Ich hätte dich darauf ansprechen sollen, um sicherzugehen.«

Helga trank ihren Kaffee, dann sagte sie: »Die Polizei hat die ganze Nachbarschaft befragt. Man fühlt sich selbst wie ein Verbrecher. Ich bin heute zum ersten Mal wieder draußen seit den Morden. Ich fühle mich wie auf hoher See. Der Boden schwankt unter meinen Füßen. Diese schrecklichen Morde sind mir an die Substanz gegangen, das kannst du dir wahrscheinlich vorstellen. Ich fürchte mich. Zumal die Polizei nicht weiß, wer es gewesen ist und warum die Menschen sterben mussten.«

Rosa nickte. »Ich weiß. So viele Tote.«

»Ich habe beobachtet, wie sie abtransportiert wurden. Das war furchtbar, kann ich dir sagen.«

Rosa riss die Augen auf. »Wirklich? Konnte man erkennen, dass sie tot waren? Ich stelle mir das vor wie im Horrorfilm. Nur schlimmer, denn es ist wahrhaftig geschehen.«

»Sie steckten in Leichensäcken. Und dafür bin ich dankbar.«

»Die sahen bestimmt grauenvoll aus. Sollen erwürgt worden oder mit Kabeln erdrosselt worden sein. Da quellen die Augen aus den Höhlen und die Gesichter werden ganz prall.«

Eine Dame schob ihren Kopf durch die offene Tür. »Ist es noch sicher, bei Ihnen in der Straße zu wohnen? Also ich weiß nicht. Ich würde keinen Fuß mehr in meine eigene Wohnung setzen.«

»Wo soll ich Ihrer Meinung nach so schnell hin?«, fragte Helga.

Die Dame zuckte die Achseln. »Haben Sie Kinder?«

»Nein, und selbst wenn, würde ich sie nicht ungefragt mit meiner Anwesenheit belästigen.«

Die Dame machte einen spitzen Mund. »Sie sind aber empfindlich, ich meine es doch nicht böse. Meine Güte, man darf doch mal laut denken, oder? Passen Sie gut auf sich auf.« Die Dame ging davon.

»Schlimm, wenn sich die Leute die Mäuler zerreißen«, sagte Helga.

»Reg dich nicht auf. Dass alle drüber reden, ist normal. Du hast in letzter Zeit einfach zu viel mitgemacht, deshalb beschäftigt es dich besonders. Erst Karlchen und dann diese Geschichte. Aber du schaffst das. Du bist eine kämpferische Frau.«

»Das tröstet mich momentan leider nicht besonders. Ich hätte aber gerne eine Zeitung, muss mal sehen, was die schreiben. Gibst du mir bitte eine Rundschau? Ich will wissen, ob sie Frau Bartos endlich gefunden haben. Die wird sich bestimmt um ihre arme Mutter kümmern«, sagte Helga.

»Ja, weißt du das denn nicht?«

»Was?«

»Frau Bartos war unter den Toten.«

»Was?« Helga griff sich ans Herz. »Das ist nicht dein Ernst! Wer sagt das?«

Rosa zog eine Zeitung hervor. »Steht hier drin, ist die letzte Rundschau. Die Leute haben noch nie so viel Zeitung gelesen wie im Moment. Ich kann bald eine eigene Druckerei aufmachen.«

»Da steht drin, dass Ingrid Bartos tot ist?«

»Ja, Helga, ich dachte, das wüsstest du.«

Helga schüttelte energisch den Kopf. »Das kann nicht sein!«

»Guten Tag, darf ich stören? Ich hätte gern eine Zeitung«, bat ein Herr am Kiosk. Helga zuckte zusammen, als sie den Mann erkannte. Er schien ebenso überrascht, sie zu sehen, und nickte stumm.

»Ich muss nach Hause.« Helga klaubte hektisch Bargeld aus ihrer Geldbörse und gab es Rosa. »Stimmt so. Bis bald.« Sie huschte durch die Tür.

»Pass auf dich auf«, rief Rosa.

Helga antwortete nicht mehr. Ein paar Meter weiter hörte sie eine Stimme hinter sich. »Warten Sie bitte einen Moment, Frau Lindemeyer.«

Sie erstarrte, mit einem Ruck wirbelte sie herum. »Ich warne Sie. Wenn Sie mir zu nahe kommen, schreie ich.« Ihre Stimme klang schrill. »Glauben Sie, ich wüsste nicht, dass Sie da Ihre Finger im Spiel haben? Die Polizei war bereits bei mir. Ich habe eine Direktdurchwahl bekommen und kann dort jederzeit anrufen. Also hüten Sie sich.«

»Frau Lindemeyer, ich denke nicht daran, Ihnen etwas anzutun. Was ich Ihnen vor einiger Zeit sagte, ist die Wahrheit. Ich bin oder war auf der Suche nach den beiden jungen Frauen. Mich hat das schreckliche Verbrechen ebenso hart getroffen wie Sie. Denn ich fürchte, die beiden gehören zu den Opfern. Deswegen möchte ich mit Ihnen sprechen. Sie konnten doch sicher von Ihrer Wohnung aus alles gut beobachten.«

»Ich möchte nicht mit Ihnen darüber reden. Ich habe gerade wieder etwas Schockierendes erfahren. Ich halte das nervlich kaum noch aus. Ich bin nicht mehr ganz jung, so wie Sie auch, Herr Lehmann. Ich bin sicher, dass Sie die Besitzer des Hauses gut kannten. Wenn Sie Fragen haben, wenden Sie sich am besten an die Polizei und nicht an mich. Ich möchte jetzt nach Hause gehen.«

»So beruhigen Sie sich doch bitte. Warum sind Sie so abweisend? Ich dachte, wir könnten uns über die Dinge unterhalten, die uns beiden aufgefallen sind. Das dürfte uns helfen, die grauenvollen Verbrechen besser zu verarbeiten. Und wer weiß, unter Umständen wären wir der Polizei am Ende sogar behilflich. Sie müssen mir glauben, dass ich niemals einem Menschen etwas zuleide tun würde. Ganz sicher nicht. Ich will in Frieden leben und meine Ruhe haben. Dass ich damals bei Ihnen nicht die richtigen Worte gefunden habe, tut mir leid. Ich war verärgert, weil Sie mich beobachteten. Aber ich bin weder aggressiv noch ein Verbrecher. Ich dachte, wir sollten irgendwo Kaffee trinken und uns über unsere Beobachtungen austauschen. Überlegen Sie es sich.« Er zog eine Visitenkarte aus seiner Geldbörse und wollte sie ihr reichen.

Doch Helga winkte ab. »Auf Wiedersehen.«

*

Lehmann saß auf seinem Balkon und faltete die FAZ vom 17. August auseinander. Er brauchte nicht lange zu suchen, bis er den großen Artikel fand.

»Viele Rätsel und keine Hinweise. Führen Bartos' Geschäftsbeziehungen auf eine Spur?«, lautete die Überschrift.

Lehmann las, dass die Toten mittlerweile identifiziert worden waren. Drei Prostituierte, Gabor Bartos selbst, er war 55 Jahre alt geworden, und auch Ingrid Bartos befand sich unter den Opfern. Das hatte Lehmann zwar befürchtet, bis jetzt hatte er jedoch noch nichts darüber gelesen. Ingrid Bartos war mit 47 Jahren gestorben.

Wie aus dem Artikel hervorging, hatte die Kripo eine Soko gebildet und überprüfte die Geschäftsbeziehungen von Gabor Bartos. Die verstorbenen Mädchen waren 18, 25, 27 und 28 Jahre alt und stammten aus der ehemaligen Sowjetunion. Von Polen und Ungarn war nicht die Rede. Hoffnung keimte in ihm auf. Vage vermuteten die Ermittler, dass die Morde bereits eine Nacht vorher geschehen sein könnten, also in der Nacht von Samstag auf Sonntag. Zwei Gründe würden dafür sprechen: zum einen der Verwesungsgrad der Leichen, zum anderen war das Bordell sonntags geschlossen. Rätselhaft sei das identische Kennzeichen der beiden Citroën.

Lehmann blickte nachdenklich ins Leere. War die Tat ein Racheakt? Und wenn ja, warum hatten dann auch die Mädchen sterben müssen?

Lehmann nahm sich den zweiten Artikel in derselben Zeitung vor: »Keiner spricht über die ›Russenmafia‹, Polizei und Staatsanwaltschaft haben kaum Erkenntnisse.« Hier ging es um Gerüchte, die über die Taten kursierten, da weder Polizei noch Staatsanwaltschaft über hinreichende Beweise verfügten.

Da Angst Gerüchte nährt, entstand die Spekulation, dass Schwerkriminelle aus der ehemaligen Sowjetunion das Milieu dominierten. Neben Rauschgifthandel, dem Schmuggelgeschäft mit Antiquitäten, dem Verschieben gestohlener Autos und der Schutzgelderpressung sei der Mädchenhandel besonders lukrativ, hieß es im Artikel. Es gebe aber keine eindeutigen Aussagen darüber. Da in den letzten Jahren zu den einschlägigen Kreisen des Milieus auch Serben, Albaner und Kroaten gehörten, gebe es seit Langem Ermittlungen in diese Richtung. Vor wenigen Wochen sei bekannt geworden, dass man deshalb nicht auf russische Clans schließen könne. Jedoch seien Firmengründungen mit undurchsichtigem Geschäftszweck aufgefallen. Von Waffenschmuggel sei in dem Frankfurter Fall nicht auszugehen. Vor einem Jahr habe es mehrere mysteriöse Morde an jungen russischen Männern in Berlin gegeben, die Männer wurden erschossen oder erstochen. Man vermutete einen Bandenkrieg. Eine Verbindung zu den Bordell-Morden ließe sich nicht erkennen.

Lauter Mutmaßungen, aber keine Beweise, dachte Lehmann.

*

Helga saß in ihrem Ohrensessel und wartete, bis die Beruhigungstablette wirkte, die sie vor einigen Minuten eingenommen hatte. Als sie ruhiger wurde, faltete sie die heutige Ausgabe der Frankfurter Rundschau auseinander. Gleich zwei Artikel befassten sich mit dem Kettenhofweg.

»Sechsfacher Mord gibt viele Rätsel auf. Alle Leichen sind identifiziert«, lautete die Überschrift des ersten Artikels. Helga griff sich ans Herz, als sie las, dass neben dem Ehepaar Bartos vier Prostituierte getötet wurden, die zwischen 18 und 28 Jahre alt gewesen waren. Sie seien erst kürzlich als Touristinnen nach Deutschland eingereist und hätten seit Anfang August im Bordell gearbeitet.

»Als Touristinnen? Heißt das, dass sie in Frankfurt waren, um die Stadt kennenzulernen? Und dann sollen sie plötzlich im Bordell gearbeitet haben? Das ergibt keinen Sinn! Die sind hergelockt worden.«

Alle Personen seien erdrosselt oder erwürgt worden, las sie weiter. Die Morde sollen sich nach Einschätzung der Rechtsmedizin Samstagnacht ereignet haben.

»Dann waren die schon eine Nacht eher tot, als wir angenommen haben? Der arme Struppi hat zwei Tage neben den Leichen gesessen? Kein Wunder, dass er durchgedreht ist.«

Die Polizei hoffe, dass sich die Personen, die in der Tatnacht im Bordell waren, melden, las sie. »Ich kann mir kaum vorstellen, dass sich jemand freiwillig melden wird. Wie peinlich, wenn durch eine solche Aussage rauskommt, wo man sich aufgehalten hat. Wahrscheinlich sind die meisten Männer verheiratet. Also ich würde mich scheiden lassen wollen, wenn mein Mann so ein Etablissement aufsuchen sollte.« Helga dachte eine Weile nach. Heinz hatte von dem Bordell gewusst. Er wird doch nicht selbst dort verkehrt haben, überlegte sie, verwarf den Gedanken jedoch schnell. Allein wegen der Nachbarschaft hätte er sich das nicht getraut. Außerdem war er nicht so einer.

Helga las, dass die Nachbarschaft befragt worden war. Es dauerte sicher seine Zeit, wenn man von Haus zu Haus ging. Wobei sie sich kaum vorstellen konnte, dass andere mehr wussten als sie selbst. Man habe die Geschäftspapiere der Bartos im hauseigenen Büro sichergestellt, hieß es in dem Artikel.

Helga dachte an den Tag, als sie mit Isolde im Haus gewesen war. Da waren also unten die Privaträume und das Büro. Kein Wunder, dass sie die Mädchen nicht gesehen hatte. Aufmerksam betrachtete sie die Bilder in der Zeitung. Das eine zeigte die Haustür der Villa, die als »Mord Haus« bezeichnet wurde. Auf einem anderen Foto sah man, wie sich die Ermittler Schutzanzüge anzogen. Der Polizeisprecher erklärte, dass es keine

Beweise dafür gebe, dass die Russenmafia an den Morden beteiligt gewesen sei. Möglicherweise handle es sich um eine Abrechnung im Frankfurter Milieu.

Und dann wurde von zwei weißen Citroëns berichtet, von denen einer in der Tiefgarage gestanden habe, der andere am Straßenrand. Die Fahrzeuge hätten beide das gleiche Kennzeichen getragen. Warum das so war, konnte die Kripo noch nicht klären.

Helga ließ die Zeitung sinken. Vor einiger Zeit hatte sie gesehen, wie Gabor Bartos Koffer in seinem weißen Auto verstaut hatte und dann mit ein paar der Mädchen davongefahren war. Als Helga nur wenige Minuten später erneut aus dem Fenster geschaut hatte, hatte das Auto wieder dagestanden. Sie hatte sich das nicht erklären können. So schnell fuhr man vom Kettenhofweg aus nicht zum Bahnhof und zurück. Doch nun ergab es Sinn. Vermutlich war in der Zwischenzeit eine andere Person mit dem zweiten Wagen aus der Tiefgarage gefahren. Mit einem Mal fielen ihr Lehmanns Worte ein. War es möglich, dass Anna und Basia im Auto mit Gabor Bartos gesessen hatten und außer Landes gebracht worden waren? Dann hätte Lehmann die Wahrheit gesagt!

Sie blätterte zum nächsten Artikel.

»Die Russen-Mafia – oder Frankfurts ›Milieu‹?«

In dem Artikel stand, dass der Kettenhofweg 124 a schon seit Wochen Gesprächsthema im Bordellmilieu des Bahnhofsviertels gewesen sei.

Helga seufzte. »Mein Reden. Bartos hat die Bahnhofsgesellschaft mit seinem Bordell direkt vor unsere Haustür gebracht. Die hielten mich alle für hysterisch, als ich mich darüber ausließ. Nun steht es hier schwarz auf weiß.« Bei den nächsten Zeilen musste Helga zweimal hinschauen. Da war die Rede von einer anonymen Person, die ausgesagt hatte, dass Gabor Bartos mit seiner Maschine nach Russland fliege, um dort Mädchen für sein Bordell anzuheuern.

So langsam erschien alles einen Sinn zu ergeben, wenn Helga das richtig interpretierte. Und der Bartos steckte mittendrin. »Man schaut halt niemandem hinter die Stirn. Oder ich war zu naiv. Warum hast du das getan, Gabor? Deine Frau und du, ihr könntet heute noch leben und die Mädchen auch.«

Wie aus dem Artikel hervorging, lief ein Ermittlungsverfahren gegen Gabor Bartos wegen des Verdachts auf Menschenhandel. Zum Zeitpunkt seiner Ermordung war dieses Verfahren noch lange nicht abgeschlossen.

Deswegen waren dort regelmäßig Polizeistreifen, dachte Helga. Das war auch der Grund dafür, weshalb die Beamten die Nummernschilder überprüften.

Es sei nicht klar, wo Bartos' Privatmaschine untergebracht sei. Angeblich nicht in Egelsbach, wie Helga geglaubt hatte. »Das ist merkwürdig. Wo denn dann?«

Im Bahnhofsviertel spekuliere man, dass die russische Mafia das Haus kontrolliert habe, dass Bartos sich gewehrt und die Mädchen persönlich nach Frankfurt geholt habe. Deshalb habe die Mafia ihn ermordet, so wurde gemutmaßt.

»Meine Güte. Wenn diese Typen mich am Fenster gesehen haben, bin ich die Nächste.« Fieberhaft dachte Helga nach, ob ihr in der jüngeren Vergangenheit Männer aufgefallen waren, die russischer Herkunft gewesen sein könnten und wie Mafiosi erschienen waren. Der

Mann mit der Kamera? Er hatte ihr Haus fotografiert. Doch woran erkannte man Mafiosi? Und würde sie einen Russen überhaupt von anderen Nationalitäten unterscheiden können? In Filmen waren Mafiosi dunkel gekleidet und bis unter die Zähne bewaffnet. Aber Männer hatte sie drüben ohnehin regelmäßig gesehen. Sie waren völlig unterschiedlich gekleidet gewesen. Und ob sie unter ihren Sommerjacketts Waffen getragen hatten, war kaum zu sagen.

Die Kripo könne nicht ausschließen, dass die Morde mit dem Frankfurter Milieu in Zusammenhang stünden, bei dem auch Kosovo-Albaner und zwielichtige Personen aus anderen Teilen des ehemaligen Jugoslawien mitmischen, las Helga.

Laut Polizei arbeiteten über 100 russische Prostituierte in Frankfurt, die Zahl soll sich innerhalb eines Jahres sogar verdoppelt haben. Allerdings handele es sich hierbei überwiegend um Wohnungsprostitution oder sogenannte Clubs. Mit der Straßenprostitution und den 22 Bordellen der Stadt hätten sie nichts zu tun. Spezialisierte Tätergruppen brächten die Frauen nach Frankfurt. In der Stadt gebe es außerdem mehr als 200 Wohnungen, in denen sich Frauen prostituieren. Die Frauen würden alle zwei bis drei Wochen wechseln.

Das hätte Helga nicht gedacht. Andererseits fand sie es tröstlich, dass auch Anwohner anderer Stadtteile betroffen waren.

Es seien der Polizei außerhalb der Toleranzzonen des Bahnhofsviertels sechs Etablissements bekannt, die als Club privat geführt würden. Diese Clubs liefen meist ohne Störung der Anwohner.

Das Bordell im Kettenhofweg sei ein gutes Beispiel für ein lautloses Geschäft. Es sei wegen schwieriger Beweisführung ein Problem für die Polizei, gegen die Betreiber illegaler Clubs vorzugehen. Um einen richterlichen Durchsuchungsbeschluss zu bewirken, hätten sich die Nachbarn einsetzen und dagegen zur Wehr setzen müssen, heißt es im Artikel.

»Na, das wollte ich doch. Da sagten alle: Halte dich raus, wenn du keine Scherereien willst. Hätte ich mich durchgesetzt, wären die Menschen vielleicht noch am Leben.«

Auf einem Zeitungsfoto erkannte Helga eine Nachbarin, die sich mit einer anderen Dame austauschte. Reißerisch formuliert wurde beschrieben, dass es für Schaulustige und die Leute vom Fernsehen wenig zu sehen gab. Letztere seien zwar noch immer vor Ort, aber sie hätten nur ein paar Anwohner befragt, mehr hätten sie zu diesem Zeitpunkt nicht ausrichten können.

Eine Tierschützerin sagte, sie sorge sich um den einzigen Überlebenden, den Pudel.

»Sag ich doch«, stöhnte Helga. »Das arme Tier fristet sein Leben jetzt vermutlich im Tierheim.«

Die Dame wollte ihren Namen nicht nennen, das sei zu gefährlich. Das konnte Helga gut verstehen. Sie hatte Angst um ihre eigene Sicherheit.

Dass ein Fernsehteam vor Ort gewesen war, war Helga bekannt, sie hatte die Leute mit eigenen Augen gesehen.

Aber sie war ihnen gegenüber im Vorteil. Sie hatte die Villa von innen erkundet, im Gegensatz zum Kamerateam.

Helga wurde nachdenklich, schließlich legte sie die Zeitung zur Seite. Entschlossen stand sie auf, griff zum Telefon und wählte die Nummer der Telefonauskunft.

17
DONNERSTAG, 18. AUGUST 1994

FAZ vom 18. August: »Sex-Gewerbe, Forstbetrieb und ein Maschinenhandel. Die Geschäfte des ermordeten Bordellbetreibers Bartos.«

Nach drei Ermittlungstagen, in denen die Polizei diverse dubiose Geschäfte von Gabor Bartos aufschlüsseln konnte, gehen die Ermittler davon aus, dass die Morde mit dem Sexgewerbe zu tun hatten.

Es gebe zwar noch keine konkreten Hinweise, dennoch schließe der Leiter der Mordkommission nicht aus, dass es sich um die Tat des organisierten Verbrechens handele.

Vermutlich habe Ingrid Bartos, die Kunden ausschließlich persönlich und nach Kontrolle einließ, die Täter am frühen Sonntagmorgen ohne Argwohn ins Haus gelassen. Die Tür sei aus Eisen und verfüge über einen Spion. Die Sonderkommission habe ermittelt, dass alle vier getöteten Prostituierten mit Besuchervisa nach Deutschland eingereist waren und hier ihrer Arbeit nachgingen. Bei der Mordkommission seien mittlerweile Hinweise auf Verdächtige von Kunden des Etablissements eingegangen. Konkrete Anhaltspunkte seien bislang ausgeblieben. Gabor und Ingrid Bartos seien gemäß der Recherchen der Polizei auch neben dem Betrieb ihres Bordells sehr aktiv gewesen.

Auf Frau Bartos war ein Geschäft für Büroartikel und ein Blumenhandel angemeldet gewesen. Ihr Mann hat Holzhandel und einen Forstbetrieb betrieben, außerdem habe er Flugzeugteile sowie landwirtschaftliche Maschinen verkauft.

*

Frankfurter Rundschau vom 18. August:

»Frauen aus Osteuropa sind billiger als die aus Fernost.«

Der Kriminaldirektor äußerte sich in dem Artikel darüber, dass sich der Menschenhandel mehr und mehr im osteuropäischen Raum ausbreite.

In Berlin arbeiteten allein 7.000 Prostituierte. Ein Drittel der Frauen seien Ausländerinnen, ungefähr die Hälfte davon sei wahrscheinlich von Menschenhändlern eingeschleust worden. Vor den Osteuropäerinnen seien es hauptsächlich Frauen aus Thailand gewesen.

Nach Ende des Kalten Krieges käme die Mehrzahl der Frauen aus Tschechien, Rumänien, Bulgarien und Polen. Die Schlepper seien meistens deren Landsleute. Die Bordellbetreiber bevorzugten diese Frauen, da sie weniger Kosten verursachten als die Frauen aus Fernost. Die Reisekosten fielen niedriger aus, aber auch die Abschiebekosten, die nach einer Razzia auf die Betreiber zukämen.

Wegen der geringen Einkommen in ihren Ländern hofften viele Frauen, in Deutschland reich zu werden. Arbeiteten sie jedoch erst einmal im Bordell, trauten sie sich in der Regel nicht, zur Polizei zu gehen. Denn

Prostitution war zwar generell nicht verboten, wohl aber für Frauen ohne Arbeitserlaubnis. Deshalb vermieden die meisten Frauen, Aufsehen durch Anzeigen zu erregen.

18
FREITAG, 19. AUGUST 1994

Helga saß vormittags um kurz vor elf im Mövenpick und blätterte unruhig und mit feuchten Fingern durch die Zeitungsartikel, die sie ausgeschnitten und in einem Ordner abgeheftet hatte. Ein Text aus der Bild-Zeitung an oberster Stelle. Nervös blickte sie dabei immer wieder zum Eingang.

Sie hatte am Morgen lange vorm Spiegel gestanden und etliche Kostüme anprobiert, bis sie endlich etwas für den Anlass Passendes gefunden hatte. Sie wollte elegant, gleichzeitig unnahbar wirken und sich keine Unsicherheit anmerken lassen. Da spielte die Kleidung eine wichtige Rolle. Letztlich hatte sie ein dunkelblaues Kostüm mit konservativer weißer Bluse gewählt, dazu eine braune Hornbrille, mit der sie aussah wie eine Justizvollzugsbeamtin, wenn sie Monikas Kritik glauben wollte, die die Brille nicht mochte. Im Mövenpick hatte Helga sich gegen ihren Stammplatz entschieden. Denn dieses Treffen war geschäftlicher Natur, wenn man es denn so bezeichnen wollte. Nun hoffte sie inständig, dass ihr spontaner gestriger Anruf kein Fehler gewesen war und sie sehenden Auges in ihr Verderben rannte. Zumal niemand wusste, wo sie sich befand. Was sollte andererseits am helllichten Tag, noch dazu im Mövenpick, schiefgehen? Obwohl Blanka Zmigrod vor zwei

Jahren auch im Mövenpick auf ihren Mörder stieß. Ein schlechtes Omen? Nein, denn der Mord geschah am späten Abend auf der Straße und nicht vormittags im Mövenpick. Dennoch stiegen mit jeder Minute mehr Zweifel in Helga auf. Da bemerkte sie einen Herrn im hellen Leinenanzug und mit cremefarbenem Strohhut, der den Opernplatz überquerte und auf den Eingang des Mövenpick zusteuerte. Nachdem der Mann eingetreten war und sie entdeckt hatte, zog er den Hut, kam näher und schüttelte ihr am Tisch die Hand. Dann nahm er Platz. »Ich freue mich, dass Sie endlich mit mir Kontakt aufgenommen haben, Frau Lindemeyer. Ich bin sogar sehr dankbar dafür.«

»Wir werden sehen, ob es eine gute Idee war, Herr Lehmann. Versuchen Sie nicht, mich hinters Licht zu führen!«

Lehmann schüttelte lächelnd den Kopf. »Sie haben mich angerufen, nicht ich Sie. Nun sollten Sie mir auch vertrauen.«

»Ach, wissen Sie, ich bin entsetzt über die ganze Situation. Es nimmt kein Ende. Nun stand in der Zeitung, dass Frau Bartos auch unter den Opfern war. Es ist einfach unglaublich. Ich möchte mir nicht ausmalen, was noch alles ans Licht kommen wird.«

»Was hat Sie dazu bewogen, mich nun doch zu treffen, Frau Lindemeyer?«

»Laut der Zeitungsberichte kommt die Polizei bei den Ermittlungen nicht recht voran. Da fiel mir ein, dass Sie etwas von einem Flugzeug erzählten, mit dem das eine verschwundene Mädchen nach Frankfurt gekommen sein soll, sagten Sie das nicht?«

»Natürlich.«

»Gut. Ich habe hier nämlich einige Zeitungsartikel gesammelt und abgeheftet.« Sie tippte auf den Ordner, der vor ihr lag. »Und ich fand einen höchst aufschlussreichen Bericht in der gestrigen Rundschau, falls Sie ihn nicht selbst schon gelesen haben. Moment.« Sie schlug den Ordner auf und blätterte. »Hier ist er. Wirklich interessant. Da steht nämlich, dass Bartos ein Flugzeug besitzt, das in Budapest steht. Und Sie sagten mir, wenn ich mich recht entsinne, dass die eine junge Frau, die Sie unterrichteten, Ungarin ist, oder etwa nicht?«

»Doch.«

»Da dachte ich mir, dass da ein Zusammenhang bestehen könnte. Ich meine, mit dem Verschwinden des Mädchens. Es wäre möglich, dass sie wieder in ihrer Heimat ist. Tatsächlich beginne ich langsam, Ihnen zu glauben.«

»Danke, dass Sie mir das mitteilen. Das ist mir neu. Es könnte passen. Ich habe in Bezug auf die Herkunft der Toten auch nichts von Ungarn und Polen gelesen. Ich freue mich, dass Sie sich daran erinnert haben. Das bestärkt meine Hoffnung, dass die beiden Mädchen nicht mehr im Land waren, als die Morde geschahen. Wenngleich es mir um die anderen Mädchen nicht weniger leidtut. Ich kannte sie zum Glück jedoch nicht persönlich. Da hat man einen gewissen Abstand. Ich weiß nicht, wie es Ihnen geht, ich bin den ganzen Tag damit beschäftigt, Zeitungen zu lesen und Radio zu hören. Aber leider gibt es keine besonders umfangreichen Neuigkeiten.«

»Sie sagen es, leider! Oder halten die sich der Öffentlichkeit gegenüber bewusst bedeckt?«

»Natürlich! Wenn es bereits einen Tatverdacht geben sollte, wird die Öffentlichkeit das zuletzt erfahren. Schließlich lesen auch Täter Zeitungen.«

Helga tippte auf ihren Ordner. »Ich hätte da auch noch einen interessanten Artikel aus der Bild-Zeitung, falls Sie den nicht kennen.«

»Sicher nicht«, sagte Lehmann.

Sie schlug die erste Seite des Ordners auf. »Hier, der Artikel ist vom 18. August und die Überschrift lautet: ›Im Heim der Bartos, Engel die gen Himmel fliegen‹.« Helga musste unwillkürlich an Frau Schmidt und die toten Seelen denken. »Ist Ihnen bekannt, dass die Bartos drauf und dran waren umzuziehen? Ich wusste es jedenfalls nicht, war vollkommen überrascht.«

»Nein, das ist mir neu. Aber woher stammt Ihre Information? Ich habe nie mit den Bewohnern des Hauses gesprochen.«

»Wirklich nicht? Das hätte ich nicht gedacht. Hat Sie denn nie jemand angesprochen? Hat niemand gefragt, was Sie da treiben?«

»Nein.«

»Tja, ich für meinen Teil muss sagen, hätte ich von dem Umzug eher erfahren, es hätte mir einige Sorgen erspart. Ich finde es absurd, dass der Kettenhofweg ein passender Ort für ein Bordell sein soll. Das muss ich immer wieder feststellen. Und sei das Bordell auch noch so diskret.«

»Darf ich den Artikel lesen?«

Helga schob ihm den Ordner zu.

Ein großes Foto zeigte eine prunkvolle Villa mit drei Etagen. Eine geschwungene Treppe führte von einem eleganten, bogenförmigen Wintergarten in einen kleinen Garten hinunter. Die Villa sollte das neue Heim von Ingrid und Gabor Bartos werden.«

»Tatsächlich, Frau Lindemeyer, Sie schaffen es wirklich, mich völlig zu überraschen.« Lehmann überflog den Artikel. »Im Inneren wurde umgebaut. Und in der untersten Etage gab es neben einem Wintergarten vier Zimmer mit Holzdecken. In einem der Zimmer gab es ein Deckengemälde mit, so wörtlich: ›Engel, die gen Himmel fliegen‹.«

»Gruselig, oder? Die armen Menschen sind jetzt tot und ja, gen Himmel geflogen«, flüsterte Helga ehrfürchtig.

»Es ist ein Gemälde, weiter nichts. Das war keine Vorhersage und hat mit den Morden nichts zu tun. Das wurde von der Zeitung geschickt in den Text eingebaut, weil es neugierig macht.« Er las die nächsten Zeilen und erfuhr, dass sich in der zweiten Etage vier Zimmer, eine Küche und ein Badezimmer befanden. Auch in der dritten Etage gab es vier Zimmer und ein Bad. »Das ist wahrhaftig ziemlich groß für zwei Personen, würde ich sagen. Ach, und jetzt wird's für mich richtig spannend: Da geht's um die Autokennzeichen. Die hängen an der Wand im Keller des neuen Hauses, sowohl deutsche als auch ausländische. Und ein handgeschriebenes Namensschild klebt unter der Türklingel des Hauses. Ja, Frau Lindemeyer, bei der Größe des Hauses kann ich mir kaum vorstellen, dass Frau Bartos und ihr Mann allein dort einziehen wollten, und es sollte offenbar kein übliches Wohnhaus werden. Mir scheint, das Bordell brauchte einen neuen Standort, warum auch immer. Und dann die Sache mit den Nummernschildern! Gabor Bartos hatte zwei identische Fahrzeuge und tauschte hin und wieder die Schilder aus. Das stand nicht nur in der Zeitung, es ist mir selbst aufgefallen.« Er schaute auf. »Ich habe es mir notiert.«

»Ja, Herr Lehmann, ich habe einmal beobachtet, wie Sie die Kennzeichen studierten. Das hat bei mir die Alarmglocken schrillen lassen. Ich habe damals erwogen, die Polizei zu informieren. Nun ja, manchmal geht meine Fantasie mit mir durch.«

»Nicht Sie, Frau Lindemeyer, sondern ich hätte damals die Polizei informieren sollen.«

»Denken Sie, Herr Bartos hat das andere Haus gekauft, weil er sich im Kettenhofweg beobachtet fühlte?«, fragte Helga.

»Mag sein. Wo ist doch gleich die Friedrichstraße?«

»Sie kennen die Synagoge?«

»Natürlich.«

»Die Friedrichstraße quert die Freiherr-vom-Stein-Straße, in der sich die Synagoge befindet.«

Lehmann nickte. »Dann bin ich im Bilde. Ich würde sagen, das ist eine ruhigere Gegend als der Kettenhofweg. Aber nicht weniger elegant. Vielleicht hofften die Bartos dort auf etwas mehr Privatsphäre. Oder die Kosten der Villa im Kettenhofweg überstiegen ihr Budget. Ist ein altes Haus, das instand gehalten werden muss.«

»Das in der Friedrichstraße ist auch nicht neu. Hier steht, dass sie umbauen mussten.«

»Das war auch nur eine Vermutung von mir. Ich kann nichts über den Zustand der alten Villa sagen, da wir sie von innen nicht kennen.«

Helga schmunzelte. »Da täuschen Sie sich, zumindest was mich betrifft. Ich war drin.«

»Sie waren in der Villa? Hat Frau Bartos Sie eingeladen? Ich dachte, sie hätte nur Besucher hereingelassen.«

»Sie war nicht da, Herr Bartos auch nicht. Es war eine eher heimliche Aktion.« Helga senkte mit leichtem Grinsen den Blick.

»Wie haben Sie das denn geschafft, wenn ich fragen darf, und warum?«

»Ist schon eine Weile her. Aber als ich erfuhr, dass es sich um ein Bordell handelt, verunsicherte mich das völlig. Dann fasste ich den Entschluss, dass ich mich mit eigenen Augen davon überzeugen will, dass dort nichts Unrechtes geschieht.« Helga machte eine Denkpause. »Nun, unrecht war es sowieso, wie ich finde, aber es hätte doch sein können, dass die Mädchen in Not waren. Deshalb war ich kaum zu halten. Ich kenne den Tagesablauf der Bartos, besser gesagt, ich kannte ihn. So wartete ich eines Morgens, bis Herr und Frau Bartos fort waren. Die Haushälterin hat uns reingelassen. Aber sagen Sie bloß niemandem auch ein Sterbenswort davon. Auf eine Anzeige kann ich gut verzichten.«

»Sie sagten ›uns reingelassen‹. Wen denn noch?«

»Ich hatte Besuch von meiner Freundin. Sie hat mich begleitet.«

»Oje.«

»Ach, wissen Sie, manchmal sind auch alte Frauen abenteuerlustig, und vier Augen sehen mehr als zwei. Außerdem hätte ich mich allein nicht getraut. Meine Freundin fand es am Ende sogar recht spannend. Ich habe geläutet, die Putzfrau kam zum Tor, und ich fragte, ob ich telefonieren dürfe, da ich meinen Schlüssel in der Wohnung vergessen hätte. Ich muss die Frau in Schutz nehmen. Sie wollte uns nicht reinlassen. Da behaupteten wir, dass meine Freundin dringend zur Toilette müsse.«

»Frau Lindemeyer, Sie sind ein Schlitzohr. Das hätte ich Ihnen nicht zugetraut. Wann war das?«

»Mitte März.«

»Waren die Mädchen im Haus?«

»Meine Freundin ist einer jungen Frau begegnet. Sie war nämlich oben, also im ersten Stock. Da kam ein Mädchen völlig verschlafen aus ihrem Zimmer.«

»Wie sah sie aus?«, fragte Lehmann aufgeregt.

»Sie hatte langes, dunkles Haar.«

»Hat sie Deutsch gesprochen?«

»Isolde, also meine Freundin, sagte, sie hat gar nicht gesprochen.«

»Schade. Was ist Ihnen sonst aufgefallen?«

»Sagen wir so, der Eingangsbereich ist imposant. Eine richtige Halle. Baufällig ist die Villa nicht. In der unteren Etage wohnten die Bartos, wie wir erfuhren. Außerdem war dort ihr Büro. Und ganz unten gibt es einen Saunabereich, den wir aber nicht angeschaut haben. Obwohl ich das zu gern getan hätte. Nun ja, ich kann mir schon denken, was darin vor sich ging. Drogen haben wir auch nicht gefunden.«

»Wie kommen Sie auf Drogen?«

»Die gibt es doch in jedem Bordell oder etwa nicht? Wissen Sie, Herr Lehmann, ich glaube, die haben, bevor sie ermordet wurden, Alkohol und Drogen konsumiert. Könnte doch sein, oder? Das würde erklären, warum niemand geschrien hat. Die waren gesteinigt oder wie das heißt.«

»Sie meinen stoned?« Lehmann verkniff sich ein Grinsen.

»Ach stimmt, stoned nennt man das.«

»Ob Drogen im Spiel waren, wird die Rechtsmedizin rausfinden, und dann wird es irgendwann auch die Öffentlichkeit erfahren. Aber wirklich, Frau Lindemeyer, Sie überraschen mich. Ich war mir sicher, dass Sie auf dem Quivive sind. Deshalb wollte ich mich längst mit Ihnen austauschen. Und mutig sind Sie auch, alle Achtung. Wenn Sie sich was vornehmen, dann tun Sie es auch.«

»Auch das stimmt. Ich musste meiner Freundin allerdings versprechen, keine weiteren Nachforschungen anzustellen. Von da an verbot ich mir also eine ganze Weile, aus dem Fenster zu schauen. Ich zog einfach den Vorhang zu.«

Jetzt grinste Lehmann breit. »Ich hatte mich darüber gewundert. Wann immer ich zu Ihnen hochschaute, war Ihr Erkerfenster verhängt. Und ich dachte, Sie seien verreist. Aber auch ich kann Sie noch überraschen. Haben Sie heute schon in eine aktuelle Zeitung geschaut?«

»Nein.«

»Auch kein Radio gehört?«

»Nein.«

»Umso besser.« Er zog eine gefaltete Zeitung aus der Innentasche seines Leinenjacketts hervor, blätterte darin und reichte Helga die aufgeschlagene Seite. »Das steht heute in der FAZ, Frau Lindemeyer.«

»Eine Prostituierte aus der Mordvilla taucht auf«, lautet die Überschrift. Lehmann sah Helga an. »Was sagen Sie nun?«

Helga starrte auf den Artikel. »Ich glaub's ja nicht.«

»Die Soko scheint bei den Ermittlungen einen großen Schritt weitergekommen zu sein.«

Helga blickte vom Artikel auf. »Ich nehme alles zurück, von wegen, die treten auf der Stelle. Die haben sich halb totgearbeitet und verdienen meinen vollen Respekt. Hier steht nämlich, dass die beinahe 72 Stunden am Stück ermittelt haben. Das ist ein harter Job. Höchstens Ärzte im Notdienst werden ebenso rangenommen. Ich möchte wetten, wenn die so weitermachen, dann kriegen sie die Täter bald.«

»Das würde ich mir wünschen.«

Helga winkte der Bedienung. »Bringen Sie mir doch bitte einen Eierlikör.«

»Am frühen Morgen?«

»Es ist beinah Mittag, und ich brauche jetzt etwas zur Beruhigung. Trinken Sie auch einen?«

»Nein, ich trinke selten Alkohol und schon gar nicht so etwas Süßes.«

»Stimmt, das ist eher was für Frauen. Da hör sich das einer an. Nun ist also eine Prostituierte, die bei Bartos arbeitete, wieder da, aber bei dem Massaker war sie verschwunden? Wenn sich das mal nicht seltsam anhört. Aber, Herr Lehmann, sind das nicht alles Spekulationen? Die füttern uns mit heißer Luft. Ich hoffe, wir haben uns nicht zu früh gefreut.«

»Wenn man uns beobachtet, dann wirken wir wie zwei in die Jahre gekommene Ermittler, finden Sie nicht?«

»Dann ist im Alter doch noch was aus mir geworden.« Helga konzentrierte sich auf den Artikel und sagte nach einer Weile: »Hier wird's interessant.« Sie tippte mit dem Zeigefinger auf den unteren Absatz des Textes. »Die erklären, was es mit den beiden Citroën auf sich hat, Herr Lehmann.«

»Genau das meinte ich mit meiner Überraschung. Bartos benutzte die Autos, um die Mädchen illegal herzubringen. Das war ziemlich geschickt. Wäre er in eine Kontrolle geraten, aber nicht gestoppt worden, hätte er später einfach behauptet, dass er das nicht gewesen sein kann, da sein Wagen in der Garage steht. Er hat nichts dem Zufall überlassen«, meinte Lehmann. »Darauf muss man erst mal kommen.«

»Das erklärt, warum ich ihn einmal mit den Mädchen wegfahren sah, das Auto jedoch wenige Minuten später wieder vor der Villa stand. Das hat dann wohl Frau Bartos in der Zwischenzeit rausgefahren.«

»Möglich!«

»Nun wird die Bevölkerung aufgerufen, sich zu melden, falls jemandem die Wagen irgendwo aufgefallen sind? Na, das klingt mir allerdings vage. Die Polizei hat auch mich danach gefragt. Wer kann sich schon an so etwas erinnern? Ich meine, natürlich habe ich das Auto vor der Villa stehen sehen. Es ist mir aber nur deshalb im Gedächtnis geblieben, weil Herr Bartos dort ein- und ausstieg.«

»Frau Lindemeyer, die Polizei nennt konkrete Orte wie Unterkünfte von Immigranten beispielsweise oder Grenzübergänge und Flughäfen. Sie wollen wissen, ob die Autos dort gesichtet wurden. Ich kann mir schon vorstellen, dass ein weißer Citroën auffällt, wenn lauter hübsche Mädchen drinsitzen.«

Helga seufzte. »Das ist wieder typisch Mann. So etwas registriere ich gar nicht, Sie sprechen von lauter hübschen Mädchen. Fangen Sie bloß nicht wieder damit an, sonst halte ich Sie doch noch für einen Spanner.«

»Hässlich waren sie nun wirklich nicht, das müssen Sie doch zugeben, oder?«

»Schon gut, schon gut.«

»Lesen Sie mal den letzten Absatz, dann wissen Sie, dass Herr Bartos nichts ausgelassen hat, was ihm Geld einbrachte, Frau Lindemeyer.«

Helga las, dass ermittelt wurde, ob Gabor Bartos die Flugzeuge ausschließlich für den Transport der jungen Frauen aus der Sowjetunion genutzt oder ob er die Maschine auch für andere Transporte gebraucht hatte. Sie nahm einen Schluck ihres Eierlikörs und behielt ihn nachdenklich auf der Zunge, bevor sie schluckte. »Völlig verrückt. Ich bleibe dabei. Ich hätte das dem Mann niemals zugetraut.«

»Dafür haben Sie wenigstens mir allerhand kriminelle Energie unterstellt.«

»Herr Lehmann, wenn man so viele Krimis schaut und liest, wie ich das früher tat, dann glaubt man, dass man sich mit Kriminellen auskennt. Ich werde wohl das Genre wechseln. Ich sollte es künftig mit Liebesromanen versuchen. Da richte ich weniger Schaden an. Ach, aber das ist gar nicht lustig. Ich fürchte, ich muss mich bei Ihnen entschuldigen. Ich habe Ihnen das Leben nicht gerade leichtgemacht.«

»Kein Problem, wir haben das ja nun endlich aus

der Welt geschafft. Um noch mal auf den Text zu sprechen zu kommen, der Herr Bartos hat aus allem Geld gemacht, was lukrativ war. Ich kann mir vorstellen, dass die Ermittler längst viel mehr wissen, als wir denken.«

»Soll ich Ihnen was sagen, Herr Lehmann? Ich bin richtig froh, dass ich mich endlich mal mit einem anderen Menschen sachlich über das Verbrechen austauschen kann. Alle anderen hielten mich in letzter Zeit für überdreht.«

Lehmann stimmte zu. »Sagte ich nicht, als wir uns zuletzt begegnet sind, dass ich mich gerne mit Ihnen darüber unterhalten würde?«

»Ja, aber wie man sieht, kann man heutzutage nicht vorsichtig genug sein. Der Tod lauert sogar vor der eigenen Tür. Und ich bin eine alleinstehende Frau. Da muss ich doppelt wachsam sein. Ich sage doch, Herrn Bartos hat man sein Treiben nicht angesehen. Er war ein charmanter Herr, das lässt sich nicht leugnen. Wäre ich in Not gewesen, ich hätte ihn vermutlich als Ersten um Hilfe gebeten.«

»Ich hingegen fand, dass er verschlossen wirkte. Schade, dass die Frau, die am Morgen, nachdem die Morde entdeckt wurden, zur Villa zurückgekehrt ist, nicht näher beschrieben wurde. Ich habe da kürzlich eine junge Frau gesehen, die mir völlig fremd war. Sie hatte anscheinend einen Freund, der hin und wieder in der Straße aufgekreuzt ist.«

»Sie sagen es!« Helga klatschte mit der flachen Hand auf den Tisch. »Sie meinen den, der ein Auto fährt, das eher auf den Schrottplatz als ins Westend gehört, nicht wahr?«

»Den meine ich. Mit einem Ostallgäuer Kennzeichen.«

»Exakt.«

»Die junge Frau war jedenfalls auffallend hübsch und hatte lange blonde Haare.«

»Vokuhila. Die ist mir auch aufgefallen.« Helga nickte.

»Woher wissen Sie, dass sie Vokuhila heißt?«

»Herr Lehmann, Vokuhila bedeutet: vorne kurz, hinten lang.«

Lehmann lachte. »Das ist mir neu. Eine lustige Bezeichnung. Aber ja, stimmt.«

»Sie glauben auch, die gehören zusammen, oder?«

Lehmann machte ein nachdenkliches Gesicht. »Ich hatte den Eindruck. Sie wirkten vertraut.«

Helga trank einen weiteren Schluck, dann sah sie Lehmann unverwandt an. »Darf ich Sie etwas fragen?«

»Wenn ich es beantworten kann, bitte sehr.«

»Ich wollte vor einiger Zeit von Ihnen wissen, warum Sie wegen der beiden Mädchen nicht zur Polizei gegangen sind.«

Lehmann biss sich nachdenklich auf die Lippe. »Ich dachte mir schon, dass Sie diese Frage irgendwann stellen würden.«

»Ja, Sie speisten mich damit ab, dass es eine lange Geschichte sei. Wollen Sie mir nicht erzählen, um was es dabei ging? Ich meine, jetzt reden wir doch ehrlich miteinander, oder? Ich würde Ihnen gerne vertrauen.«

»Ich glaube, ich sagte Ihnen schon damals, dass das nichts zur Sache tut.«

»Ich werde das Gefühl nicht los, dass Sie schon mal Ärger mit der Polizei hatten, Herr Lehmann, liege ich da richtig?«

Lehmann druckste herum. »Also gut. Ich wollte nie darüber sprechen, Frau Lindemeyer. Es ist etwas, das man vergessen sollte, damit es nicht die Seele zerfrisst. Und ja, es war eine Angelegenheit, in die die Polizei involviert war, allerdings nicht so, wie Sie vermuten, nehme ich an.«

»Dann klären Sie mich bitte auf.«

»Es war vor sieben Jahren. Genau ein Jahr vor meiner Pensionierung. Ich war Lehrer für Französisch und Deutsch am Goethe-Gymnasium. Ich liebte meinen Beruf. Vor allem war es mir ein echtes Anliegen, dass alle meine Schüler die Hochschulreife erlangten, wenn sie es verdient hatten. Ich gab deshalb auch bereitwillig Nachhilfeunterricht in der Oberstufe, denn ich wollte, dass meine Schüler ein möglichst gutes Abitur machten. So unterrichtete ich sowohl einzeln, manchmal auch in kleineren Gruppen. Ich besitze eine große Wohnung und hatte eigens zu diesem Zweck eine Art Konferenzraum eingerichtet, mit einem großen Tisch darin. So fand auch Lisa zu mir. Sie war eine gute Schülerin, aber nicht sprachbegabt. Leider hatte sie sich für ein falsches Hauptfach entschieden, nämlich Französisch. Das war alles kein Problem, denn sie wollte es schaffen. Sogar unbedingt! Wissen Sie, wenn Schüler es wollen, dann gelingt ihnen das, mit einer gewissen Unterstützung. Nicht aber, wenn sie blockieren. Solche Schüler gab es auch.«

Helga verstand. Sie war nie eine Musterschülerin gewesen und hatte wohl zu denen gehört, die, wie er es nannte, blockierten. Mit Ach und Krach hatte sie die mittlere Reife erlangt.

»Eines Tages kam Lisa nicht mehr zum Unterricht«, fuhr Lehmann fort und war auf einmal völlig zerknirscht.

»Sie meinen, sie kam nicht mehr zu Ihnen nach Hause?«

»Nein, sie kam nicht mehr zum Schulunterricht, natürlich auch nicht zu mir! Die Eltern meldeten sie bei der Polizei als vermisst.«

»Ach du liebe Zeit, sie ist von zu Hause ausgerissen?«

»Dazu bestand meines Erachtens kein Grund. Sie wuchs sehr behütet auf. Wir Lehrer werden oft mit Problemkindern konfrontiert, dazu gehörte Lisa nicht. Wir waren alle sehr in Sorge um das beliebte Mädchen. Es wurde eine groß angelegte Suchaktion durchgeführt, mit Hundestaffeln, Hubschraubern und allem, was Sie sich denken können. Auch die Mitschüler halfen und suchten Tag und Nacht nach ihr.«

»Klingt dramatisch.«

»War es auch. Dann wurde es richtig bitter. Die Eltern verdächtigten irgendwann mich, etwas mit ihrem Verschwinden zu tun zu haben. Sie verstehen, weil sie zur Nachhilfe zu mir nach Hause gekommen war. Ich war wohl einer der letzten Menschen, der mit ihr vor ihrem Verschwinden Kontakt hatte.«

»Verübeln kann man es verzweifelten Eltern nicht, dass sie da auf alle möglichen Gedanken kommen.«

»Nein, es ist trotzdem ein abscheuliches Gefühl, wenn man zu Unrecht verdächtigt wird, mit dem Verschwinden eines Menschen in Zusammenhang zu stehen. Und es hatte ernste Folgen für mich. Ich geriet in den Fokus der Ermittlungen und wurde vom Dienst suspendiert. Ich hatte für die Zeit von Lisas Verschwinden kein Alibi, wie man so schön sagt. Zwar sah mich eine Nachbarin an jenem Mittag am Briefkasten stehen, wir grüßten uns und wechselten ein paar Worte. Sie konnte später keine genaue Zeitangabe zu diesem Zufallstreffen machen. Die Spurensicherung durchsuchte sogar meine Wohnung mit Spürhunden und ich wurde wieder und wieder verhört. Es war die schlimmste Zeit meines Lebens. Ich kann Ihnen nicht annähernd sagen, wie verzweifelt ich war! Es dauerte Wochen, bis sie mich endlich in Ruhe ließen. Wissen Sie, ich habe keine Angehörigen. Das war zwar in dem Fall ein Glück, ist aber auch ein Fluch, wenn man niemanden hat, der einem in schweren Zeiten beisteht.«

»Das glaube ich, Herr Lehmann. Tut mir leid für Sie. Wurde das Mädchen gefunden?«

Lehmann schüttelte traurig den Kopf. »Bis heute nicht, wenn ich richtig informiert bin. Können Sie jetzt verstehen, warum ich unbedingt wissen will, was aus Basia und Anna geworden ist? Auch sie waren bei mir. Auch sie sind von heute auf morgen verschwunden. In letzter Zeit fuhr eine Polizeistreife durch den Kettenhofweg und ich fragte mich vor einiger Zeit, ob es Hinweise gibt, die mich erneut belasten könnten.« Er machte eine Pause. »Oder haben Sie mich wegen meines Verhaltens angezeigt? Sie haben mir damit gedroht.«

»Ich sagte damals, ich behalte es mir vor. Nicht mehr und nicht weniger. Mal ehrlich, ich würde an Ihrer Stelle kein Auge zukriegen. Und klar, dass Sie das Verschwinden der Mädchen umso mehr belastet, verstehe ich gut. Schon die Ungewissheit, was aus ihnen und vor allem aus Lisa geworden ist, ist kaum zu ertragen. Ich möchte nicht in Ihrer Haut stecken. Danke für Ihre Aufklärung.«

»Ein paarmal war ich drauf und dran, mich, nach all den Jahren, mit den Eltern in Verbindung zu setzen. Vielleicht ist Lisa wieder da oder es gibt Neuigkeiten. Außerdem würde es mir viel bedeuten, wenn die Eltern mit mir Frieden schließen würden. Ich fürchte mich davor. Ja, Frau Lindemeyer, das ist alles, was ich dazu sagen kann. Es war wie ein Déjà-vu, die Sache mit den beiden Mädchen. Als wolle Gott mich gleich doppelt bestrafen.« Lehmann zog ein Stofftaschentuch aus der Hosentasche und fuhr sich damit über die feuchte Stirn.

»Das war viel Information für heute. Ich muss das erst einmal sacken lassen und würde jetzt gern bezahlen«, sagte Helga. »Meine Nerven sind nicht mehr die besten.«

»Tut mir leid, Sie baten mich um die Erklärung.«

»Natürlich. Es ist nur alles sehr viel.«

Lehmann winkte der Bedienung. »Die Rechnung übernehme ich.«

Als sie auf den Opernplatz traten, bot Lehmann an, Helga nach Hause zu begleiten.

»Nur, wenn wir einen Abstecher zum Kiosk machen. Ich möchte mir eine Zeitung kaufen.«

»Einverstanden.«

Eine Weile gingen die beiden schweigend nebeneinanderher, dann sagte Helga: »Ich hatte früher den Eindruck, dass Sie hinken. Das war wohl eine Sinnestäuschung. Leider täusche ich mich häufig in letzter Zeit.«

Lehmann lächelte. »Ich muss schon sagen, Sie beobachten wirklich gut. Ich musste mir eine Knieprothese einsetzen lassen und zur Reha nach Bad Nauheim. Jetzt geht's besser, auch wenn irgendwann das andere Knie drankommen wird. Man wird nicht jünger. Haben Sie sich nicht gewundert, dass Sie mich so lange nicht gesehen haben?«

»Schon, aber wenn ich ehrlich bin, war ich zu der Zeit noch ganz froh darüber.«

*

Helga legte sich direkt aufs Sofa, als sie nach Hause kam. Ihr Kopf schmerzte. Sie schloss die Augen und dachte über die letzten Stunden nach. Es war beinahe unvorstellbar, aber sie mochte Lehmann. Was hatte wohl Rosa gedacht, als Helga mit ihm am Kiosk aufgetaucht war und die Zeitung gekauft hatte? Kein Wort war ihr über die Lippen gekommen, doch die Augen waren ihr förmlich übergequollen. Helga hatte unschuldig gelächelt. Ob man ihnen nun ein Verhältnis andichtete? Die Vorstellung amüsierte sie regelrecht. Dann waren sie durchs Westend bis zu Helgas Haus geschlendert und Lehmann hatte sich verabschiedet und dabei den Hut gezogen. Nie hätte sie geglaubt, dass sie ausgerechnet mit diesem Mann, der ihr noch vor Kurzem Schauer über den Rücken gejagt hatte, eines Tages spannende und aufschlussreiche Gespräche führen könnte. In diese Gedanken versunken fiel sie in tiefen Schlaf.

Als sie aufwachte, war sie regelrecht verärgert darüber, dass sie in letzter Zeit häufig tagsüber schlief. Seufzend räkelte und streckte sie sich und nahm die Frankfurter Rundschau vom Tisch. Natürlich interessierte sie sich auch jetzt ausschließlich für die Fortschritte bei den

Mordermittlungen. Sie musste eine Weile suchen, bis sie auf Seite 22 der heutigen Ausgabe folgende spannende Überschrift fand: »Erfolgversprechende Spur im Bordell-Mord«.

Vier Tage lang hätten etwa zwei Dutzend Beamte im Fall der Kettenhofwege ermittelt, las Helga, und sie seien auf eine erfolgversprechende Spur gestoßen: In dem Haus seien außer den vier getöteten Frauen drei weitere aus Russland beschäftigt gewesen. Gabor Bartos habe nämlich für verschiedenste Geschäfte die Sportflugzeuge des Typs »Piper Arrow« eines 36-jährigen Amerikaners geflogen. Die Maschinen standen in Egelsbach und Ungarn.

Das Telefon klingelte.

»Das wird der Herr Lehmann sein. Er hat das sicher auch gelesen.« Sie nahm das Telefon vom Tisch. »Lindemeyer?«

»Tante Helga?«

»Ach, Moni, du?«

»Ich versuche die ganze Zeit, dich zu erreichen. Du warst heute Vormittag nicht da. Jedenfalls bist du nicht ans Telefon gegangen. Leider musste ich arbeiten, deswegen melde ich mich erst jetzt wieder. Ist alles in Ordnung?«

»Ja, Kind, ich ärgere mich nur gerade über einen Artikel in der Zeitung, der im Grunde nichts aussagt. Reporter möchte ich nicht sein, wenn die immer nur um den heißen Brei herumreden.«

»Sprichst du von einem Artikel über die Morde?«

»Worüber sonst, Moni? Hier im Umfeld kommt gerade niemand zur Ruhe.«

»Das glaube ich gern. Die ganze Stadt kennt kaum ein anderes Thema. Auch im Krankenhaus geht es nur um die Morde.«

»Ich war heute Morgen mit einem Nachbarn zum Kaffee verabredet. Wir haben uns lange über die Morde ausgetauscht. Herr Lehmann ist pensionierter Lehrer und hat zwei der Mädchen aus der Villa Deutschunterricht erteilt.«

»Ach ja?«

So begann Helga zu erzählen. Von den Presseartikeln, von den Umständen, die Lehmann immer wieder zur Villa gezogen hatten, und schließlich von der Schülerin Lisa.

»Lisa? Das ist merkwürdig. Der Name sagt mir irgendwas, wann soll das gewesen sein?«

»Ich denke, er sagte vor sieben Jahren.«

19
SAMSTAG, 20. AUGUST 1994

Helga war früh aufgestanden. Seit halb zehn versuchte sie, Lehmann im Viertelstundentakt zu erreichen. Doch der meldete sich nicht. Nervös kochte sie sich in der Küche bereits die dritte Tasse Kaffee. Da läutete es. Das war wohl Monika. Helga drückte auf den Summer, öffnete die Wohnungstür und trat ins Treppenhaus. Sie vernahm schwere Schritte, die sich ganz und gar nicht nach ihrer Nichte anhörten. »Wer ist da?«, rief sie hinunter.

»Nicht erschrecken, Frau Lindemeyer, ich bin's, Albert Lehmann. Ich möchte Ihnen etwas zeigen. Darf ich kurz heraufkommen?«

»Natürlich.«

Lehmann trug wie so oft bei der Hitze seinen Strohhut, den er höflich abnahm. Unter seinem Arm klemmte eine Zeitung. »Sehr warm da draußen heute«, sagte er.

»Kommen Sie rein. Das war Gedankenübertragung. Ich habe mehrfach versucht, Sie anzurufen, und mich gewundert, dass Sie nicht abgenommen haben.«

»Ich musste etwas erledigen. Soll ich die Schuhe ausziehen?«, fragte Lehmann.

»Nein, lassen Sie nur. Wollen Sie einen Kaffee?«

»Sehr gerne.«

»Mit Milch?«

»Mit Milch und ein wenig Zucker, wenn es Ihnen nichts ausmacht.«

»Nehmen Sie schon mal Platz.« Helga wies mit der Hand auf das Sofa im Wohnzimmer und verschwand in der Küche.

Lehmann sah sich um. Schließlich wandte er sich zum Erkerfenster und blickte hinaus.

Als Helga zurückkam, gab sie ihm eine Kaffeetasse in die Hand. »Wollten Sie sich nicht setzen?«

»Doch. Schön ist es hier und dazu der Blick direkt auf die imposante Villa gegenüber. Und selbst zu mir können Sie schauen. Sehen Sie den Balkon dort drüben? Das ist meiner.«

»Ich weiß, dass das Ihrer ist. Den Blick auf die Villa werde ich allerdings nicht mehr allzu lange genießen können.«

»Wie meinen Sie das?«

»Ich bin drauf und dran, in die Seniorenanlage an der Eschersheimer Landstraße zu ziehen. Sobald ein Platz frei wird, bin ich hier weg.«

»Wirklich? Aber nicht etwa wegen der Morde?«

»Ich denke seit einiger Zeit darüber nach. Eigentlich hatte ich es nicht so eilig. Im Frühling wollte ich es sogar noch komplett absagen. Aber ja, die Morde haben mir die Entscheidung abgenommen. Ich wache mit den Gedanken an die armen Menschen auf und schlafe mit denselben Gedanken ein.«

»Ach, Frau Lindemeyer, mit der Zeit wird es uns allen besser gehen. Sie wissen doch, die Zeit heilt alle Wunden.«

»Das sagt gerade der Richtige. Sie sind doch noch immer nicht über das Verschwinden Ihrer Schülerin hinweggekommen. Ich möchte Ihnen, was das betrifft, etwas sehr Wichtiges sagen. Das ist auch der Grund dafür, dass ich heute händeringend versucht habe, Sie zu erreichen. Am besten, Sie stellen bitte die Tasse auf den kleinen Tisch neben der Couch und hören mir zu.«

Lehmann gehorchte und setzte sich.

»Ich habe gestern mit meiner Nichte telefoniert. Sie ist meine einzige Verwandte und steht mir sehr nah. Außerdem ist sie mir eine große Stütze. Da wir keine Geheimnisse voreinander haben und sie sich um mich kümmert, wollte ich auch, dass sie von unserem gestrigen Treffen erfährt.«

»Von unserem? Jetzt hat sie Ihnen ausgeredet, sich weiterhin mit mir auszutauschen, wollen Sie mir das sagen?«

Helga, die noch immer vor Lehmann stand, ließ sich rotwangig in ihren Ohrensessel plumpsen. »Nein, darum geht es nicht. Sie ist Krankenschwester im Marienkrankenhaus. Ich habe ihr davon berichtet, dass Sie Lehrer am Goethe-Gymnasium waren. Stimmt doch, oder?«

»Ja.«

»Und dass eine Ihrer Schülerinnen vor etwa sieben Jahren verschwunden ist. Sie sagten, ihr Name war Lisa, nicht wahr?«

Lehmann nickte.

»Monika konnte sich an die Geschichte erinnern. Und zwar deshalb, weil die Polizei auch im Marienkrankenhaus und anderen Krankenhäusern nach ihr gesucht hat. Liegt vermutlich nahe, oder?«

»Ich denke auch.«

»Monika wusste sogar noch einige Details. Denn es

kam einige Monate später heraus, dass eine Lisa kurz vor dem Abitur mit dem Sohn eines Prominenten durchgebrannt ist. Den Namen des bekannten Mannes kann ich nicht mal vor Ihnen laut aussprechen.« Sie stand auf und beugte sich zu Lehmann hinunter. »Ich flüstere ihn Ihnen ins Ohr.«

Lehmann war wie vom Donner gerührt. »Der? Nein! Das kann ich kaum glauben. Das hätte ich Lisa nicht zugetraut. Und dann?«

Helga setzte sich wieder. »Lisa war, so hieß es wohl, so fasziniert von dem Jungen oder vielleicht auch vom berühmten Vater, dass sie offenbar alles um sich herum vergessen hatte. Sogar die Schule.«

»Ich fasse es nicht. Das hätte ich eher bei allen anderen vermutet, nicht bei Lisa. Nein. Was ist aus ihr geworden, wissen Sie das?«

»Die beiden sind wohl mit dem Flitzer seines Vaters durch halb Deutschland gefahren. Haben oft den Standort gewechselt, weil Lisa gesucht wurde. Sie hat sich während ihrer Reise die Haare abgeschnitten und gefärbt, um nicht erkannt zu werden. Sie schien heftig in der Pubertät gewesen zu sein.«

»Und weiter?«

»Aus welchen Gründen auch immer sind sie nach Frankfurt zurückgekehrt. Wer weiß, vielleicht hatte das Mädchen Heimweh. Doch kaum waren sie wieder in Frankfurt, kam es zu einem schweren Unfall. Ihr Freund verlor die Kontrolle über das Fahrzeug und prallte gegen eine Ampel. Beide waren verletzt. Sie wurden ins Krankenhaus gebracht. Und zwar ins Marienkrankenhaus. Ist das nicht ein verrückter Zufall?«

»Das kann man wohl sagen. Wieso erfuhr die Öffentlichkeit nichts davon?«

»Wegen des Prominenten hat man das Ganze sehr diskret behandelt. Von Diskretion können wir im Fall des Bordells in unserer eigenen Straße wohl ein Lied singen, nicht wahr?«

»Und was ist nun aus Lisa geworden?«

»Das weiß ich nicht, besser gesagt, Monika weiß es nicht. Lisa wurde, als es ihr besser ging, aus dem Krankenhaus entlassen, so viel steht fest.«

»Das heißt also, sie lebt?«

Helga nickte. »Genau das wollte ich damit sagen. Nun gut, es ist Jahre her. Aber sie ist jung. Warum sollte sie nicht leben?«

Lehmann faltete die Hände. »Danke, Frau Lindemeyer. Sie wissen gar nicht, was Sie mir mit dieser Botschaft für eine unglaubliche Freude bereiten. Freude trifft es nicht einmal. Erleichterung. Ich fühle eine Befreiung. Ich hoffe inständig, dass es sich wirklich um die richtige Lisa handelt, also um meine Schülerin. Der Vorname ist nicht selten.«

»Monika durfte mir natürlich ihren Nachnamen nicht nennen, sagte jedoch, dass sie ein Gespräch mitbekam, bei dem es darum ging, dass das Mädchen kurz vor dem Abitur am Goethe-Gymnasium stand.«

»Oh, das ist wunderbar. Dann ist sie es wohl.«

»Sie versprechen mir, dass dieses Gespräch unter uns bleibt, Herr Lindemeyer? Ich möchte nicht, dass meine Nichte Schwierigkeiten bekommt. Sie ist sehr verschwiegen und hätte mir das niemals erzählt, wenn ich nicht gesagt hätte, dass es Ihr Leben, Herr Lehmann, sehr stark in Mitleidenschaft gezogen hat. Monika nimmt ihre Arbeit nämlich sehr ernst und möchte keinesfalls Schwierigkeiten bekommen.«

»Ich verspreche es. Sie wissen gar nicht, was mir diese Nachricht bedeutet. Dafür bin ich Ihnen und Ihrer Nichte ewig dankbar.« Nun erst trank er von seinem Kaffee. »So schade, dass mich die Eltern nie darüber informiert haben. Das wäre doch das Mindeste gewesen, gerade da man mir so zugesetzt hat. Durch Sie, Frau Lindemeyer, kann ich endlich mit dem Kapitel abschließen.«

»Jetzt hoffen wir mal, dass wir bald von gegenüber«, Helga deutete zum Fenster, »auch gute Nachrichten bekommen. Na ja, gut wird da leider nichts mehr. Sie wissen, was ich meine. Dass die Mörder bald geschnappt werden. Kürzlich hat eine Nachbarin von einem Geisterhaus gesprochen. Irgendwie hat sie recht. Mich fröstelt, wenn ich rüberschaue.«

Lehmann nahm die Zeitung zur Hand, die er zuvor neben sich gelegt hatte. »Heute schon Zeitung gelesen?«

»Wie konnte ich? Ich sagte doch, ich habe den ganzen Morgen versucht, Sie zu erreichen, und bin deshalb nicht aus dem Haus gekommen. Gibt's was Neues?«

»Das kann man wohl sagen. Das wird für Sie eine große Überraschung.«

*

Helga würde diesen Tag nie vergessen. Sie hatte Herrn Lehmann beruhigen können. Das nahm ihr viel von dem schlechten Gewissen, das sie ihm gegenüber hatte, weil sie ihn so schlecht behandelt hatte. Sie hatte nicht nur Lehmann verkannt, sondern auch Herrn und Frau Bartos, die sie viele Jahre zu kennen geglaubt hatte. Menschenkenntnis schien ihr nicht in die Wiege gelegt worden zu sein.

Sie brachte die Kaffeetassen in die Küche, nachdem Lehmann gegangen war. Dieser Tag war für sie beide bedeutend gewesen. Sie hatten sich die Köpfe heißgeredet, sich an die letzten Beobachtungen erinnert und waren zu dem Schluss gekommen, dass es befreiend war, über Geschehenes zu sprechen. Besonders, wenn es wie in diesem Fall erschütternde und traumatische Umstände waren.

Aber nun würde sie sich die Zeit nehmen, Isolde einen Brief zu schreiben und ihr dabei ein klein wenig auf die Finger zu klopfen. Von Isolde war offenbar keine Post zu erwarten. Also setzte Helga sich an ihren Schreibtisch und nahm das Briefpapier hervor, das sie vor einiger Zeit bei Ingrid Bartos persönlich gekauft hatte. Eine Weile starrte sie auf das leere Papier und dachte an die verstorbene Frau. Ob sie wohl lange hatte leiden müssen?

»Liebe Isolde,

ich wollte Dir längst schreiben, aber hier nehmen die Schreckensnachrichten kein Ende. Ich dachte eigentlich, Du hättest von den Morden im Kettenhofweg in den Nachrichten oder der Presse gehört und würdest Dich nach mir erkundigen. Es ist nämlich eine Bürde, unmittelbar an einem Tatort zu wohnen. Anscheinend bist Du aber so eingespannt, dass selbst diese spektakulären Ereignisse an Dir vorbeigezogen sind. Ich sagte doch, Du sollst Dich mehr schonen, sonst nimmt das noch irgendwann ein schlimmes Ende, liebe Isolde. Ein wenig enttäuscht mich schon, dass immer ich diejenige bin, die schreibt, damit ich wenigstens hin und wieder eine Antwort von Dir bekomme. Aber genug damit. Du wirst wissen, was Du tust.

So viel sei vorweggesagt: Hier hat es Tote gegeben, Isolde. Ja, du liest richtig. Ich rede von sechs getöteten Menschen. Und rate wo? In der Villa von den Bartos, in die wir uns bei deinem letzten Besuch hineingestohlen haben. Vielleicht solltest Du nun den Brief sinken lassen und Dir zur Beruhigung einen Tee kochen, bevor Du weiterliest. Ich kann Dir sagen, es ist ein Wunder, dass ich das gesundheitlich weggesteckt habe. Es geschah in der Nacht auf den 15. August. Ach, ich bin so aufgeregt, dass ich nicht weiß, wo ich anfangen soll. Natürlich will ich Dich weder aufregen noch mit Details langweilen, deswegen lege ich ein paar Zeitungsartikel bei, damit du Dir selbst ein Bild machen kannst. Du sollst sie Dir in Ruhe durchlesen, damit Du siehst, dass ich nicht übertreibe. Aber so viel sei gesagt: Die Mörder haben das Ehepaar Bartos und vier der jungen Mädchen getötet, genauer gesagt erdrosselt. Kannst Du Dir das annähernd vorstellen? Herr Lehmann und ich gingen davon aus, dass es die Russenmafia gewesen sein könnte. Ach ja, jetzt machst Du sicher große Augen, weil ich von Herrn Lehmann spreche. Er ist in Ordnung. Besser gesagt, liebe Isolde, er ist ein unbescholtener Mann. Es waren persönliche Gründe, die ihn zur Villa zogen. Er war kein Freier. Er ist ein gebildeter Mensch und man kann sich hervorragend mit ihm unterhalten. Ich werde Dir das im nächsten Brief gerne genauer erzählen. Du brauchst mich nur darum zu bitten. Erika und ich haben uns auch wieder versöhnt. Die neuesten Zeitungsartikel werde ich Dir nicht schicken können, da ich sie noch ein- oder zweimal lesen möchte. Manchmal braucht man Zeit, um zu begreifen. Zu aufwühlend ist diese Tragödie. Es war angeblich nicht die Russenmafia, wie ich anfänglich geglaubt habe. Auch wenn ich persönlich nach wie vor meine Zweifel hege. Es soll ein Ehepaar gewesen sein. Du wirst dir jetzt die Augen reiben und an deinem Verstand zweifeln. Ich werde Dir demnächst mehr Details verraten. Glaube mir, so etwas kann sich keiner ausdenken. Der Film ›Das Schweigen der Lämmer‹ hat mir Angst gemacht. Aber er ist harmlos im Vergleich zu dem, was hier in der Realität geschehen ist. Wenn Du mich das nächste Mal besuchst, werde ich mit Glück schon im Seniorenheim wohnen. Schlafen kannst Du dann leider nicht bei mir. Ich werde Monika fragen, ob Du bei ihr übernachten kannst, denn ein Hotel will ich Dir keinesfalls zumuten. Ich will Dich nun nicht länger mit meinen Befindlichkeiten quälen und wünsche Dir eine schöne Zeit. Natürlich hoffe ich auf eine Rückmeldung von Dir.

Herzliche Grüße,
Deine Helga«

Als Helga in dieser Nacht zu Bett ging, fiel sie in einen unruhigen Schlaf. Im Traum erschien ihr ihr verstorbener Mann. Er trug die goldene Rolex von Herrn Bartos am Arm und machte kein Hehl daraus, dass er Nacht für

Nacht die Villa aufsuchte, wenn Helga zu Bett gegangen war. Am meisten liebte er die schöne Blonde. Lauthals lachte er über Helgas Naivität. »Du glaubst, ich hätte es nicht gewusst? Ganz im Gegenteil, meine Liebe. Ich bin der Partner von Gabor Bartos. Ich helfe ihm, die schönsten Frauen im Osten zu suchen und fliege regelmäßig nach Russland, um sie nach Deutschland zu holen. Eines der beiden Flugzeuge gehört mir! Und nun rate, wer die Morde begangen hat?«

Helga erwachte von ihrem eigenen Schrei. Ihr Puls raste und sie japste nach Luft. Es dauerte eine ganze Weile, bis ihr klar wurde, dass sie geträumt hatte. Gott sei Dank. Ihr Mann hätte ihr das niemals angetan. Und er besaß weder einen Pilotenschein noch ein Flugzeug. Einen solchen Unsinn hatte sie lange nicht mehr geträumt. Allerdings hatte Heinz ihr verschwiegen, dass er über das Bordell im Bilde war. Sie sah ihn in ihrer Erinnerung vor sich, wie er gebannt aus dem Fenster schaute. Hübsche junge Dinger hatte er die Mädchen genannt. So redete man nicht von Frauen, die sich prostituieren. Das war verwerflich und Helga gegenüber respektlos. »Heinz, du Ferkel.« Lustlos rappelte sie sich auf und ging zum Kleiderschrank. Dort hingen noch immer ein paar Jacketts und Hosen ihres Mannes. Sie hatte sich nicht davon trennen wollen, denn sie dufteten, als hätte er sie gerade erst ausgezogen. Sie steckte ihre Nase in den Schrank und atmete tief ein. Angenehm roch es. Angenehm und vertraut. Unwillkürlich griff sie in die Taschen der Jacketts, nach verräterischen Spuren suchend. Sie wusste selbst nicht recht, was sie darin finden wollte. Fotos der Mädchen? Telefonnummern? Doch Heinz' Taschen waren leer. »Ich könnte dir nie verzeihen, wenn du mich hintergangen hast, Heinz.«

Sie sah auf die Wanduhr mit dem goldenen Rahmen, die neben dem Schrank an der Wand tickte. Heinz hatte sie ihr zum 50. Geburtstag geschenkt. Es war erst 6:30 Uhr in der Frühe und außerdem Sonntag. Kurz überlegte sie, ob sie noch etwas im Brief an Isolde ergänzen sollte, doch wozu. Stattdessen entschied sie, sich noch einmal hinzulegen. Vielleicht würde sie den Brief nicht einmal abschicken. Den vorigen hatte sie auch zerrissen. Helga seufzte, als sie sich ihr Kopfkissen zurechtrückte und die Augen schloss. Ob sie Herrn Lehmann bitten sollte, mit ihr nächsten Freitag zum Museumsuferfest zu gehen? Ein spezielles chinesisches Feuerwerk war angekündigt. Ein Geschenk der chinesischen Partnerstadt mit einem für Helga unaussprechlichen Namen. Sie hatte ihn sich zwar notiert, aber schon wieder vergessen. Allerdings rechnete man mit etwa 300.000 Besuchern. Das war zu viel für eine Frau ihres Alters. Nein, sie würde Herrn Lehmann nicht darum bitten. Schließlich waren sie keine Freunde, bloß eine Art Zweckgemeinschaft. Sie würden sich bei ihrem Kontakt aufs Wesentliche beschränken und das waren die Morde. Was wohl noch ans Licht kommen würde?

20

MITTWOCH, 24. AUGUST 1994

Helga und Lehmann saßen zum wiederholten Mal gemeinsam im Mövenpick. Dieses Mal im Garten. Helgas Gesicht war vor Aufregung und von der Hitze rotgefleckt, genau wie damals, als Heinz und Blanka Zmigrod sehr zeitnah verstorben waren.

»Nun ist es also amtlich, wenn man diesem Artikel trauen darf«, stellte Helga fest. »Die Mörder haben Namen. Sofia und Eugen Berwald. Und es handelt sich ganz offenbar um die Frau mit den langen blonden Haaren, die auch in dem Bordell gearbeitet hat, und den Mann mit dem klapprigen Auto. Ach, ist das grausam. Wissen Sie was? Zunächst dachte ich, er sei Elektriker, wegen all der Kabel, die in seinem Auto lagen. Später kam mir der Gedanke, dass er Undercover-Ermittler oder Detektiv gewesen sein könnte. Das würde erklären, warum er so oft in unserer Gegend war. Ich habe ihm einmal in die Augen gesehen. Ein eiskalter Blick, kann ich Ihnen sagen. Er stand unmittelbar vor mir. Ich bin froh, dass sie ihn gefasst haben, sonst würde ich mich nicht mehr vor die Tür trauen.«

»Wieso stand er vor Ihnen?«

»Ich habe einen Blick in sein Auto riskiert. Ich will sagen, mehr so im Vorbeigehen. Deswegen weiß ich das von den Kabeln. Es war ihm wohl nicht recht.

Jedenfalls hat er gewirkt, als sei er gar nicht begeistert.«

Lehmann konnte sich ein Lachen nicht verkneifen. »An Ihnen ist eine Privatdetektivin verloren gegangen. Erst inspizieren Sie die Villa und dann das Auto eines Mörders.«

»Hören Sie bitte auf. Ich habe einem Mörder in die Augen geschaut. Einem kaltblütigen Killer, der sechs Menschen getötet hat. Wer hätte gedacht, dass einer alten Frau wie mir so etwas passiert?«

»Es ist Ihnen nichts zugestoßen. Das ist die Hauptsache. Aber überlassen Sie die detektivische Arbeit besser den Fachleuten, wenn Sie mich fragen. Wie er ums Haus rumgeschlichen ist, war auffällig. Ich dachte sofort, dass er nichts Gutes im Schilde führt.«

»Wahrscheinlich wollte er die Gewohnheiten der Bewohner beobachten.«

»Ich frage mich, wie man es kräftemäßig bewältigt, sechs Menschen zu erdrosseln und zu erwürgen. Das ist in meinen Augen nicht möglich. Der Mann muss meiner Meinung nach Helfer gehabt haben.«

»Ich weiß nicht recht. Es wurden Kabel benutzt. Und die kann man ganz einfach zuziehen, stelle ich mir vor«, meinte Helga.

»Du liebe Zeit, Frau Lindemeyer.« Lehmann lehnte sich zurück und verschränkte nachdenklich die Arme. »Es ist so: Ein Mensch stirbt nicht sofort, wenn man ihm die Luft abdrückt. Es dauert eine kleine Ewigkeit, bis er bewusstlos ist, und auch dann ist er noch nicht tot.«

»Woher wissen Sie das so genau?«

»Ich kenne einen Rechtsmediziner. Von ihm konnte ich viel lernen. Hochinteressant, wenn man sich für die Methodik der Rechtsmedizin interessiert. Jedenfalls weiß ich nun, wie viel Kraft man braucht, um einen Menschen zu erwürgen oder wie gesagt zu erdrosseln. Wenn der Druck auch nur für einen Moment nachlässt, gelangt wieder Sauerstoff ins Gehirn und die Person hat die Chance zu überleben.«

»Was ist denn da eigentlich der Unterschied? Mal sprechen wir über Erwürgen, dann über Erdrosseln?«

»Mit bloßen Händen spricht man vom Erwürgen. Mit einem Gegenstand, wie beispielsweise einer Schnur oder in diesem Fall den Kabeln, nennt man es Erdrosseln.«

»Das ist in jedem Fall eine grausame Mordmethode. Ach, Herr Lehmann, wäre ich doch nicht so dumm gewesen. Ich habe die Kabel im Auto von Berwald selbst gesehen. Hätte ich doch die Polizei alarmiert.« Sie fasste sich hilflos an die Stirn.

»Machen Sie sich keine Vorwürfe. Niemand rechnet mit einer solchen Tat. Aber noch mal, ich frage mich, wie die Frau in die Morde involviert war, also diese Sofia. Ich meine, ob sie aktiv am Töten beteiligt war. Sie ist eine zierliche Person. Der Mann hingegen, also dieser Eugen Berwald, ist groß und kräftig.«

Helga nickte. »Der hat Oberarme, dagegen können Sie einpacken, Herr Lehmann.«

»Ich war auch nicht immer alt, Frau Lindemeyer.«

»Verzeihen Sie, natürlich nicht.«

Lehmann lachte. »Selbst dann ist es ein enormer Kraftakt, in nur einer Nacht sechs Personen zu erdrosseln! Und Sofia ist sehr zierlich. Ich glaube nicht, dass sie körperlich in der Lage war zu helfen. Ich sage doch, er hatte bestimmt kräftige Helfer.«

»Sie meinen sicher die Mafia?«

»Denkbar.«

»Vielleicht sind es auch Freunde von ihm, die mit ihm in dem Aussiedlerheim lebten. Hier steht, dass sich Berwald einen Tag nach den Morden einen VW Golf für 22.000 Mark gekauft hat.«

Helga nickte. »Spricht für einen skrupellosen Menschen, der nicht mal abwarten konnte, bis Gras über die Sache gewachsen ist.«

»Wie meinen Sie das?«

»Na, mit dem Autokauf. Ich kann's irgendwo verstehen. Sein Auto war schrottreif. Aber wenn ich die Taten begangen hätte, würde ich mich nicht verdächtig machen, indem ich unmittelbar danach ein Auto kaufe. Sie etwa?«

Lehmann zuckte mit den Achseln. »Ich würde sowieso keins kaufen. Er war im Ostallgäu, also weit weg, und dachte bestimmt nicht, dass die ihm längst auf den Fersen sind. Wie heißt es so schön? Der Teufel steckt im Detail. Man hat bei ihm im Ostallgäu auch noch Kabel gefunden. Die hätte er wohl besser verschwinden lassen sollen. Daran erkennen wir, dass er arglos war. Außerdem trug er die Rolex von Bartos am Arm.«

Helga nickte. »Wissen Sie, was ich nicht verstehe? Dass Bartos das einzig vollständig bekleidete Mordopfer war. Eines der Mädchen feierte Geburtstag. Da ist man normalerweise bekleidet, oder?«

»Gute Frage. Vielleicht sind die Frauen im Laufe des Abends in die Sauna gegangen oder der oder die Mörder haben sie ausgezogen? Irgendwo habe ich gelesen, dass die Mörder die Toten regelrecht zur Schau gestellt haben. Einige waren gefesselt und geknebelt, bei einer der Frauen lag ein Tuch auf dem Gesicht, eine andere hatte einen Ärmel tief im Mund stecken. Alle Frauen waren nackt oder halbnackt.«

Helga erschauderte bei dem Gedanken. »Eventuell sexuelle Motive?«

»Schon möglich. Zumindest haben die Knebel wohl verhindern sollen, dass die Opfer schreien.«

»Mir kann man nicht weismachen, dass die geschlafen haben, wie es in einem Artikel stand.«

»Zumindest nicht alle. Es heißt ja, dass Gabor Bartos ungewöhnlich früh von einem Spaziergang zurückkam und es einen Kampf gegeben haben soll, wobei der Berwald ihn getötet hat.«

»Es war ein ungleicher Kampf wegen der Beinprothese von Bartos«, sagte Helga.

»Stimmt, aber er hat hart gekämpft. Ich bin sicher, weil der Berwald keine Zeugen wollte, hat er die anderen dann der Reihe nach getötet. Wir werden bestimmt in den nächsten Tagen weitere Details erfahren. Achten Sie auf alles, was Ihnen merkwürdig vorkommt, Frau Lindemeyer. Und Vorsicht auf der Straße. Man weiß nie, wer einem begegnet.«

Helga lachte. »Sag ich doch immer.«

Eine halbe Stunde später verabschiedeten sich die beiden. Lehmann ging zurück ins Westend, während Helga ein paar Erledigungen machen wollte. »Wenn ich schon mal in der Stadt bin.«

Lehmann ging zu Fuß über die Bockenheimer Landstraße, er hatte es nicht eilig und wollte sich noch ein wenig die Beine vertreten. Im Café Laumer kaufte er sich ein Stück Apfeltorte, setzte seinen Weg fort und bog in die Feuerbachstraße ein. Es war zwar ein Umweg bis zu seiner Wohnung, aber er genoss, nach und nach ohne Schmerzen weitere Strecken gehen zu können. Er war kein ängstlicher Mensch, aber die Ereignisse der letzten Zeit gingen auch an ihm nicht spurlos vorüber, deshalb schaute er sich bereits zum zweiten Mal um. Auch das Gespräch mit Frau Lindemeyer hatte ihm zugesetzt. Als er den Westendplatz erreichte, kaufte er sich am Kiosk eine FAZ. Wenige Minuten später wollte er in die Arndtstraße einbiegen, drehte sich vorher aber noch einmal um. Dabei übersah er die Bordsteinkante und stolperte. Er ruderte mit den Armen, verlor das Gleichgewicht und schlug hart mit dem Kopf auf der Bordsteinkante auf.

*

Die Sommertage waren anstrengend für einen alten Menschen wie Helga. Das Thermometer hatte die 30-Grad-Marke erreicht und auch heute würden die Temperaturen sich kaum abkühlen, allerdings war laut Vorhersage eine langsame Besserung in Sicht. Es ging auf September zu. Nur gut, dass Karlchen nicht mehr lebte. Ihm hatte die Hitze in den vergangenen Jahren schwer zugesetzt.

Helga war dankbar, dass sie bei Herrn Lehmann stets auf offene Ohren stieß. So hatten sich die vergangenen Tage besser bewältigen lassen. Heute ging sie schon zum dritten Mal ins Bad, um sich mit Waschlappen und kaltem Wasser zu erfrischen.

Das Telefon klingelte. Endlich, das war Herr Lehmann, dachte sie und nahm das Gespräch an.

»Hier ist Erika. Wie geht es dir und was gibt es Neues? Kommst du langsam ein wenig zur Ruhe? Werner sagt, ich soll dich zu einem Spaziergang im Taunus überreden. Was hältst du davon? Die Polizei hat ohnehin eine Nachrichtensperre in Bezug auf den Mordfall verhängt.«

Helga stutzte. »Wirklich?«

»Werner sagt, dann gibt es eine neue Spur. Also, was sagst du dazu? Mal ein bisschen Taunusluft schnuppern, kann nicht schaden. Das bringt dich auf andere Gedanken. Das Leben muss weitergehen, Helga.«

»Das ist lieb von euch, leider steht mir momentan nicht der Sinn danach. Außerdem warte ich auf einen Anruf. Merkwürdig, das mit der Nachrichtensperre. Die behaupten doch, die Täter zu kennen!«

»Du meinst, die junge Frau, die sogar im Bordell gearbeitet hat?«

»Die meine ich. Sie und ihr Mann. Sie heißen Eugen und Sofia Berwald.«

»Ich weiß nicht recht. Werner meint, da müssen weitere Personen mit drinstecken. Genau deswegen werden die sich jetzt der Öffentlichkeit gegenüber zurückhalten.«

»Vielleicht wollten sich die beiden an Herrn Bartos rächen, weil sie der Ansicht waren, dass die junge Frau zu wenig Geld verdiente«, sagte Helga.

»Du meinst, die haben das Geld einfach genommen, weil's da rumlag? Das glaube ich nicht.«

»Es handelte sich, glaube ich gehört zu haben, um etwa 10.000 Mark. Es war ein Raubüberfall. Da lässt man das Geld nicht liegen. Weißt du, was ich besonders schlimm finde? Ich sah die Mädchen manchmal auf dem Balkon sitzen. Sie flachsten viel und ich hatte das Gefühl, sie wären Freundinnen. Wie man sieht, guckt man niemandem hinter die Stirn. Sofia Berwald wohnte mit ihren Kolleginnen unter einem Dach und plante eiskalt den Überfall. Davor haben die sogar noch eine Party gefeiert, hast du das gelesen?«

»Ja, es gruselt mich. Weißt du, was ich gar nicht verstehe?«

»Was?«, fragte Helga.

»Na ja, sind die Mörder gemütlich durchs Haus spaziert und alle ließen sich dann ohne einen Mucks töten?«

»Die Opfer waren doch über ein paar Etagen verteilt.«

»Irgendjemand muss doch was gehört haben! Selbst wenn die Täter von Stockwerk zu Stockwerk gegangen sind.«

»Ja, Erika, aber sie feierten wie gesagt zuvor Geburtstag. Es könnte sein, dass alle betrunken waren und deshalb nichts mitbekommen haben.«

21
DONNERSTAG, 25. AUGUST 1994

Es war beinahe Mittag und Helga hatte immer noch nichts von Herrn Lehmann gehört. Das wunderte sie, denn in letzter Zeit hatten sie nahezu täglich Kontakt gehabt. Sollte er etwa verärgert sein? Aber warum? Sie hatten sich gut verstanden. Helga griff zum Telefon. Sie kannte seine Nummer auswendig. Das Freizeichen ertönte. Sie ließ es ausdauernd läuten, bis das Telefonat automatisch abgebrochen wurde. Leider besaß der Mann keinen Anrufbeantworter, auf dem sie eine Nachricht hinterlassen konnte. Hatte Lehmann kurzfristig zum Arzt gemusst? Wahrscheinlich machte sein Knie Probleme. Sie waren gestern lange gelaufen. Auch sie spürte ihre Knochen. Plötzlich kam ihr eine Idee. Heute war Markttag in Bockenheim. Kürzlich erst hatte Herr Lehmann ihr erzählt, dass er regelmäßig auf den Markt ging. Sie könnte dort nach ihm Ausschau halten und bei der Gelegenheit selbst einkaufen. Etwas frisches Obst konnte bei der Hitze nicht schaden. Wenn sie sich beeilte, würde sie ihn dort hoffentlich antreffen. Dieses Mal wollte *sie* ihn zum Kaffee einladen. Sie stellte sich vor den Badezimmerspiegel und bürstete sorgfältig ihr Haar. In der Schublade ihres Allibert-Schrankes bewahrte sie Lippenstifte auf. Sie hatte schon seit Langem keinen mehr aufgelegt, aber heute war ihr danach.

Sie wählte einen dezenten rostfarbenen, passend zum beigen Sommerkleid. Der leicht ranzige Geruch des Lippenstifts irritierte sie zwar, aber das Ergebnis war zufriedenstellend. Wer sagte, dass eine ältere Dame nicht apart aussehen konnte? Keck zwinkerte sie ihrem Spiegelbild zu, ging in die Diele und zog ihre braunen Sandaletten aus dem Schuhregal. Dann holte sie ihren Einkaufskorb und machte sich auf den Weg.

»Ah, die Frau Lindemeyer, wie geht es Ihnen? Schick sehen Sie aus.« Herr Wickler stand am Briefkasten, gerade als Helga die Treppe herunterkam.

»Vielen Dank für das Kompliment. Mir geht es den Umständen entsprechend gut.«

»Die haben ein Ehepaar festgenommen, das für die Taten verantwortlich ist. Das ist doch mal eine gute Nachricht, oder? Meine Frau sagt sogar, sie kennt die beiden vom Sehen. Zumindest können wir jetzt aufatmen.«

»Leider traue ich dem Frieden nicht. Das mag am Schock liegen. Warten wir's ab. Ich wünsche Ihnen einen angenehmen Tag. Ich muss zum Einkaufen.« Helga war froh, sich für den Marktbesuch entschieden zu haben. Erst jetzt merkte sie, wie wohltuend die Gespräche mit Herrn Lehmann waren. Sie machten ihr Mut, das alles durchzustehen. Er war für sie ein Quell der Kraft. Gleich würden sie sich hoffentlich über den Weg laufen und über die neuesten Entwicklungen sprechen. Ihr fiel schon jetzt ein Stein vom Herzen und sie lächelte unvermittelt. Vor Herrn Lehmanns Haus blieb sie stehen und sah zu seinem Balkon hinauf. Die Balkontür war gekippt. Kurzentschlossen drückte sie auf die

Klingel. Sie wartete einige Minuten, vergebens, betrübt setzte sie ihren Weg fort. Als sie die Senckenberganlage hinablief, erfreute sie sich an lachenden Schulkindern und fröhlich wirkenden Menschen, die in ungezwungene Gespräche verwickelt waren. Das Leben ging weiter. Die Welt um sie herum war nicht zerbrochen, sie lebte, war bunt und pulsierte, Helga brauchte nur hinzuschauen. Beinahe hätte sie vergessen, dass es in Frankfurt noch etwas anderes gab als den Tatort Kettenhofweg.

Als sie den Markt erreichte, grüßte sie den netten Herrn, der seit Jahren gegenüber der Universitätsbibliothek antiquarische Bücher und Zeitungen verkaufte. Er gehörte zum Stadtbild Bockenheims wie kein anderer. »Schön, Sie zu sehen«, rief er ihr zu. Er wusste nicht, wo sie wohnte, auch nicht, wie sie hieß. Sie kannte umgekehrt auch seinen Namen nicht. Und dennoch kannte man sich und freute sich darüber, einander zu begegnen.

Helga ging auf ihn zu. »Kann ich Ihnen eine Rundschau abkaufen?«

»Leider nur die FAZ, die Rundschau ist aus.«

»Die lese ich normalerweise nicht, aber wenn nichts anderes da ist, geben Sie her. Ich möchte, dass Sie Umsatz machen.« Sie bezahlte die Zeitung.

»Sie denken mit«, sagte der Mann.

»Machen Sie's gut, bis zum nächsten Mal und passen Sie auf sich auf.« Helga winkte zum Abschied.

Der Markt war um die Mittagszeit so belebt, dass sie nur langsam von Stand zu Stand kam. Am Wurst- und Fischstand aßen die Menschen an Stehtischen. Geschäftsleute, die eilig eine kurze Mittagspause einschoben, bevor sie sich wieder in die Büroarbeit stürzten. Alles war wie immer. Es war die Gewohnheit, die ihr gefehlt hatte, wie sie über sich selbst erstaunt feststellte. Helga würde sich zurück ins normale Leben kämpfen. Sie fühlte sich beinahe wie nach einer schweren Krankheit, die sie überstanden hatte. Ein Ehepaar aus der Nachbarschaft winkte ihr zu. Sie freute sich, es tat gut, Menschen zu begegnen, die ihr zulächelten. Suchend blickte sie sich um. Doch ein großer Herr mit Strohhut war weit und breit nicht auszumachen. So kaufte sie ein wenig Obst und ein paar Eier fürs Wochenende. Am Blumenstand verharrte sie und entschied sich für einen kleinen Strauß Sonnenblumen, die sollten Leben in die Wohnung bringen. Am Käsestand, dem letzten Wagen des Marktes, hatte sich eine lange Schlange gebildet. Sie reihte sich ein, weniger um zu kaufen, sondern um einen Grund zu haben, noch eine Weile dazustehen und auf Herrn Lehmann zu warten.

An der Ecke des Marktes saß wie immer auf einem Klappstuhl ein alter Mann, der freundlich grüßend die Obdachlosenzeitung feilbot. Helga gab ihm Geld, wann immer sie ihm begegnete. »Geht es Ihnen gut?«, fragte sie.

»Schlechten Menschen geht es immer gut«, antwortete er fröhlich. Den Spruch kannte sie seit vielen Jahren von ihm.

»Ich habe nie gesehen, dass Sie auch nur ein einziges Mal schlechter Laune waren. Wie machen Sie das nur?«, fragte sie.

»Das Leben ist zu kurz für schlechte Laune«, antwortete der Mann und entblößte mit einem breiten Lächeln einen zahnlosen Oberkiefer.

»Da gebe ich Ihnen recht.«

Lehmann traf sie an diesem Morgen leider nicht. Frankfurt bestand nicht nur aus dem Marktplatz in Bockenheim, musste Helga sich eingestehen. Sie wollte nicht hoffen, dass er in der Zwischenzeit bei ihr zu Hause angerufen hatte. Es gab Tage, da fand man einfach nicht zueinander. Helga machte sich auf den Heimweg. Wenn sie heute nichts voneinander hören würden, tröstete sie sich, dann wären die Gespräche morgen umso interessanter und umfangreicher. Noch einmal blieb sie auf dem Rückweg vor Lehmanns Haus stehen, noch einmal betätigte sie die Klingel. Die Balkontür war noch immer gekippt. Ob der Mann krank war? Am Ende war ihm etwas zugestoßen? Der Gedanke jagte ihr einen Schauer über den Rücken. Was, wenn ihn ein Mafioso aufgesucht hatte? Lag Herr Lehmann in der Wohnung mit einer Kugel im Kopf? Irritiert von ihren trüben Gedanken trottete sie die letzten Meter bis zu ihrem Wohnhaus. Gerade noch hatte sie sich über die netten Menschen gefreut, nun kamen sie wieder, die Ängste, die gewiss unbegründet waren. Wahrscheinlich wollte Herr Lehmann einfach seine Ruhe haben. Er brauchte ihr gegenüber keine Rechenschaft abzulegen. Sie waren nur Bekannte und besprachen die Ereignisse der letzten Tage, um besser damit klarzukommen. Aber man sollte nicht ständig darüber reden. Im Grunde kannten sie sich so gut wie gar nicht.

Gerade wollte sie den Hof ihres Hauses betreten, als ihr ein Mann mit einer dunklen Sonnenbrille auf dem Gehweg auffiel. Ihr war, als hätte sie ihn schon mal irgendwo gesehen. Der Mann schien eine Sekunde zu zögern, musterte sie dabei, wie sie glaubte, und setzte seinen Weg fort in Richtung Senckenberganlage.

In der Wohnung stellte Helga die Einkäufe ab und warf einen Blick auf ihr Telefon. Kein Blinken, kein Anruf in Abwesenheit. Sie nahm die Sonnenblumen aus dem Papier, steckte sie achtlos in eine Vase und hätte um ein Haar vergessen, Wasser einzufüllen. Lustlos brachte sie die volle Vase ins Wohnzimmer und platzierte sie auf dem Couchtisch. Traurig schaute sie aus dem Erkerfenster. Das Haus gegenüber wirkte wie ein Geisterschloss. Die Fenster waren zu toten schwarzen Löchern geworden. Löcher, aus denen die Seelen der Toten vorwurfsvoll zu ihr hinüberstarrten. Sie fühlte es und fröstelte. Die Schmidt hatte recht. Die Aura des Hauses war vom Tod überschattet. Das Sonnenlicht spiegelte sich in einem der Fenster, als ob jemand von drinnen Lichtzeichen morste. Ein Hilferuf, ein SOS? Ihr war, als sehe sie Schatten hinter den Scheiben. Eine Amsel flog direkt an ihrem Erker vorbei. Erschrocken wich sie zurück und atmete durch.

Nachdem sie sich gefasst hatte, schüttelte sie den Kopf und wunderte sich über ihre eigentümlichen Ideen.

22
FREITAG, 26. AUGUST 1994

Der Briefumschlag, den Helga aus dem Briefkasten zog, trug einen schwarzen Rand. Helga war zu Tode erschrocken. Sofort kam ihr Albert Lehmann in den Sinn. Auf dem Umschlag stand nur ihr Name und ihre Adresse, kein Absender. Sie hatte ihre Brille in der Wohnung liegen lassen, denn sie wollte schnell zum Westendplatz zu Rosa. Deshalb legte sie den Brief zurück in den Kasten. Sie würde das Kuvert später in der Wohnung öffnen, wenn sie saß. Eine Todesnachricht von Albert Lehmann würde ihr den Boden unter den Füßen wegziehen.

In dunkle Ahnungen versunken ging sie bis zur Beethovenstraße, bog in die Westendstraße ein und begab sich auf direktem Weg zum Westendplatz. Sie hätte den Brief öffnen sollen. Was interessierte sie das Weltgeschehen, wenn es möglicherweise vom Tod einer nahestehenden Person überschattet wurde. Trotz der angenehmen Temperaturen war ihr kalt.

Als Helga den Kiosk erreichte, war Rosa allein. »Helga, du siehst nicht gut aus. Hast du dich noch immer nicht beruhigt?«

»Ich komme nicht zur Ruhe. Sag mal, hast du in den letzten Tagen den Herrn Lehmann gesehen?«

Rosa überlegte, dann grinste sie. »Ihr wart kürzlich gemeinsam hier, nicht? Dabei erinnere ich mich gut, dass du ihn vor nicht allzu langer Zeit gefürchtet hast. Ich dachte, ich sehe nicht recht, als du an seinem Arm hingst. Was ist passiert?« Rosa zwinkerte. »Helga, Helga, du bist mir eine.«

»Wir hatten etwas zu besprechen und sind auf dem Heimweg noch schnell bei dir vorbeigegangen. Ich lag bei ihm völlig falsch. Er ist ein seriöser Mann. Hast du ihn seitdem noch mal gesehen?«

»In letzter Zeit hat er regelmäßig bei mir Zeitungen gekauft. So wie du und viele andere auch. Die Leute wollen wissen, was wirklich geschehen ist. Gestern war er auch hier.«

»Wirklich?« Helga atmete auf. Er lebte. Der Trauerbrief galt nicht Herrn Lehmann. Selbst wenn ihm gerade erst etwas passiert wäre, hätte die Todesanzeige nicht jetzt schon in ihrem Briefkasten gelegen.

»Ich habe einen interessanten Artikel für dich aus der Bild-Zeitung. Hier, schenke ich dir. Ich kenne sie schon.«

Zu Hause angekommen öffnete Helga den Briefkasten und nahm den Umschlag heraus. Nachdenklich stieg sie die Stufen hinauf. Sicher ein Trauerfall in der Nachbarschaft. Man kannte sich hier und informierte sich gegenseitig.

In der Wohnung zog sie ungeduldig die Schuhe von ihren Füßen, schlüpfte in ihre Pantinen, ging zum Ohrensessel und warf die Zeitung auf den Tisch. Sie setzte sich, nahm einen tiefen Atemzug und öffnete das Kuvert. Ungläubig blickte sie auf die Anzeige, dann begann sie bitterlich zu weinen.

23
SONNTAG, 4. SEPTEMBER 1994

»Lieb, dass du mir beigestanden hast, Monika. Allein hätte ich das nicht geschafft, schon gar nicht mit der Bahn und dann zu diesem Anlass. Allein das Umsteigen! Ich wüsste gar nicht, ob ich das Gleis finden würde. Außerdem muss man ständig die Rolltreppen rauf und runter.«

»Ja, in Hamburg muss man mit der Rolltreppe nach unten zu den Gleisen fahren. In Frankfurt sind die Bahnsteige zum Glück ebenerdig. Ist doch klar, dass ich dir beistehe, Tante Helga. Aber wenn es nach mir gegangen wäre, hätten wir eine Nacht drangehängt. Es gibt dort nette Hotels. Und ein gemütliches Abendessen in Hamburg hätte Entspannung gebracht. Wir sind seit 5 Uhr auf den Beinen. Eine Hin- und Rückreise an einem Tag ist selbst für mich anstrengend. Und erst recht, wenn es um eine Beerdigung geht.«

»Wann kommt der Zug in Frankfurt an?«, fragte Helga.

Monika sah auf ihre Armbanduhr. »Es ist kurz nach vier nachmittags. Gegen 17 Uhr sind wir da.«

»Tut mir leid, dass wir nicht geblieben sind, aber ich wollte einfach nur nach Hause. Das Herz ist mir schwer. Das letzte Mal stand ich am 12. März am Bahnhof und habe auf sie gewartet. Was war ich froh damals. Und dann habe ich sie kaum wiedererkannt, weil sie so klein und zerbrechlich geworden ist. Erinnerst du dich? Du kamst am nächsten Morgen zum Frühstück. Du hast nie was gesagt, hast du gemerkt, wie krank sie war?«

Monika dachte nach. »Ich war schon erschrocken, ich habe sie kaum wiedererkannt. Aber ich hatte sie ewig nicht gesehen. Und als sie so fröhlich lachte, da dachte ich mir nichts dabei.«

»Sie hat mir nichts von ihrer Krankheit erzählt. Jetzt begreife ich, weshalb sie vor ihrem Besuch ihre Arztgänge erledigen wollte. Die arme Isolde. Kind, merkst du was? Alle Menschen um mich herum sterben. Ist das nicht entsetzlich? Von Karlchen ganz abgesehen. Meinen Brief hat Isolde nicht mehr bekommen. Jetzt weiß ich, warum sie sich nicht gemeldet hat. Ich bin etwas traurig, weil ich die Todesanzeige so spät bekommen habe. Ich war eine ihrer ältesten Freundinnen.«

»Das hat dir Andrea doch erklärt, Tante Helga. Die haben mitbekommen, was in Frankfurt passiert ist. Sie wussten gar nicht, ob sie dich überhaupt verständigen sollten. Aber da du eine ihrer engsten Freundinnen warst, mussten sie es tun. Sie hätten allerdings volles Verständnis gehabt, wenn du nicht zur Beerdigung gekommen wärst. Andrea ist eine nette Frau und war sicher für Isolde eine gute Tochter.«

»Sie hat Isolde ziemlich stark eingespannt«, sagte Helga traurig. »Hoffentlich war das nicht der Grund für ihre Krankheit.«

»Nein, Tante Helga. Die Enkel haben Isolde glücklich gemacht. Das habe ich ihren Gesprächen entnommen. Das hatte nichts mit der Krankheit zu tun.«

»Hm.« Helga wischte sich Tränen aus den Augen. »Die Nächste bin ich.«

»Ach, Tante Helga, wie kommst du denn darauf?«

Helga zuckte die Achseln. »Was soll ich denn noch hier? Bald ist niemand mehr da, der mir nahesteht.«

»Bin ich niemand? Außerdem hast du noch Erika. Und was ist mit diesem Herrn Lehmann?«

»Herr Lehmann? Ich weiß nicht, was aus ihm geworden ist. Er hat sich scheinbar in Luft aufgelöst. Das scheint am Kettenhofweg zu liegen. Irgendwer verschwindet dort immer. Moni, er hat mir gutgetan. Er ist ein gebildeter Herr mit einem wachen Verstand. Und er hat dasselbe gesehen wie ich. Wir konnten uns über das Verbrechen austauschen. Das hat mir geholfen. Man kommt besser zurecht, wenn man sich austauscht. Und plötzlich nichts mehr. Von einem auf den anderen Tag. Kein Wort, kein Anruf, nichts.«

»Dann ist es an der Zeit, dass du ausziehst. Ich wollte es dir wegen der Beerdigung noch nicht sagen, in der Kursana wartet ein Platz auf dich.«

Helga machte große Augen. »So plötzlich? Ich meine, ich will ja hin, aber jetzt?«

»Du kannst dir Zeit lassen. Wenn du den Platz annimmst, musst du ihn halt bezahlen. Wenn du nicht sofort einziehen willst, dann ist das deine Sache und na ja, die deines Geldbeutels. Überleg es dir. Wir müssen uns bald entscheiden. Ich habe ihnen mitgeteilt, dass ich dich diese Woche wegen der Beerdigung nicht ansprechen kann. Bis Ende nächster Woche muss ich Bescheid geben.«

Helga seufzte. »Ich denke drüber nach.«

Eineinhalb Stunden später hatte Monika ihre Tante zu Hause abgesetzt. Helga öffnete den Briefkasten und stellte enttäuscht fest, dass er leer war. Die Tür der Wohnung von Wicklers öffnete sich. Frau Wickler hielt einen Stapel Zeitungen in der Hand. »Guten Abend, Frau Lindemeyer, ich habe Sie gerade kommen hören. Rosa vom Kiosk war gestern da und hat sich nach Ihnen erkundigt. Sie macht sich Sorgen, weil Sie längere Zeit nicht bei ihr waren. Diese Zeitungen soll ich Ihnen mit einem schönen Gruß reichen.«

Helga nahm den Stapel entgegen. »Danke, Frau Wickler, war zufällig heute ein älterer Herr mit Strohhut hier?«, fragte sie.

»Mir ist niemand aufgefallen.«

»Danke noch mal, dass Sie die Zeitungen angenommen haben. Einen schönen Abend noch.«

Betrübt setzte sich Helga in ihrer Wohnung in ihren Ohrensessel und blickte aus dem Fenster auf die leere Straße. Sie nahm das Telefon und wählte Lehmanns Nummer. Doch auch dieses Mal hatte sie keinen Erfolg. Ihr fiel die Zeitung ein, die ihr Rosa beim letzten Besuch am Kiosk gegeben hatte. Isoldes Tod hatte sie zu sehr beschäftigt. Den Artikel von Rosa wollte sie zuerst lesen, bevor sie sich an den neuen Zeitungsstapel machte.

Gleich auf Seite zwei der Bild-Zeitung vom 26. August stieß sie auf einen großen Artikel über Veronika Sorokina, eines der Opfer. Der Titel lautete: »Ich wünsche mir einen guten Mann und liebe Kinder.«

Helga betrachtete atemlos die Fotos. Die junge Frau hatte sie vom Sehen gekannt. Auf einem kleinen Foto trugen zwei Männer ihren verhüllten Leichnam aus der

Villa. Rechts daneben befand sich ein Klassenfoto von Veronika in ihrer Heimat Sankt Petersburg mit Mitschülerinnen und der Lehrerin. »Sie ähnelt Sofia Berwald«, murmelte Helga. »Ein auffallend hübsches Mädchen.«

Weiter unten war Veronika als Baby und Kleinkind abgelichtet. Dann ein Foto mit ihren Eltern. Der Vater sei Frührentner wegen einer schweren Erkrankung.

Zum ersten Mal las Helga einen Teil der Lebensgeschichte eines der toten Mädchen. Ein Opfer, das durch die Geschichte eine Persönlichkeit bekam, die Anonymität verlor. Der Name der jungen Frau war Veronika Sorokina. Vor ihrer Zeit in Deutschland war sie Textilverkäuferin gewesen. Sie war erst 18 Jahre alt, als sie starb, und das jüngste Opfer der Villa.

Sie arbeitete im Bordell, um Geld zu verdienen. Sie floh aus einem hoffnungslosen Leben – vor einem undurchdringlichen Geflecht aus Schwarzgeld, Korruption, mafiöser Gewalt und Armut in Russland.

Helgas Hand zitterte so heftig, dass sie die Zeitung sinken ließ. Wieder nahm sie das Telefon und wählte Lehmanns Nummer, bevor sie weiterlas.

Veronika sei in einer Zweieinhalb-Zimmer-Wohnung aufgewachsen, was laut Artikel in Russland keine kleine Wohnung sei. Der Vater sei Schiffselektriker gewesen, bevor er frühzeitig verrentet wurde. Der Familie stünden 50 Mark zum Leben zur Verfügung. Ihrem Tagebuch habe Veronika anvertraut, dass sie sich einen gutbezahlten Job und eine Familie wünsche. Irgendwann sei sie auf eine Zeitungsanzeige, in der Frauen für eine »angenehme Tätigkeit« in Deutschland gesucht wurden, gestoßen. Es gab dazu den Kontaktnamen »Marina« mit einer Chiffrenummer. In ihr Tagebuch schrieb Veronika, dass die Frau mit dem Namen Marina ihr einen gutbezahlten Job in Frankfurt angeboten habe. Sie solle aber mit niemandem darüber sprechen.

Veronikas Eltern seien skeptisch gewesen, dass ihre Tochter in ein Land mit einer anderen Sprache und anderen Sitten ziehen wollte. Aber die junge Frau wollte ohnehin nach drei Monaten zurückkehren. Am 28. Juli sei sie nach Frankfurt geflogen. Das Ticket sei von »Marina« bezahlt worden. Einen Tag vor den Morden habe sie zum letzten Mal mit ihren Eltern telefoniert und gesagt, sie sei bei einer Frau Ingrid angestellt und arbeite an einer Bar. Je mehr Sekt sie verkaufe, desto mehr Geld bekäme sie.

Die Aussage las sich für Helga so, als habe Ingrid Bartos das Bordell geführt, nicht ihr Ehemann.

Sie habe sich schon eine schöne Handtasche leisten können, schrieb die junge Frau den Eltern.

Helga seufzte. »Vielleicht war Isolde im März, als sie beide in der Villa waren, Veronika begegnet und hatte sogar in deren Zimmer geschaut. Da hatten doch Handtaschen herumgestanden, wenn ich mich recht entsinne? Ach, Isolde, die Frage wirst du mir nicht mehr beantworten können.«

Die Mutter soll laut Artikel gefragt haben, wann genau Veronika nach Hause käme. Das junge Mädchen sprach von einer Rückkehr am 2. September.

Helgas Augen wurden feucht. »Das wäre vorgestern gewesen. Armes Mädchen und arme, arme Eltern.«

Dem Artikel zufolge sagte der Vater des Mädchens, dass nachts um 1:15 Uhr Polizisten vor der Tür standen und ihnen mitteilten, dass Veronika tot sei. Nähere Informationen habe man ihnen vorenthalten.

Helga legte die Zeitung beiseite und weinte über das Mädchen, die anderen Opfer und über alles, das ihr in letzter Zeit zu schaffen gemacht hatte. Als die Tränen versiegt waren und sie sich etwas besser fühlte, nahm sie sich die Frankfurter Rundschau vom 27. August vor. »Bordell-Morde. Verdächtiger macht neue Angaben«.

Dem Artikel nach erklärte der verdächtige 26-jährige Deutschrusse Eugen Berwald seinem Anwalt, dass er am Tattag gegen 5 Uhr morgens vier Russen die Tür zur Villa geöffnet habe. Die seien mit einer Prostituierten im Saunabereich verschwunden, behauptete er. Einer der Männer habe dem Tatverdächtigen angeblich zwei Reisetaschen und einen Sack gegeben. Sein Name sei Alexander gewesen. Er habe vom Tatverdächtigen verlangt, die Sachen zu beseitigen. In den Taschen hätten sich Stromkabel und die Rolex von Gabor Bartos befunden. Alexander habe das Haus damit verlassen. Der Tatverdächtige glaube, dass die vier die Mörder waren und ihm die Taschen übergeben hatten, um ihn zu belasten. Der Anwalt äußerte, dass er überzeugt sei, das Ehepaar Sofia und Eugen Berwald hätte die Menschen aus moralischen Gründen nicht umbringen können. Die Spur führe nach Russland.

Helga dachte laut nach. »Wenn Berwald die Wahrheit sagt, dann werden vier Männer gesucht. Ob Herr Lehmann einen Verdacht hatte? Womöglich hat er etwas beobachtet und auf eigene Faust Nachforschungen angestellt. Dann gibt es zwei Möglichkeiten. Entweder er meldet sich nicht, weil er mich raushalten will, oder die haben es bemerkt und Lehmann verschleppt oder ausgeschaltet.«

Helga suchte die Visitenkarte der Polizisten, die bei ihr gewesen waren, und überlegte. Sollte sie ihren Verdacht melden? Wie groß war die Wahrscheinlichkeit, dass Lehmann entführt worden war? Und wie groß war die Gefahr, dass sie zum nächsten Opfer wurde, wenn sie sich einmischte? Mafiosi hörten garantiert Leitungen ab. Wenn sie Lehmann beobachtet hatten, kannten sie auch Helga, ihre Adresse und sicher ihre Telefonnummer, denn die stand im Telefonbuch. Sie starrte auf das Telefon, als könne es jeden Moment zur Bestätigung läuten. Nein, sie nahm von ihrer Idee Abstand. Sie würde vorläufig nichts unternehmen. Sie zog die Schreibtischschublade auf und legte die Visitenkarte auf den Briefstapel, den sie im Lauf der Jahre von Isolde bekommen hatte. »Isolde, du kannst mir nicht mehr helfen. Aber wenigstens bist du dort oben in Sicherheit.«

24
MONTAG, 5. SEPTEMBER 1994

Das letzte Mal hatte Helga gegen 2 Uhr morgens auf die Uhr geschaut, dann musste sie eingeschlafen sein. Gerade war es 8:30 Uhr und sie hatte das Gefühl, gar nicht geschlafen zu haben. In letzter Zeit betrachtete sie Schlaf als Notwendigkeit, die ihr keine Erholung brachte.

Trotz des Nieselregens war sie zu Herrn Lehmanns Haus gegangen, um Frau Meier, die Nachbarin von Herrn Lehmann, aufzusuchen. Möglicherweise hatte die etwas gehört. Drei Nachrichten, die sie in seinem Briefkasten eingeworfen hatte, waren unbeantwortet geblieben. Beherzt drückte sie auf die Klingel.

»Hallo?«, fragte eine weibliche Stimme durch die Freisprechanlage.

»Frau Meier?«

»Ja, wer ist da?«

»Lindemeyer.« Helga sah sich vorsorglich um und ging nah an den Lautsprecher heran. »Würden Sie mich kurz ins Haus lassen? Es dauert nicht lange. Aber ich will Ihnen das nicht hier draußen erklären.«

»Frau Lindemeyer? Helfen Sie mir auf die Sprünge?«

»Ach so, ja, entschuldigen Sie. Wir haben uns an Rosas Kiosk kennengelernt. Sie hörten dabei, wie Rosa und ich über Ihren Nachbarn, Herrn Lehmann, sprachen.«

Der Summer wurde gedrückt und das Gartentor sprang auf. Auch die Haustür summte. Helga betrat das Treppenhaus und hörte eilige, sich nähernde Schritte. Frau Meier kam, eine Schürze umgebunden, die Treppe hinunter.

»Hallo, Frau Lindemeyer. Ich erinnere mich an Sie. Was kann ich für Sie tun?«

»Ich will Sie nicht lange aufhalten, es ist nur so, ich versuche seit geraumer Zeit, Herrn Lehmann zu erreichen. Ich mache mir Sorgen um ihn. Wissen Sie, ob er verreist ist?«

»Ich nehme es an. Ich ziehe schon seit Tagen die Post, die aus seinem Briefkasten herausragt, aus dem Schlitz, damit niemand auf die Idee kommt, bei ihm einzubrechen.«

»Sie wissen auch nicht, wo er hingefahren sein könnte?«

Frau Meier schüttelte den Kopf. »Er muss Hals über Kopf weggefahren sein, wenn Sie mich fragen. Er hat sogar vergessen, seine Balkontür zu schließen. Das passiert ihm öfter. Manchmal ist Herr Lehmann etwas zerstreut. Auch als er zur Kur musste, vergaß er, jemanden darum zu bitten, sich um seinen Briefkasten zu kümmern.«

»Sie glauben also nicht, dass ihm etwas zugestoßen ist? Ich meine, er könnte in seiner Wohnung liegen.«

»Ach du lieber Gott, nein, soweit denke ich gar nicht. Und ich kann doch nicht einfach die Tür zu seiner Wohnung öffnen lassen, um nachzusehen.«

»Es ist nur, wir standen eine Weile in Kontakt und plötzlich, so holterdiepolter, meldet er sich nicht mehr. Dabei gab es nicht den geringsten Grund dafür.«

»Dazu kann ich leider nichts sagen.« Frau Meier sah auf die Uhr. »Ich muss wieder nach oben, mein Braten will aus dem Ofen. Ich glaube, ich sagte Ihnen damals bereits, dass der Mann recht ruhig und zurückgezogen lebt. Oft begegne ich ihm wochenlang nicht. Deshalb mache ich mir keine Gedanken. Ist mir lieber so als laute Nachbarn, die einem ständig auf den Wecker gehen.«

»Das verstehe ich zu gut. Sie glauben nicht, dass der Vermieter vielleicht mal nachsehen könnte?«

»Es ist eine Eigentumswohnung.« Sie zögerte einen Moment, dann sagte sie: »Wenn's stinkt, würde ich's merken. Apropos Stinken, mein Braten, bitte entschuldigen Sie. Machen Sie sich keine Sorgen um Herrn Lehmann, der taucht wieder auf.« Mit diesen Worten lief Frau Meier eilig die Treppe hinauf.

Helga ging nach draußen, stand noch eine Weile unschlüssig vorm Haus und schaute zu Lehmanns Balkon hinauf. Nichts zu machen. Im Augenblick kam sie nicht weiter. Das musste sie akzeptieren und sich in Geduld üben. Wahrscheinlich machte sie sich um alles und jeden zu viele Gedanken. Lehmann war verreist, Punkt. Er war ihr keine Rechenschaft schuldig. Er würde sich schon melden, wenn er zurückkehrte und ihm daran gelegen war.

Auf der anderen Straßenseite sah sie einen dunkel gekleideten Mann mit Sonnenbrille. Bei dem Nieselwetter? Ein unangenehmes Gefühl beschlich sie, gleichzeitig kam ihr eine Erinnerung in den Sinn. War ihr der Mann nicht schon kürzlich über den Weg gelaufen? Eilig setzte sie sich in Bewegung. Nach ein paar Schritten drehte sie sich um. Ihr war, als sähe er gerade hinauf zu Lehmanns Wohnung.

*

Seit Karlchens Tod schaltete Helga regelmäßig den Fernseher ein. Er bewahrte sie vor der Einsamkeit, wie auch heute. Nebenbei arbeitete sie sich durch einen Stapel noch immer ungelesener Zeitungsartikel. In letzter Zeit hatte sie das Interesse an den Meldungen über die Verbrechen verloren, denn ohne den Austausch mit Herrn Lehmann zog sie nur die falschen Schlüsse. Der Mann mit der Sonnenbrille ließ ihr keine Ruhe. Auch wenn sie ihr Instinkt manchmal trog, so glaubte sie dennoch, dass es einen Zusammenhang zwischen ihm und den Verbrechen geben könnte. Ein Artikel aus der Frankfurter Rundschau vom 24. August schien das zu bestätigen. »Bordellbetreiber soll mit Russenmafia gedealt haben«, lautete die Überschrift.

Laut einer Zeugin soll Gabor Bartos Kontakt zur russischen Mafia in Budapest gehabt haben. Jetzt werde dazu ermittelt. Angeblich soll sich Bartos in regelmäßigen Abständen mit dem Paten der russischen Mafia, Szewa Mogilevics, in Budapest getroffen haben, besagte der Artikel. Szewa soll Bartos Prostituierte aus seinen Häusern zukommen lassen haben.

Die ungarische Polizei habe eine Spezialeinheit auf den Mafiaboss angesetzt.

Bei Treffen der beiden in Frankfurt sei Wodka getrunken worden. Es wurde viel über den Waffen- und Kokainhandel gesprochen. Es sollen außerdem zwölf Kilogramm Kokain verkauft worden sein.

Helga klatschte in die Hände. Ich wusste es, dachte sie. Isolde und ich hätten damals die weißen Päckchen finden müssen. Wir sind viel zu eilig davongelaufen. Sonst wären heute alle sechs Opfer noch am Leben. Wahrscheinlich verhaftet, aber wenigstens lebendig.

Die Informantin, las sie, sei eine 27-jährige Prostituierte aus Moskau, die angeblich selbst im Kettenhofweg tätig gewesen war. Bartos soll sie mit dem Flugzeug nach Deutschland geholt haben. Es sollen hin und wieder Partys in der Villa stattgefunden haben. Zuletzt seien dabei zwei Amerikaner und drei Russen anwesend gewesen. Was sie gesprochen hatten, habe die Frau aufgrund fehlender Russischkenntnisse nicht verstanden. Sie sei ein paar Monate später in ein Bordell in Köln gebracht und dort bei einer Razzia festgenommen worden, behauptete sie. Polizei und Justiz seien überrascht über Bartos' Verbindungen zur Mafia gewesen.

Im Zusammenhang mit Drogen- und Waffenhandel seien Russen in Frankfurt nicht aktiv gewesen. Es sei laut Polizei nur von Kfz-Verschiebungen die Rede gewesen.

Das konnte sich Helga nicht vorstellen. »Dennoch wusste ich, da steckt viel mehr dahinter. Der Berwald sagt selbst, er hat den Mördern die Tür geöffnet. Das passt ins Bild.«

Helga stand auf, ging an ihre Vitrine, nahm ein Fläschchen Eierlikör sowie ein Likörglas heraus und schenkte sich ein. Im Fernsehen lief Reklame. Sie setzte sich zurück in ihren Ohrensessel, nahm sich einen Artikel vom 27. August aus der Frankfurter Rundschau vor und seufzte. »Man weiß wirklich nicht, was man der Journaille glauben soll.« »Der Pate dementiert«, hieß es da. Der Pate Semion Szewa Mogilevics habe sich mit einem Journalisten im »Hauptquartier« in Budapests Süden getroffen, einer von Wächtern gesicherten Elektronikfirma, die dem »Paten« gehörte. Dort sollen allerhand Luxuskarossen, auch mit amerikanischen Kennzeichen, gestanden haben. Der Journalist habe Szewa Fotos von Bartos vorgelegt, einmal lebend, einmal tot. Der Pate habe behauptet, den Mann nicht zu kennen. Er habe ihm auch keine Prostituierten geschickt. Er sei das letzte Mal vor zwei Jahren in Frankfurt und dabei nie in einem Bordell gewesen. Und er kenne noch nicht einmal den Namen des Bordellbetreibers. Außerdem habe Mogilevics nichts mit Menschenhandel zu tun.

Ob es stimme, dass das Budapester Nachtleben von der russischen Mafia überwacht werde, wollte der Journalist wissen, und ob sich die Bosse in Budapest im »Black and White« treffen würden, einer Oben-ohne-Bar.

Sie habe ihm 1991 gehört, bestätigte der Pate, aber von einem Treffpunkt der Mafia sei ihm nichts bekannt.

Helga trank einen kräftigen Schluck Eierlikör und starrte gedankenverloren aus dem Fenster. »Ich glaube diesem Menschen kein Wort. Es würde mich nicht wundern, wenn am Ende herauskommt, dass Herr Bartos die Mädchen bei sich untergebracht hat, um sie vor der Mafia zu beschützen. Aber was weiß eine alte Frau wie ich schon über die Gebräuche der Mafiosi. Ich wünsche mir nur, dass alle, die schuldig sind, zur Rechenschaft gezogen werden. Sie sollen bis ans Lebensende für die schrecklichen Verbrechen büßen.« Sie trank den restlichen Inhalt des Glases in einem Zug und gähnte. Der Eierlikör tat seine Wirkung. Sie schaltete den immer noch laufenden Fernseher mit der Fernbedienung aus und lehnte sich zurück, denn ihre Augenlider wurden schwer und sie fiel augenblicklich in einen wirren Traum.

Jemand klopfte beharrlich gegen die Wohnungstür. »Wer ist da?«, fragte Helga.

»Kripo. Öffnen Sie die Tür«, rief eine tiefe Stimme.

»Sie waren doch vor Kurzem erst hier? Warum wollen Sie reinkommen?«, Helga wusste nicht recht, ob sie das geflüstert hatte.

Die männliche Stimme rief erneut. »Nun machen Sie endlich auf.«

Helga stand mühevoll auf. Ihre Beine fühlten sich schwer an, als hingen bleierne Manschetten an ihren Knöcheln, und der Weg zur Tür kam ihr unendlich lang vor. Doch als sie öffnen wollte, war die Tür zugesperrt. »Warten Sie einen Moment, ich bin gleich da.« Sie sah sich suchend um. Sie verschloss die Tür stets von innen und ließ den Schlüssel gewöhnlich im Schloss stecken. Aber da war er nicht.

»Öffnen, sagte ich.«

Helgas Herz schlug heftig. Schließlich fand sie den Schlüssel. Er steckte in ihrer Jackentasche. Sie schob ihn ins Schloss, doch der Bart wollte nicht hineingleiten.

»Was tun Sie da so lange?«, fragte die dunkle Stimme.

»Einen Moment noch, bitte.«

Da sprang die Tür auf und Helga erstarrte. Vor ihr stand der Mann mit der Sonnenbrille. Der Mann, der ihr schon zweimal begegnet war. Sie versuchte, die Tür zuzuwerfen, doch er war bereits halb in die Wohnung eingedrungen und drängte sie vor sich her. »Los, ins Wohnzimmer mit dir.« Der Mann packte Helga an den Schultern. Sie fragte sich, woher er wusste, wo sich ihr Wohnzimmer befand.

Seine Brillengläser waren verspiegelt und sie erkannte ihr schreckensbleiches Gesicht darin, ihr Mund weit geöffnet, wie zu einem Schrei. Doch es entfuhr ihrer Kehle kein Laut.

»Was haben Sie mit mir vor?«, presste sie mit großer Anstrengung heraus.

Der Mann lachte, ohne zu antworten, und entblößte goldene Schneidezähne.

So sieht ein Mafioso aus, schoss es ihr durch den Kopf. Sekunden später verlor sie das Gleichgewicht und stürzte rittlings zu Boden. Breitbeinig stand er über ihr und zog etwas aus seiner Hosentasche, beugte sich zu ihr hinunter und hielt es ihr vor die Nase.

»Das …, das ist ein Foto von meiner Nichte. Woher haben Sie es?«

»Ich habe es geschossen. Und wenn du nicht aufhörst, herumzuschnüffeln, werde ich noch einmal schießen. Aber nicht mit der Kamera, sondern mit der Wumme hier.« Er griff in seine Jackentasche und zog einen Revolver daraus hervor.

»Bitte nicht. Tun Sie ihr nichts, ich bitte Sie«, stieß sie hervor.

»Dann hör auf, herumzuschnüffeln!«

Der Mann stellte seinen Fuß, der in einem schweren Lederstiefel steckte, hart auf ihre Brust. Es tat weh, so weh, das Atmen fiel ihr schwer. Sind Sie Szewa, wollte sie fragen. Doch sie konnte nicht, hatte keine Kraft. In ihrer Brust breitete sich ein starker Schmerz aus. Plötzlich fuhr sie hoch, riss die Augen auf. Der Mann war fort, ihr Körper schweißnass. Sie lag nicht mehr am Boden, sondern im Ohrensessel. Er musste sie dort hineingehoben haben. Ihr Brustkorb schmerzte noch immer heftig. Der Mann hatte ihr wohl eine Rippe gebrochen. Ängstlich schaute sie sich um. Neben sich auf dem Couchtisch stand ein leeres Eierlikörglas. Da begriff sie. Niemand war in ihrer Wohnung gewesen. Sie war eingeschlafen, hatte das alles zum Glück nur geträumt. Ein grauenvoller Traum. Doch woher kamen das Ziehen in den Armen, der Druck im Oberbauch und die aufsteigende Übelkeit? Ihr rann der Schweiß von der Stirn. Die Schmerzen steigerten sich ins Unermessliche. Sie schnappte nach Luft. Mit höchster Anstrengung beugte sie sich zur Seite, die Fernbedienung des Fernsehers fiel zu Boden. Sie angelte nach ihrem Telefon. Mit letzter Kraft wählte sie den Notruf.

25
SAMSTAG, 1. OKTOBER 1994

»Lehn dich zurück, Tante Helga, ich packe deine Füße in den Fußsack, damit du es bequem hast.«

»Danke, Moni«, sagte Helga, die in ihrem Ohrensessel saß und aus dem Fenster schaute. »An diesen Blick werde ich mich erst noch gewöhnen müssen. Hier herrscht ziemlich viel Verkehr und ich sehe kaum vorübergehende Menschen. Ob mir das auf Dauer gefallen wird?«

»Bestimmt, dein Zimmer ist richtig gemütlich und dein Schreibtisch kommt hier besonders gut zur Geltung, findest du nicht? Genau wie die Wanduhr von Onkel Heinz. Er wäre froh, dass du dich entschieden hast, herzuziehen. Da bin ich mir sicher.«

Helga nickte bedächtig. »Wahrscheinlich. Zum Glück musste ich mich nicht um den Umzug kümmern. Das hätte ich dann doch nicht übers Herz gebracht.«

Monika lächelte. »Stattdessen hast du dir spontan eine gewaltige Auszeit verpasst.«

»Kind, in meinem Alter passiert das mal. Aber jetzt bin ich wieder topfit. Die Reha war hart. Immerhin bin ich fünf Kilo leichter. Tut mir richtig gut. Ich bin viel beweglicher. Muss ich auch sein, wenn ich mich demnächst auf alte Pfade begeben will.«

»Das wirst du schön bleiben lassen. Du hast gerade

noch mal Glück gehabt, einen weiteren Herzinfarkt kannst du dir nicht leisten.«

»Dabei hat mir Bad Nauheim recht gut gefallen. Ist ein hübscher Kurort und man kommt mal auf andere Gedanken.«

»Genau das brauchtest du auch. Der Stress hat dich am Ende krank gemacht.«

»Ich habe während des Aufenthalts gehofft, dass ich Herrn Lehmann treffe. Du weißt ja, dass er sich nie mehr bei mir gemeldet hat. Ich dachte eine Weile, er hätte sich sein zweites Knie machen lassen.«

»Sein Knie?«

»Er hat Arthrose und brauchte ein künstliches Gelenk oder so was. Er war beim ersten Knie ebenfalls zur Reha in Bad Nauheim. Ich hatte die vage Hoffnung, ihn dort zu treffen. Wirklich schade, dass ich nicht weiß, was aus ihm geworden ist. Sobald ich mich hier eingewöhnt habe, werde ich nachforschen.«

Monika schüttelte energisch den Kopf. »Tante Helga, wir haben uns doch darauf geeinigt, dass Schluss mit den Nachforschungen ist, erinnerst du dich?«

»Was man nicht alles sagt. Du kannst mir nicht verbieten, in meiner alten Nachbarschaft mal nach Herrn Lehmann zu fragen.«

»Ich meine nicht Herrn Lehmann, sondern das ehemalige Bordell.«

»Davon ist nicht die Rede. Da halte ich mich raus. Es ist zu viel vorgefallen, was mich ins Mark getroffen hat.«

»Das stimmt. Außerdem wissen wir, wer die Täter sind. Die sitzen im Gefängnis ihre Strafe ab und damit lassen wir es gut sein.«

»Warum sagst du ›wir‹, Monika? Noch bin ich mündig und kann für mich allein entscheiden.«

»Entschuldige, das sagt man so daher, wenn man sich sorgt. Natürlich weißt du, was du tust. Ich versuche nur, dir nervliche Belastungen vom Hals zu halten. Auf deinem Schreibtisch liegen eine Menge Zeitungen.«

Helga lächelte. Die hat mir Rosa zu meinem Einzug hergebracht.«

»Die Zeitschriften, die ich dir gekauft habe, sind weniger belastend. Darf ich die von Rosa mitnehmen?«

»Monika, du wirst dich hüten. Ich möchte sie behalten. Darin steht nicht nur etwas über den Kettenhofweg, wenn die Morde überhaupt noch erwähnt werden. Ich möchte mich doch auch weiterhin informieren. Du lässt die Finger davon. Wir wollen nicht streiten. Ich bin dir für all das, was du für mich getan hast, sehr dankbar, aber meinen Lebensabend verbringe ich so, wie ich es möchte. Mir geht es wieder gut. Wenn ich das sage, bitte ich dich, das zu akzeptieren. So, meine Liebe, nun freue ich mich auf das Abendessen unten im Saal. Der wirkliche Luxus in dieser Residenz zu sein, ist nämlich der, dass man nicht kochen muss. Und mal sehen, vielleicht gibt es ein paar nette Herrschaften, mit denen ich ein wenig plaudern kann. Aber, Kind, eine Bitte habe ich. Bring mir ein Fläschchen Eierlikör mit, wenn du das nächste Mal kommst.«

Jetzt lachte Monika. »Tante Helga, du bist unverbesserlich.«

*

Als Helga den Speisesaal betrat, blickte sie sich suchend nach einem freien Platz um. Fast alle Tische waren besetzt. Ob sie wohl ihre Nachbarin finden würde? Die hatte ihr im Sommer mitgeteilt, dass sie ebenfalls ins Seniorenheim ziehen wollte. Wie hieß die Dame doch gleich? Sie hatte einen unaussprechlichen Doppelnamen, den sich Helga nicht merken konnte. Sie zuckte die Achseln. Eine Bedienung eilte auf sie zu. »Frau Lindemeyer, nicht wahr? Kommen Sie, da vorne ist ein schöner Platz für Sie frei.« Die Dame brachte Helga zu einem Tisch, an dem bereits zwei Personen saßen. »Das ist Frau Lindemeyer. Sie ist neu im Haus. Sie wird Ihnen heute Abend Gesellschaft leisten. Frau Lindemeyer, das sind Frau Dürk und Herr Specht. Sie kennen sich in diesem Haus bestens aus. Also, wenn Sie Fragen haben, nur zu.«

Die beiden nickten Helga freundlich zu, als sie sich setzte. »Herzlich willkommen«, sagte Herr Specht. »Ich hoffe, Sie werden Ihren Aufenthalt genießen.«

Helga lächelte. »Aufenthalt klingt vergänglich. Ich werde nicht mehr wegziehen.«

»Genau, ich meinte auch nicht, dass dieser Aufenthalt vorübergehend ist. Die nächste Station ist die Endhaltestelle.«

Frau Dürk klopfte Herrn Specht auf die Hand. »Nun entmutigen Sie die Dame doch nicht gleich. Wir sitzen alle im selben Boot.«

»Was heißt entmutigen? Seit ich eingezogen bin, fühle ich mich ständig mit dem Ende konfrontiert. Immer wieder sterben Bewohner weg. Ich wollte bei meinem Sohn im Haus alt werden, aber ihm hat das nicht gepasst.

Ich könnte zum Pflegefall werden, das wäre den Enkeln nicht zuzumuten. Die Kinder wachsen heute in einer komfortablen Blase auf. Da passen wir Alten nicht rein. Zumindest nicht in meiner Familie. Die Kleinen brauchen sich mit nichts auseinanderzusetzen, was ihnen Stress bereiten könnte. Stattdessen genießen sie alle Vorteile einer gut behüteten Kindheit. Stellen Sie sich nur vor, sie müssten in mein altes, faltiges Gesicht schauen. Das würde die Kleinen vermutlich ekeln oder gar traumatisieren und die Eltern müssten sie zum Psychologen bringen. Dafür bleibt aber keine Zeit, denn neben den vielen Vereinen, die sie aufsuchen, darf die Freizeit am Computer nicht zu knapp ausfallen.«

»Das klingt nach bitterer Enttäuschung, Herr Specht. Ich denke, Sie sollten sich mit Ihrer Familie in Ruhe zusammensetzen und darüber reden. Ich bin sicher, dass es sich um ein Missverständnis handelt, auch wenn es mich nichts angeht. Im Übrigen sollten Sie froh sein, dass Sie hier sind. Luxuriöser kann man doch kaum unterkommen, oder?«, fragte Helga.

Der Mann nickte. »Tut mir leid. Ich hatte wohl zeit meines Lebens eine andere Auffassung von familiärem Zusammenhalt. Das ist es vielleicht. Aber bald ist Weihnachten. Einmal im Jahr lässt sich meine Familie bei mir blicken. Nicht die Enkel, die haben Wichtigeres zu tun, aber mein Sohn bringt mir immer eine gute Flasche Rotwein für die Feiertage vorbei. Die letzte hatte Kork. Das behielt ich aber für mich. Es wäre ihm auch egal gewesen. Aber wer weiß, vielleicht kann ich ihn zu einem kleinen Gespräch überreden.«

Frau Dürk lächelte sanft und sagte zu Helga: »Herr

Specht hat manchmal seine depressiven fünf Minuten. Normalerweise ist er sehr nett und umgänglich.«

»Das ist gar kein Problem, kommt überall vor.« Helga nickte verständnisvoll.

»Haben Sie Kinder?«, fragte Herr Specht.

»Nur eine Nichte. Sie hat dafür gesorgt, dass ich in diesem Haus wohnen darf. Und Sie werden's nicht glauben, ich freue mich darüber. Aber lassen Sie sich in Ihren Gesprächen nicht weiter unterbrechen.« Helga hatte sich auf der Speisekarte für ein Stück Fleisch mit Gemüse entschieden und blickte beim Verzehr betont zum Fenster, um zu signalisieren, dass sie den Gesprächen des Paares nicht folgte. Weiter hinten im Raum saß ein einsamer Herr am Fenster. Er hatte den Kopf über seinen Teller geneigt und schien ganz und gar mit dem Essen beschäftigt zu sein. Er signalisierte Interesselosigkeit an seinem Umfeld, fand sie. Interessant war, dass der Mann alte Erinnerungen in ihr weckte. Sie sah genauer hin. Plötzlich begann ihr Herz zu klopfen. Sie legte das Besteck auf den Tisch. Trotz ihrer Brille war ihre Fernsicht eingeschränkt. Wenn er doch einmal aufblicken würde. Die Bedienung kam und schenkte Helga Wasser nach.

»Sagen Sie bitte, ich glaube, ich kenne den Herrn hinten am Fenster.«

»Welchen meinen Sie?«

»Den schlanken Herrn, der allein am Tisch sitzt. Können Sie mir sagen, wie er heißt?«

»Ja, er ist neu hier, kam vor etwa vier Wochen. Das ist Herr Lehmann. Ein sehr netter Mann.«

Helga stieß einen spitzen Schrei aus. »Das gibt's doch nicht.« Sie tupfte sich mit der Serviette den Mund ab, stand auf, entschuldigte sich bei dem Pärchen Frau Dürk und Herrn Specht und ging quer durch den Saal.

Als sie an Lehmanns Tisch trat, blickte er auf, stutzte und öffnete überrascht den Mund. »Frau Lindemeyer! Das ist eine große Freude!« Mühsam erhob er sich und nahm Helgas Hand, die er mit beiden Händen umschloss. »Sie sind schlank geworden und Sie sehen gut aus«, sagte er bewundernd. »Ich freue mich wirklich sehr, Sie zu sehen. Möchten Sie sich nicht zu mir setzen oder haben Sie schon gegessen?«

»Ja, ich bin fertig.«

»Ich auch, wollen wir ins Kaminzimmer gehen? Dort können wir uns ungestört unterhalten.«

»Sehr gern«, brachte Helga heiser heraus, denn sie kämpfte vor Wiedersehensfreude gegen einen Kloß im Hals an.

»Kommen Sie.« Lehmann reichte Helga den Arm.

Im Kaminzimmer waren sie allein. Lehmann wies auf einen kleinen Tisch mit zwei Sesseln am Fenster. Sie nahmen Platz. Helga seufzte, noch immer überrascht darüber, Herrn Lehmann wiedergetroffen zu haben. »Wo waren Sie nur die ganze Zeit? Ach, Herr Lehmann, da sind so viele Fragen. Ich weiß gar nicht, wo ich anfangen soll.«

»Liebe Frau Lindemeyer, ich hatte gehofft, dass ich Sie hier finde. Sie haben mir bei einem unserer letzten Treffen von Ihrem Entschluss erzählt, herzuziehen. Gerade habe ich eine Dame, die neben mir wohnt, gefragt, ob sie eine Frau Lindemeyer kennt. Das tut sie aber nicht.«

»Ich bin auch gerade erst gekommen. Sie hätten unten an der Rezeption nachfragen sollen. Ist egal, wir haben uns gefunden, das ist die Hauptsache. Aber, Herr Lehmann, erklären Sie mir doch bitte, warum Sie so plötzlich von der Bildfläche verschwunden sind. Von heute auf morgen haben Sie sich nicht mehr gemeldet. Ich habe Ihnen Nachrichten geschickt und versucht, Sie zu erreichen, etliche Male. Ich habe mich oft gefragt, ob ich Sie verärgert haben könnte.«

»Ich war nicht verärgert, im Gegenteil. Ich habe vor Kurzem ebenfalls versucht, Sie telefonisch zu erreichen. Da hieß es, kein Anschluss unter dieser Nummer. Erinnern Sie sich an unser letztes Treffen, draußen im Mövenpick?«

»Natürlich!«, antwortete sie. »Da war alles in Ordnung zwischen uns, Sie gingen nach Hause, ich in die Stadt. Dann hörte ich nichts mehr.«

»Richtig. Ich bin an jenem Nachmittag noch ein wenig durchs Westend geschlendert, ging über die Bockenheimer Landstraße, weil auch ich noch zum Kiosk wollte. Es war eigentümlich und ich kann es nicht recht erklären, aber ich hatte an diesem Tag ein merkwürdiges Gefühl. Wissen Sie, ich bin kein ängstlicher Mensch, im Gegenteil, aber ich fühlte mich verfolgt. Das kam mir lächerlich vor, trotzdem drehte ich mich mehrfach um. Die Straße war wie immer belebt, und da war nichts, was dieses Gefühl gerechtfertigt hätte. Es lag vermutlich an dem intensiven Gespräch, das ich zuvor mit Ihnen geführt hatte und das mich auf dem Heimweg beschäftigte. Jedenfalls bog ich gerade in die Arndtstraße ab. Ich war so tief in meine Gedanken versunken, dass ich nicht auf die Straße achtete. Ich stolperte, fiel zu Boden und schlug mit dem Kopf auf. Tja, Frau Lindemeyer, dann war alles dunkel um mich herum.«

»Das tut mir so leid. Was geschah dann?«

»Ich wachte im Krankenhaus auf. Allerdings erst zehn Tage später.«

Helga war entsetzt. »Zehn Tage später?«

»Ich hatte einen komplizierten Schädelbasisbruch erlitten und war ins künstliche Koma gelegt worden. Zum Glück haben Passanten nach dem Unfall gleich den Rettungsdienst gerufen. Sonst wäre ich vermutlich nicht mehr am Leben.«

»Ach, Herr Lehmann, das ist schlimm. Dabei hatten Sie doch erst eine Knie-OP.«

»Das war nichts dagegen, kann ich Ihnen sagen.«

»Wie kamen Sie hierher?«

»Da ich keine Angehörigen habe, wurde in der Zeit ein gesetzlicher Vormund für mich bestimmt, der sich um meine Angelegenheiten kümmerte. So kam ich später zur Reha nach Bad König, und mein Vormund besorgte mir den Platz in diesem Seniorenheim und löste meine Wohnung auf. Von da an habe ich mich langsam ins Leben zurückgekämpft und bin unglaublich dankbar dafür, dass mein Gehirn weitestgehend funktioniert. Das ist der Grund, warum ich mich nicht mehr gemeldet habe. Anfänglich waren da viele Gedächtnislücken. Als ich mich langsam besser fühlte, erinnerte ich mich langsam wieder und bald fielen mir auch unsere Treffen ein, die mir sehr gutgetan haben. Zunächst wusste ich allerdings gar nicht, wann das war. Erst nach und nach kam alles wieder. Jetzt bin ich ein alter, gebrechlicher Mann, der durch einen unglücklichen Sturz in diesem Haus gelandet ist. Und das ist noch ein echter Glücksfall. Denn einen besseren Platz kann man als alter Mensch wohl kaum bekommen. Leider sehe ich nicht mehr besonders gut. Ich habe grünen Star, und der Sturz hat das Übrige dazu beigetragen.«

»Das erklärt, warum Sie vorhin so intensiv auf Ihr Essen starrten.« Helga lachte. »Ach, Herr Lehmann, hin und wieder ist das Leben merkwürdig. Ich sagte vorhin noch zu meiner Nichte, dass ich jetzt, wo ich hier bin, noch mal bei Ihnen vorbeischauen wolle. Und jetzt treffe ich Sie. Ich bin am 5. September bei Ihrer Nachbarin, Frau Meier, gewesen, um mich nach Ihnen zu erkundigen.«

»Woher kennen Sie meine Nachbarin?«

»Ich habe sie vor langer Zeit bei Rosa am Kiosk getroffen. Es war Zufall, dass ich erfuhr, wo sie wohnt. Jedenfalls ging ich zu ihr, in der Hoffnung, dass sie Kontakt zu Ihnen hat. Aber sie wusste nicht, wo Sie sind. Kein Wunder. Das Krankenhaus meldet sich bestimmt nicht bei den Nachbarn, um sie über einen Unfall zu informieren. Hat sie Ihnen das nicht gesagt?«

»Ich habe sie seitdem nicht gesehen. Ich war nur einmal kurz mit meinem Betreuer in meiner Wohnung, um meine persönlichen Wertgegenstände zusammenzusuchen.«

»Verstehe. Ich hatte die ganze Zeit das Gefühl, dass Ihnen etwas zugestoßen sein könnte. Wer weiß, wir haben so intensiv nachgeforscht, vielleicht ist das im – sie malte Anführungszeichen in die Luft – ›Milieu‹ aufgefallen.«

»Kann schon sein. Ich habe irgendwo gehört, dass der Mörder, dieser Berwald, Kontakte zur Mafia hatte. Er soll Geldeintreiber gewesen sein. Ob es stimmt, kann ich nicht sagen. Gerüchte verbreiten sich schnell.«

»Das wäre ja ein Ding! Ja, Herr Lehmann, auch ich habe eine schwierige Zeit hinter mir. Aber jetzt geht es mir wieder viel besser.«

»Waren Sie denn krank, Frau Lindemeyer?«

»Sagte ich das nicht? Auch ich lag im Krankenhaus.«

»Weshalb?«

»Herzinfarkt. Kein Wunder, bei all der Aufregung. Als Sie nicht mehr erreichbar waren, fing ich an, hinter allem und jedem eine verdächtige Person zu vermuten. Einmal glaubte ich sogar, von Szewa verfolgt zu werden.«

»Wer ist Szewa, Frau Lindemeyer?«

»Er ist angeblich der russische Pate. Szewa ist sein Spitzname. Es war so ein Kerl mit einer dunklen Sonnenbrille. In den Mafiafilmen, die ich mir früher angeschaut habe, sahen die Mafiosi exakt so aus wie er, irgendwie verwegen und gefährlich. Das erste Mal begegnete ich ihm, nachdem ich von Ihrer Nachbarin Frau Meier zurückkam. Ich glaubte damals, er habe mich regelrecht angestarrt.«

»Hat er mit Ihnen gesprochen?«

»Iwo, wo denken Sie hin, dann wäre er kein richtiger Mafioso gewesen. Die reden selten, schießen dafür umso schneller.«

Nun musste sich Lehmann das Lachen verkneifen. »Ach, Frau Lindemeyer, jetzt geht Ihre Fantasie mit Ihnen durch.«

»Ja, heute glaube ich das auch, aber damals …«

»Was hat meine Nachbarin denn zu Ihnen gesagt? Sie konnte nicht wissen, wo ich bin.«

»Sie meinte, dass es nicht ungewöhnlich sei, dass

Sie plötzlich verschwinden. Das konnte mich allerdings nicht restlos überzeugen. Jedenfalls blieb dieses ungute Gefühl. Auch als ich zu Hause war, ließ es sich nicht abschütteln. Ich war zu dieser Zeit häufig erschöpft und sehr müde. Häufig schlief ich tagsüber ein. Das waren wahrscheinlich die Vorboten meines Infarkts.«

»Sie können genauso froh sein, das überlebt zu haben, wie ich. Wieder eine Gemeinsamkeit, Frau Lindemeyer. Wann kam es zum Infarkt?«

»Während des Schlafes, besser gesagt, hatte ich einen schrecklichen Traum, der so real wirkte, dass ich ihn anfänglich für ein echtes Erlebnis gehalten habe. Ich träumte von dem Mann mit der Sonnenbrille. Er besaß ein Foto meiner Nichte und drohte, sie zu töten, wenn ich weitere Nachforschungen anstellen würde. Und dann trat er auf meine Brust. Das glaubte ich zumindest. In Wahrheit war es der Infarkt.«

»Frau Lindemeyer, Sie ahnen nicht, wie leid mir das tut.« Lehmann legte seine Hand auf Helgas Arm. »Und ich konnte Ihnen nicht helfen.«

»Ja, Herr Lehmann, mir wurden zwei Stents eingesetzt, und ich musste nach dem Krankenhausaufenthalt in die Reha. Ich kam nach Bad Nauheim. Da hoffte ich natürlich, Sie zu treffen. Ich dachte nämlich, Sie hätten sich vielleicht Ihr zweites Knie operieren lassen. Aber so war es ja nicht. Ich bin jedenfalls meiner Nichte sehr dankbar, dass sie in der Zwischenzeit für meine Zukunft alles in die Wege geleitet hat. Selbst die Wohnung hat sie aufgelöst. Ich konnte deshalb nach dem Krankenhaus nahtlos hier einziehen. Ich durfte sogar zwei Möbelstücke und meine Wanduhr mitnehmen. Meinen geliebten Ohrensessel und den Sekretär, an dem ich immer die Briefe für meine Freundin Isolde geschrieben habe. Sie ist leider im Sommer verstorben.«

»Mein Beileid, liebe Frau Lindemeyer.«

»Danke, das war ein schwerer Schlag für mich. Aber ich werde mich hier in diesem Haus jetzt ganz sicher von allem erholen, und ich bin sehr froh, dass es Ihnen so viel besser geht. Was für eine scheußliche Verletzung. Wenn nicht tot, hätten Sie auch schwerbehindert sein können.«

»Das stimmt, da hat das Schicksal uns beide noch mal davonkommen lassen. Was gibt es Neues aus dem Kettenhofweg?«

»Sie wissen doch, das Bordell ist geschlossen und die Mörder, besser gesagt der Berwald und seine Frau, sind inhaftiert. Ich glaube noch immer, dass Sofia mehr getan hat, als nur ihren Mann reinzulassen.«

»Das denke ich nicht. Ich berichte Ihnen alles, was ich darüber gehört habe, Frau Lindemeyer. Es war so: Sofia soll ihrem Mann eine Skizze der Räumlichkeiten angefertigt haben, bevor sie ihn in der Tatnacht ins Haus gelassen hat.«

»Ach, das ist interessant, dass Sie das erwähnen. Ich sagte doch, sie hat ihm am Tor irgendetwas zugesteckt. Das könnte die Skizze gewesen sein.«

»Sehr gut möglich. Weiter heißt es jedenfalls, dass sie, als er drin war, das Haus verlassen hat. Zumindest konnte ihr nichts anderes nachgewiesen werden. Sie sehen, das Thema lässt mich noch immer nicht los. Berwald soll außerdem nur auf einen Raubzug aus gewesen sein. Er hat vermutlich bis zum Morgen gewartet, weil er wusste, dass Herr Bartos sonntagmorgens eine längere Runde mit seinem Hund machte. Er fing dann wahrscheinlich an, die Frauen der Reihe nach zu fesseln. Er trug eine Maske. Eine Strumpfmaske, durch die er auch überführt wurde, da Speichelspuren mit seiner DNA darin nachgewiesen werden konnten.«

»Davon hörte ich«, sagte Helga.

»Es heißt, dass Ingrid Bartos, die zu der Zeit unten im Saunabereich war, die Erste war, die er fesselte. Da sie einen Asthmaanfall bekam, soll Berwald für sie sogar noch das Atemgerät geholt haben. Dann aber lief alles aus dem Ruder, weil Gabor Bartos frühzeitig vom Gassigang zurückgekehrt ist und Berwald angegriffen hat. Es muss zu einem heftigen Kampf gekommen sein, den Herr Bartos wegen seiner Unterschenkelprothese gegen einen trainierten Mann wie Berwald nicht gewinnen konnte. Und dann, Frau Lindemeyer, steckte Berwald in der Bredouille. Er hatte Angst, trotz der Maske erkannt worden zu sein. Und das war angeblich der Grund dafür, dass alle sterben mussten. Wäre die junge Frau, die am folgenden Montagmorgen ins Haus wollte, an jenem Wochenende nicht unterwegs gewesen, wäre sie garantiert auch nicht mehr am Leben. Somit hat der Freier ihr, ohne es zu wissen, das Leben gerettet. Das sind die Fakten, die der Prozess gegen Sofia und Eugen Berwald ergeben hat, zumindest nach dem, was mir bekannt ist.«

»Wenn es so war, wie Sie sagen, was hat dann die Mafia mit der Sache zu tun gehabt?«

»Das weiß ich nicht, Frau Lindemeyer. Das ist reine Spekulation. Es wäre möglich, dass dieser Alexander, den Berwald angeblich eingelassen hat, wirklich existiert. Vielleicht heißt er nicht Alexander. Er könnte aber einer der Männer sein, mit denen Berwald verkehrte. Beweisen kann ich es nicht. Ist ein reines Bauchgefühl.«

Helga hatte rosige Wangen bekommen. »Hach, ich freue mich, dass wir noch immer darüber plaudern können. Für mich gibt es noch zu viele Fragen, um das Thema endgültig ad acta zu legen.«

*

In den folgenden Tagen trafen sich die beiden regelmäßig im Kaminzimmer, um Zeitungen durchzusehen und über die Artikel zu sprechen.

Helga hatte dieses Mal zwei Ausgaben der Bild-Zeitung mitgebracht. Sie blätterte eine auf. »Ich schätze, dass Sie diesen Artikel für unsachlich halten, Herr Lehmann, ich kenne Sie ja. Ich finde ihn dennoch interessant, denn er erzählt etwas über das Leben der getöteten Mädchen. Man hat sie immer nur als Opfer vor Augen. Dass sie eine Geschichte haben, vergisst man dabei beinah. Mich macht das betroffen.«

»Ich halte in diesem Fall nichts für unsachlich, was zur Wahrheitsfindung beiträgt«, antwortete Lehmann. »Und was uns gegebenenfalls zu dem Mann mit der Sonnenbrille führen könnte. Wenn der etwas mit der Sache zu tun hatte.«

Lange betrachtete Lehmann die Fotos des Artikels der Bild-Zeitung vom 19.09. mit dem Titel: »Heute werden 3 ermordete Bordellmädchen nach St. Petersburg überführt«. Oben links war ein kleines Mädchen mit einem riesigen Teddybären zu sehen, die Tochter des Opfers

Marina Jerochina. Marina wurde 25 Jahre alt. Unten war ein Bild von Marina als Teenager abgedruckt. In der Mitte ein großes Foto von Marina, ihrem Mann mit dem Baby auf dem Arm und der Mutter des Mannes. Daneben die Eltern von Marina. Eine glückliche Familie, wie es den Anschein machte. Darunter ein kleines Foto von den Bestattern und dem russischen Botschafter. Sie kümmerten sich um die Rückführung der Opfer in deren Heimatländer. Marina hatte in ihrer Heimat eine Zeit lang in einer Ein-Zimmer-Wohnung gelebt, gemeinsam mit Mann, der dreijährigen Tochter und der Schwiegermutter. Der Ehemann berichtete, dass Marina ausgebildete Krankenschwester gewesen war, aber seit der Geburt der Tochter nicht mehr gearbeitet habe. Von da an habe es oft Streit gegeben, weil nur umgerechnet 540 Mark zum Leben blieben. Das Geld hätte gereicht, doch Marina habe mehr gewollt, eine größere Wohnung, und außerdem wollte sie schnell viel Geld besitzen, erklärte der Ehemann. Sie habe viele Wünsche gehabt, sei oft ausgegangen und tagelang fortgeblieben. Schließlich habe sie die kleine Tochter zu ihren Eltern gebracht, wo sie nun seit einem Jahr lebte.

Lehmann blickte auf. »Hier steht, sie wurde von einer Marina nach Frankfurt gelockt, noch eine Marina also?«

»Richtig.«

»Auch Veronika Sorokina wurde von der Frankfurter Marina vermittelt. Wer ist diese Marina?«

»Es ist ein Deckname, Herr Lehmann. Dahinter könnte Ingrid Bartos gesteckt haben, vermute ich.«

»Ingrid Bartos? Interessant. Dann wäre sie nicht nur Handlangerin gewesen, sondern hätte die Fäden in der Hand gehalten.«

»Ja, ich hatte schon lange den Eindruck!«, sagte Helga. »Drei Tage vor ihrem Tod hatte Marina das letzte Mal Kontakt zu ihrer Familie. Und die Familie hatte angeblich keine Ahnung, was die junge Frau in Deutschland machte.«

Helga reichte ihm einen Artikel der Bild-Zeitung vom 22. September mit dem Titel: »Die Tränen von St. Petersburg.« Auf vier Aufnahmen waren Trauergemeinden und zwei Särge abgelichtet, die zu Grabe getragen wurden. »Bitte sehen Sie sich die Fotos an. Drei der Mädchen wurden nach St. Petersburg überführt, um in ihrer Heimat beerdigt zu werden.«

Ich möchte nicht wissen, wie vielen Menschen die Mörder die Herzen für immer gebrochen haben. Kein Strafmaß kann diese Trauer aufwiegen!«

»Sie haben recht, Frau Lindemeyer. Ich glaube, Marina und Jelena habe ich mal gesehen. Sie kommen mir bekannt vor.«

»Ich auch. Und Veronika ist mir auf der Straße begegnet, denke ich wenigstens.«

Lehmann betrachtete aufmerksam die Fotos, die die Beerdigungen der drei Frauen zeigten.

»Jelena Starikowa und Marina Jerochina waren gelernte Krankenschwestern. Wobei Marina seit der Geburt ihrer Tochter nicht mehr in ihrem Beruf arbeitete.«

»Wären sie nur zu Hause geblieben. Nun sind sie in ihre Heimat zurückgekehrt, um dort nebeneinander beerdigt zu sein.«

»Das hat für die Angehörigen bestimmt etwas Tröstliches, wenn sie nebeneinanderliegen, Herr Lehmann. Die Familien teilen das gleiche Schicksal.«

»Veronika Sorokina ist auf einem anderen Friedhof begraben worden. Und die 27-jährige Olga Lusgina liegt in einem Armengrab bei uns in Frankfurt. Sie hatte keine Angehörigen und wurde noch dazu in einem für sie fremden Land beerdigt. Das schmerzt mich besonders.«

26

DONNERSTAG, 22. DEZEMBER 1994

Helga und Albert Lehmann hatten sich im Laufe der letzten Wochen ein wenig enger angefreundet und sogar gemeinsame Ausflüge unternommen. So waren sie im November gemeinsam im Historischen Museum gewesen, um sich die Ausstellung »Frankfurt – USA« anzuschauen.

Monika fand momentan wenig Zeit für Unternehmungen mit Helga, weil um Weihnachten herum viel im Krankenhaus zu tun war. Außerdem hatte sie einen Mann kennengelernt, mit dem sie sich hin und wieder traf. Da waren die Besuche bei ihrer Tante zur Seltenheit geworden. »Wenn es enger werden sollte, wirst du es erfahren«, hatte sie Helga versprochen.

Mit Erika traf sich Helga nur noch einmal im Monat im Mövenpick, da sie für die Strecke nun ein Taxi benötigte. Der Kontakt zu Rosa war abgebrochen, da der Westendplatz von ihrem jetzigen Zuhause nicht gut zu erreichen war.

Mit Herrn Lehmann teilte Helga eine Leidenschaft. Das war der Markt an der Bockenheimer Warte. Jeden Donnerstag fuhren sie mit einem Taxi dorthin, das Herr Lehmann bezahlte, und schlenderten an den Ständen vorbei. Manchmal kaufte sich Lehmann schwarze Oliven, die er besonders gern aß. Außerdem liebten beide Kartoffelpuffer. So hatten sie sich angewöhnt, jede Woche auf dem Markt eine Portion davon mit Apfelmus zu essen.

Es war ein nebliger, kalter Tag, an dem die Temperatur kaum über die Fünf-Grad-Marke steigen würde, als sie am 22. Dezember wieder einmal den Markt besuchten. Helga hatte eine Überraschung für Herrn Lehmann. Zwei Zeitungsartikel, die sie ihm nach dem Essen präsentieren wollte. Der eine war gerade erst erschienen. Doch zuvor kauften sie beide noch ein paar Kleinigkeiten an den Marktständen.

Helga fröstelte und war froh darüber, endlich den Pappteller mit den heißen Kartoffelpuffern in den kalten Händen zu halten. Eine Weile aßen sie stumm, dann sagte Lehmann: »Ich habe in den Nachrichten gehört, dass Ministerpräsident Berlusconi zurücktreten will. Aber nur, um nicht vom Abgeordnetenhaus gestürzt zu werden. Es liegt ein Misstrauensvotum gegen ihn vor.«

»Ach, der Mann ist mit allen Wassern gewaschen. Der wird nicht ernsthaft zurücktreten, das glauben Sie doch selbst nicht.«

»Sie haben recht. Er hofft auf Neuwahlen oder die Bildung einer neuen Regierung.« Lehmann lächelte. »Mich wundert immer, wie gut Ihr Gespür für Menschen ist, Frau Lindemeyer.«

»Mein Gespür? Machen Sie sich über mich lustig? Denken Sie an die letzten Monate. Ich lag mit meinen Verdächtigungen fast immer falsch.«

»Aber Sie sind einsichtig«, neckte er Helga. »Mal was anderes: Wird Ihre Nichte am Heiligen Abend bei Ihnen vorbeikommen? Wenn ich mich recht entsinne, wusste sie noch nicht, ob sie freibekommt.«

Helga kaute eine Weile, bevor sie antwortete. »Ich denke schon, aber nachmittags. Wissen Sie, sie hat seit einiger Zeit einen Bekannten, wie sie mir erzählte. Er wird sie am frühen Abend abholen, sagte sie mir.«

»Ach, das freut mich für Ihre Nichte. Sie ist noch jung. In dem Alter muss man nicht allein bleiben. Und wir beide könnten abends mit einem Glas Wein auf Weihnachten anstoßen. Was halten Sie davon?«

»Das ist eine wunderbare Idee, Herr Lehmann. Ich habe noch eine kleine Überraschung für Sie.« Helga öffnete ihre Handtasche und zog die zwei Zeitungsartikel daraus hervor.

»Schon wieder die Bild-Zeitung, oder? Sie scheinen ein Faible für Fotos zu haben.«

»In diesem Fall kann man sich gewisse Umstände mit Fotos einfach besser vorstellen. Warum zeige ich Ihnen das wohl, na? Vielleicht möchte ich Ihnen einen Gefallen tun? Schauen Sie sich die junge Frau auf dem Foto genau an. Könnte sie eine Ihrer beiden Vermissten sein?«

Lehmann betrachtete das Foto lange und gründlich. »Ich kann nicht mehr so gut gucken. Es besteht eine gewisse Ähnlichkeit. Ich kann es nicht hundertprozentig sagen. Basia war damals stark geschminkt, als sie bei mir war. Auf dem Bild ist sie ungeschminkt und wirkt jünger. Sie sei 22 Jahre alt, erklärte sie mir damals. Sie könnte es sein.« Lehmanns Wangen röteten sich.

»Dann lesen Sie sich die Artikel bitte durch.«

»Jetzt sofort?«

»Nur zu. Sind Sie denn nicht neugierig?«

»Doch, natürlich. Es ist kalt hier. Sie frieren doch.«

Helga schüttelte den Kopf. »Die Puffer haben mich

von innen gewärmt. Nun lesen Sie schon, ich bin gespannt, was Sie sagen.«

Der Artikel aus der Bild-Zeitung war vom 20. Dezember 1994 und trug die Überschrift: »Die Zeugin aus dem Mordbordell.« Lehmann war überrascht. »Hier steht, dass sie Venera hieß. Sie war 22, Frau Lindemeyer, das könnte also passen. Mir war klar, dass Basia ein erfundener Name war. Sie sagte mir, sie käme aus Polen, aber auch Russland, wie es hier heißt, könnte möglich sein. Armes Mädchen, wenn das stimmt, hat sie sich als Verkäuferin beworben und kam nach Budapest. Dort hat sie ein Freund von Bartos in einem Privatflugzeug nach Frankfurt gebracht, wahrscheinlich nach Egelsbach. Und Ingrid Bartos hat sie dort abgeholt. Die Mädchen vertrugen sich schlecht miteinander, steht hier.«

»Ich kenne den Artikel und habe mich gewundert, denn ich sah sie hin und wieder miteinander lachen. Ich hatte nicht den Eindruck, dass sie sich nicht verstanden haben.«

»Ich auch nicht«, sagte Lehmann und las weiter. »Für Einnahmen von 100 Mark hätten sie sich vermutlich sogar umgebracht, steht hier. Beim Geld hört bekanntlich die Freundschaft auf, das weiß man, aber so etwas zu behaupten, das geht dann doch zu weit. Jeder Kunde habe 300 bis 350 Mark bezahlt, davon hätten die Mädchen bloß 120 Mark bekommen. Im Schnitt soll laut Artikel jede von ihnen vier Kunden pro Tag gehabt haben. Der Reporter schreibt, dass die Mädchen von Frau Bartos unterschiedlich behandelt worden seien. Eine Vorliebe habe Ingrid Bartos für Sofia Berwald gehabt. Auch Gabor Bartos habe Sofia bevorzugt. Zwischen Bartos und Sofia sei mehr gewesen, steht hier, und das sei angeblich bekannt gewesen. Venera sagt, dass Sofias russische Freunde in Deutschland lebten. Ist der Mann, den sie für einen Mafioso hielten, eventuell ein Freund von Sofia?«

»Ich sage doch, ich wusste, dass ich Sie überraschen kann. Sie denken an den Mann mit der Sonnenbrille? Ich auch.«

»Wäre immerhin möglich.«

»Ach, das ist interessant, hier steht, Sofia habe ein paar russische Freunde im Bordell übernachten lassen wollen, was Frau Bartos verärgert habe. Da habe die Bartos Sofia rausgeworfen, wenn das stimmt. Und Venera ist angeblich wieder in Russland. Sie lebt also offenbar noch.«

»Genau, ich dachte, das erleichtert Sie bestimmt. Was denken Sie? Ist Venera Ihre Basia?«

»Ich möchte es glauben. Aber ich kann es nicht mit Gewissheit sagen.«

»Wollen Sie den anderen Artikel denn nicht auch noch lesen? Er ist von heute.«

Lehmann nickte. Drei Fotos untereinander zierten den Artikel: Porträtaufnahmen von Jelena Starikowa, Marina Jerochina und Veronika Sorokina.

»Die Fotos sind mir bekannt«, sagte Lehmann.

»Keine davon ist Anna?«

»Nein, definitiv nicht.«

»Aber lesen Sie trotzdem.«

Die Spurensicherung hatte Faserspuren auf der Haut der Toten gefunden, die der Kleidung von Eugen Berwald zugeordnet werden konnten. »Ach, das ist interessant«, sagte Lehmann und pfiff durch die Zähne. »Hören Sie: Venera hat in St. Petersburg ausgesagt, dass

Ingrid Bartos Visa bekam und beliebig verlängern lassen konnte. Laut Venera habe sie jedes Problem beseitigen können. Die Mädchen hätten mal aus Spaß gesagt, dass man im Bordell einen töten könne, und dem Täter würde nichts passieren. Denn Ingrid Bartos habe beste Beziehungen zur Polizei.« Lehmann sah auf.

»Ingrid Bartos sei immer höflich und aufgeschlossen gewesen. Ich nehme an, sie hat die Männer um den Finger gewickelt. Hübsch genug war sie ja«, meinte Helga.

»Venera hat ausgesagt, dass sie anfangs gegen ihren Willen im Bordell gearbeitet hat, sich aber nicht traute, zur Polizei zu gehen, weil sie der Überzeugung war, dass ihr niemand helfen würde. Das sei der Grund, warum Prostituierte ein beliebtes Ziel von Dieben sind. Sie wenden sich nicht an die Polizei.«

»Glauben Sie das auch?«, fragte Helga.

»Das passt zu dem Misstrauen, das die Mädchen mir gegenüber hatten. Aber hören Sie sich das an: Die Frau, die für Gabor Bartos regelmäßig neue Mädchen aus Russland herbrachte, wurde festgenommen. Im Tagebuch eines der Opfer fand sich die Nummer von Olga L. aus Frankfurt-Griesheim. Die 37-jährige Frau war angeblich nebenberuflich Russischlehrerin, ihre Hauptbeschäftigung war Mädchenhandel. Ich sage Ihnen, Frau Lindemeyer, wären die Bartos nicht ermordet worden, es hätte nicht mehr lange gedauert, dann wäre das Bordell ohnehin geschlossen worden wegen Menschenhandels.«

»Wäre die Polizei nur schneller gewesen.« Helga seufzte.

»Schnell waren sie bei der Verhaftung in einem Aussiedlerheim im Ostallgäu, sehr schnell sogar, in dem sich Sofia Berwald und ihr Mann nach den Morden aufgehalten haben. Wir haben schon über die Verhaftung gesprochen. Ich fand vor Kurzem im Spiegel noch etwas darüber«, sagte Lehmann. »Die haben hier den Fiat Uno gefunden, den auch Sie und ich gesehen haben, Frau Lindemeyer. Er war auf Sofia Berwald zugelassen und hatte ein Kennzeichen aus dem Ostallgäu, nämlich OAL. Nur zwei Tage später lagen in Rettenbach im Ostallgäu 77 Männer vom Spezialeinsatzkommando auf der Lauer, und zwar am frühen Morgen. Schneller geht's nicht. Ich meine mich zu erinnern, dass sie gegen 4 Uhr die Wohnungstüren aufbrachen. Sie haben fünf Männer und eine Frau festgenommen. Und sie fanden sogar noch Gegenstände der Opfer und Werkzeuge. Was sagt uns das? Die Täter haben nicht damit gerechnet, dass die Polizei bereits nach ihnen sucht. Allerdings wissen wir, dass nur Sofia und ihr Mann als Täter übrig blieben. Die restliche Truppe kam nach einiger Zeit frei. Ihnen konnte nichts nachgewiesen werden.«

»Schon wieder klingelt es in meinen Ohren. Vielleicht war der Mafioso dabei und ist wieder frei. Können Sie mir den Spiegel ausborgen?«, fragte Helga.

»Na klar. Ich glaube, mich zu erinnern, dass in den letzten beiden Jahren etwa 900 Frauen Hilfe bei der Polizei suchten, weil sie unfreiwillig nach Deutschland gebracht wurden.«

»Das ist unglaublich, Herr Lehmann.«

»Auch da lag bei der Polizei die Vermutung nah, dass die Mafia in die Sache verstrickt ist.«

»Ich sag's doch immer wieder, Herr Lehmann.«

27
FREITAG, 23. DEZEMBER 1994

»Ich wollte dir doch wenigstens ein paar selbst gebackene Kekse vorbeibringen, Helga. Schön hast du's. Dein Ohrensessel macht sich gut in deinem Zimmer und auch dein Sekretär.« Erika schwieg nachdenklich, als sie den Sekretär in Augenschein nahm. »Da hast du immer die Briefe an Isolde verfasst, stimmt's?«

»So ist es, Erika. Vielleicht schaut sie manchmal vom Himmel herunter, dann weiß sie, dass ich sie nie vergessen werde. Und dass ich sie sehr vermisse.«

»Ach, liebe Helga, das wusste sie sowieso.« Erika setzte sich auf den Stuhl am Sekretär. »Ich bin ein wenig traurig darüber, dass wir in letzter Zeit so selten beisammen sind. Du brauchst nicht zu mir zu kommen. Ich kann dich besuchen, wenn es für dich einfacher ist. Werner fährt noch immer recht gut Auto. Er würde dich auch morgen an Heiligabend abholen und später wieder herbringen, wenn du das möchtest. Das soll ich dir ausrichten.«

»Das ist wirklich ein nettes Angebot, und es mag vielleicht komisch klingen, aber mir fehlt die Zeit dazu. Am Nachmittag kommt Monika und am Abend möchte ich mit Herrn Lehmann auf Weihnachten anstoßen.«

Erika stutzte. »Mit Herrn Lehmann? Ja gibt's den denn wieder?«

Helga bejahte. »Er wohnt ebenfalls im Seniorenstift. Weißt du das nicht?«

»Mein Stand war, dass der Kontakt zwischen euch abgebrochen ist. Du hast nur von einer Nachbarin erzählt, die in diese Residenz einziehen wollte.«

»Die habe ich allerdings bisher nicht angetroffen, wahrscheinlich hat sie es sich anders überlegt. Herrn Lehmann bin ich hier durch Zufall begegnet. Ist das nicht schön? Er hatte einen längeren Krankenhausaufenthalt und danach wurde ihm seine eigene Wohnung zu viel.«

»War es was Ernstes?«

»Nein, nein«, log Helga, da sie Erika nicht über die Details informieren wollte. »Aber was will man in dem Alter mit einer so großen Wohnung? Die muss gepflegt werden.«

»Ich bin jedenfalls froh, dass du dich mit dem Mann jetzt gut verstehst. Ich dachte von vornherein …«

»Ja, Erika, alte Kamellen«, unterbrach Helga.

»Entschuldige. Das war nicht besserwisserisch gemeint. Ich bin froh, dass du netten Anschluss hast. Das beruhigt mich. Und noch mehr freue ich mich darüber, dass du Abstand zum Kettenhofweg gewonnen hast. Den Herzinfarkt hättest du dir ersparen können. Siehst du Rosa noch?«

»Nein.«

»Ist auch besser so. Ich glaube, sie setzt einfach zu viele Gerüchte in die Welt. Sie sagte kürzlich zu einer Bekannten von mir, dass definitiv nur dieses Ehepaar, ich komme nicht auf den Namen … Bergmann? Das Paar allein soll für die Morde verantwortlich sein. Woher will sie das wissen? Sie war doch nicht dabei?«

»Das Ehepaar heißt Berwald.«

28
SAMSTAG, 24. DEZEMBER 1994

Helga und Albert Lehmann schlenderten eingehakt durch den leicht verschneiten Grüneburgpark.

»Ein so hübscher Park, darin sollte man viel häufiger spazieren gehen. Aber wissen Sie, Herr Lehmann, allein traue ich mich nicht. Wie schnell ist man gefallen, dann folgt der übliche Oberschenkelhalsbruch und was danach kommt, das wissen wir.«

»So dürfen Sie nicht denken, Frau Lindemeyer. Aber bevor Sie sich ängstigen, sagen Sie mir gern Bescheid. Ich soll mich regelmäßig an der frischen Luft bewegen, sagt der Arzt, und zu zweit macht es mehr Spaß. Man hat sich etwas zu erzählen.«

Helga blieb stehen. »Darf ich Ihnen eine Frage stellen?«

»Natürlich.«

»Waren Sie Ihr Leben lang alleinstehend? Ich meine, Sie sind doch ein stattlicher Mann.«

»Ich war vor vielen Jahren verlobt. Sie lebte in Hamburg und kam mich, wann immer es ging, mit dem Auto besuchen.« Er stockte, suchte nach Worten. »Sie hatte einen schweren Autounfall am Frankfurter Kreuz und starb. Nur weil sie mich besuchen wollte. Wäre ich nicht gewesen …«, sagte er wehmütig und brach ab. »Deshalb fahre ich auch selbst kein Auto. Es brach mir mein Herz.«

»Das tut mir sehr leid. Ich glaube, es ist häufig so, dass die Hinterbliebenen diese lähmende Schuld empfinden. Wäre ich doch bei ihr oder ihm gewesen oder hätte ich sie oder ihn doch davon abhalten können. Das sind Sätze, die man oft hört, wenn jemand verstorben ist. Das ist die Hilflosigkeit, die man empfindet. Mir ist es damals ähnlich ergangen, als mein Mann gestorben ist.«

»Ich möchte nicht wissen, wie sich Hinterbliebene von Mordopfern dann erst fühlen. Das ist wohl der Grund, weshalb mich die Morde im Kettenhofweg auf eine ganz eigentümliche Weise so tief berührten, beinah als sei ich ein Angehöriger. Andererseits empfinde ich es als Glück, Sie dadurch kennengelernt zu haben, wenn auch mit erheblichen Anlaufschwierigkeiten, wenn Sie verstehen, was ich meine. Gute Freundschaften sind in jedem Alter bereichernd.«

»Das stimmt. Im Alter wahrscheinlich noch mehr. Gute Gespräche schützen vor Depressionen.«

*

Helga saß in ihrem Ohrensessel und schaute in ihre Gedanken versunken auf die Straße, besser gesagt, auf das, was man von hier aus von der Eschersheimer Landstraße sehen konnte: die oberen Stockwerke der Häuser auf der anderen Straßenseite. Außerdem hörte sie die Verkehrsgeräusche. Ihr Blick verklärte sich. Sie dachte an die letzten Monate und an all die Sorgen, die sie sich um die Menschen in ihrem Umfeld gemacht hatte, die Ängste, die sie durchgestanden hatte. Damals hatte sie geglaubt, dass nur ihr diese Achterbahn der Gefühle widerfahren war.

Doch Herr Lehmann hatte ihr die Augen geöffnet. Auch er hatte schwere Zeiten durchgemacht, an denen sie mit ihren falschen Verdächtigungen nicht ganz unschuldig war. Auf seltsame Weise fühlte sie sich deswegen beinah verantwortlich für diesen Mann. Von Wiedergutmachung konnte man nicht sprechen, mehr wohl von tiefer Anteilnahme. Jetzt, wo ihr klargeworden war, dass Herr Lehmann schwere Schicksalsschläge durchlebt hatte, unter denen er noch heute litt. Und nun waren sie durch das Schicksal in der Seniorenresidenz vereint.

Ein Klopfen an ihrer Tür riss sie aus ihren Gedanken. »Wer ist da?«

Die Tür öffnete sich und eine strahlende Monika trat ein. »Frohe Weihnachten, liebe Tante Helga.« Sie schloss die Tür hinter sich, legte ein buntes Päckchen auf den Sekretär und umarmte Helga. »Du siehst so unbeschwert aus, das freut mich. Einen so entspannten Ausdruck habe ich schon lange nicht mehr in deinem Gesicht gesehen.«

Helga wies mit der Hand auf einen Zweisitzer, der Teil ihrer Zimmereinrichtung war. »Wie schön, dass du gekommen bist. Nimm doch bitte Platz.«

Monika setzte sich. »Ich bin so froh, dass du dich gut eingelebt hast. Du brauchtest dringend deinen Frieden, nach dem Herzinfarkt und all den Aufregungen der letzten Monate.«

»Ja, Moni, manchmal dauert es eine Weile, bis einem die Augen aufgehen. Ich bin dir sehr dankbar, dass du dich um all das hier gekümmert hast. Natürlich ist es nicht so, dass ich nicht mehr an die Gräueltaten denke, aber dank des räumlichen Abstandes kann ich damit umgehen. Und natürlich hoffe ich auch weiterhin, die neuesten Neuigkeiten zu erfahren, wenn es denn welche geben sollte. Ich wünsche inständig, dass wirklich alle Täter gefasst werden. Im Kettenhofweg war ich zu nah dran. Da vergisst man sein eigenes Leben.«

»Nicht nur das, der Infarkt hätte dich töten können.«

»Was wirst du mit meiner Wohnung machen?«

»Ich vermiete sie und du bekommst die Einnahmen, was sonst? Wir sollten wieder mehr unternehmen, Tante Helga.«

»Natürlich. Ich dachte, wegen deines neuen Freundes hättest du keine Zeit.«

»Er ist nicht mein Freund, nur ein Bekannter. Ab und zu gehen wir aus, ins Kino oder so. Das tut mir gut. Er ist allerdings recht verschlossen. Das stört mich ein wenig. Vielleicht liegt es daran, dass er eine andere Mentalität hat. Er kommt aus St. Petersburg.«

Helga lachte. »Oh, ein Russe? Hast du ihn mal gefragt, ob er Bekannte hat, die das Bordell kennen?«

»Tante Helga, fang nicht schon wieder damit an. So was würde ich nie fragen. Aber natürlich kennt er die nicht.«

»Erzähl mir mehr von ihm. Wie sieht er aus?«

»Er ist ein ziemlich athletischer Typ. Ich mag solche Kraftpakete. Er sieht nicht schlecht aus. Ich glaube, du wirst ihn nicht mögen. Wie gesagt, er ist nicht besonders offen.«

»Was macht er?«

»Er ist Elektriker.«

»Das klingt nicht sehr vermögend. Kannst du dir nicht einen anderen Mann suchen?«

»Tante Helga, du warst mit einem Maler verheiratet. Na und? Außerdem brauche ich keinen Versorger. Schlag dir das bitte aus dem Kopf. Er wird wahrscheinlich ohnehin nicht mein Freund werden. Abgesehen davon sind Frauen unserer Generation unabhängig von Männern. Ich habe einen Job, von dem ich ganz gut leben kann. Du wirst Juri nachher kennenlernen, dann kannst du dir dein eigenes Bild machen. Er wird mich hier abholen. Ich habe ihm deine Zimmernummer gegeben. Aber sag mal, willst du nicht dein Geschenk auspacken?«

»Wir wollten uns doch nichts schenken.«

»Wollten wir auch nicht, ich habe dennoch etwas besorgt.«

Monika nahm ein Päckchen vom Schreibtisch und reichte es Helga.

Sorgsam öffnete sie das Geschenkpapier. Eine Schachtel Pralinen kam zum Vorschein. »Ach wie nett, vielen Dank.«

»Die sind mit Eierlikör gefüllt.« Monika grinste breit.

»Das ist großartig. Du weißt, was ich mag. Möchtest du eine probieren?«

»Nein, aber dreh die Schachtel doch mal um.«

Helga nahm die Schachtel aus dem Geschenkpapier. Ein Umschlag klebte darunter. »Da soll ich reinschauen?«

»Was sonst?«

Helga öffnete das Kuvert und zog zwei Opernkarten daraus hervor. »Hänsel und Gretel!«, rief sie erfreut. »Du willst mit mir in die Oper gehen?«

»Natürlich. Das war längst überfällig.«

»Danke, das ist ein wunderschönes Weihnachtsgeschenk. Wir waren schon lange nicht mehr gemeinsam in der Oper. Und Hänsel und Gretel ist ohnehin meine Lieblingsoper.«

»Das weiß ich doch.«

Es klopfte.

»Das wird Juri sein«, sagte Monika, stand auf und ging zur Tür.

Als kurz darauf ein Mann eintrat, erschrak Helga und wurde aschfahl. Der Mann erinnerte sie an den Kerl mit der Sonnenbrille, der ihr noch immer in Erinnerung war. »Haben wir uns schon einmal gesehen?«, fragte Helga mit zitternder Stimme.

»Ich Sie kenne nischt«, antwortete Juri in gebrochenem Deutsch.

»Sie waren nicht zufällig einmal im Kettenhofweg? Ich …, ich dachte, wir seien uns dort begegnet.«

Juri richtete einen fragenden Blick auf Monika.

»Tante Helga hat dort gewohnt. Ich erzählte dir von den Verbrechen.«

Juri verstand, schüttelte den Kopf. »War nie in Kettenhofweg.«

»Kennen Sie einen Szewa?«

Juri machte eine hilflose Geste.

»Tante Helga, ich bitte dich. Wer soll Szewa sein?«, fragte Monika.

»Angeblich der russische Pate. Ich dachte nur, weil er auch Russe ist.«

Juri wirkte verständnislos.

»Meine Tante hat damals am Tatort vieles mitbekommen. Es hat sie erschreckt. Deshalb stellt sie diese Fragen«, erklärte Monika und wandte sich an ihre Tante. »Und offenbar lässt es dich noch immer nicht los. Nur weil Juri ebenfalls aus Russland kommt, heißt das nicht, dass er mehr weiß als du!«

»Das stimmt. Ja, wirklich. Es tut mir leid, es hätte rein zufällig sein können. Entschuldigen Sie, dass ich fragte. Ich glaube, es ist besser, wenn ihr jetzt geht. Ich muss mich ausruhen.«

*

»Frau Lindemeyer, warum kommen Sie nicht zum Essen herunter, es gibt ein herrliches Weihnachtsmenü im Speisesaal. Unten ist ein schöner Tisch für uns reserviert. Oder ist Ihre Nichte noch bei Ihnen?«

»Nein. Können Sie mich bitte vor meiner Zimmertür abholen?«

»Natürlich. Haben Sie Probleme beim Laufen? Soll ich mich nach einem Rollator umsehen?«

»Nein, ich fühle mich nur ein wenig schwach.«

Minuten später führte Herr Lehmann Helga im dunklen Anzug in den Speisesaal. Auch Helga hatte sich zu diesem Anlass ein elegantes dunkelgrünes Samtkleid angezogen. Er zog ihr den Stuhl vom Tisch, wartete, bis sie Platz genommen hatte, und schob den Stuhl mit sanftem Druck wieder nach vorn. Dann setzte auch er sich. »Sie sehen sehr elegant aus in dem hübschen Kleid. Aber haben Sie sich den Magen verdorben? Sie sind so blass, Frau Lindemeyer?«

Gerade brachte eine der Angestellten eine Flasche Wasser zum Tisch. »Frohe Weihnachten. Gleich geht's los mit dem Weihnachtsmenü. Möchten Sie ein Glas Wein?«, fragte die Dame.

»Sehr gern«, entgegnete Lehmann.

»Ich dachte schon, ich bekäme wieder einen Infarkt, Herr Lehmann.«

»Das klingt besorgniserregend. Soll ich nicht besser nach einem Arzt rufen?«

»Nein, bleiben Sie um Gottes willen bei mir sitzen.«

»Gut. Ich werde mich keinen Meter fortbewegen. Was ist los?«

»Monika hat mich vorhin besucht, später kam ihr neuer Bekannter, um sie abzuholen. Er ist Russe!«

»Na, und?«

»Im ersten Moment hätte ich schwören können, dass er der Kerl war, den ich damals im Kettenhofweg sah. Der, den ich für einen Mafioso hielt.«

»Wirklich?«

»Ich fragte ihn, ob wir uns kennen.« Helga trank einen Schluck Wasser. »Er verneinte.«

»Na, sehen Sie.«

»Es mag ein dummer Zufall sein, ich finde es aber merkwürdig, dass Monika plötzlich einen russischen Bekannten hat, verstehen Sie? Ist er am Ende einer von denen und will mich oder uns ausspionieren? Wäre doch möglich, oder?«

»Was will er denn Ihrer Meinung nach rauskriegen?«

»Na, ob wir etwas wissen, was die Mafia gefährden könnte.«

»Liebe Frau Lindemeyer, so interessant sind wir nicht. Sie sollten endlich aufhören, sich in die Sache mit der Mafia hineinzusteigern. Das sind alles nur vage Vermutungen, weiter nichts.«

»Sie sagten doch selbst, dass Berwald ein Geldeintreiber für die Mafia war.«

»Darüber habe ich irgendwann gelesen. Aber ich kann Ihnen nicht einmal sagen, ob die Quelle zuverlässig war. Wir werden das nicht herausbekommen. Und wir sollten uns mit weiteren Spekulationen zurückhalten, bevor wir wirklich noch Ärger mit der Mafia bekommen. Sie müssen endlich zur Ruhe kommen.«

29
ZWEI JAHRE SPÄTER, DONNERSTAG, 19. DEZEMBER 1996

Helga saß an ihrem Schreibtisch und öffnete den Ordner mit den abgehefteten Zeitungsartikeln, die sie aus diesem Jahr gesammelt hatte. »Schon wieder kurz vor Weihnachten. Zwei Jahre ist es nun schon her.«

Albert Lehmann saß im Zweisitzer in Helgas Zimmer und blickte Helga neugierig an. »Interessant, dass auch jetzt noch so viel über den Kettenhofweg berichtet wird. Aber mittlerweile haben selbst Sie Abstand zu dem Fall gewonnen, liebe Frau Lindemeyer. Sie sagten, Sie haben Zeugenaussagen gesammelt?«

»Na klar.«

»Dann erzählen Sie mir, was drinsteht.«

»Sie Armer, es tut mir leid, dass Ihre Augen so schlecht geworden sind, aber glücklicherweise haben Sie mich zum Vorlesen. Es gab nämlich wieder einige dubiose Aussagen, wie hier zum Beispiel. Ein Informant des Bundesnachrichtendienstes soll behauptet haben, dass die Morde im Kettenhofweg mit Plutoniumhandel in Zusammenhang stehen könnten.«

»Bartos soll mit Plutonium gehandelt haben? Na ja, könnte sein. Er hat mit allem Möglichen gehandelt, wie wir wissen.«

Helga fuhr fort. »Hier steht, er habe mit der Russenmafia unehrlich abgerechnet, und deswegen, nämlich zur Strafe, sei das Bordell ausgelöscht worden.«

»Aus welcher Zeitung stammt der Artikel?«

»Aus der Frankfurter Rundschau. Dieser Artikel ist aus der FAZ vom 21. Februar 1996. Die Überschrift lautet: ›Eine gefesselte Frau im Bett‹. Früher waren Sie der FAZ-Leser, Herr Lehmann, heute muss ich die Artikel der Zeitung durchsehen, um sie Ihnen vorzulesen. Ich habe diesen Text hier mehrfach gelesen und bin gespannt, was Sie dazu sagen. Es geht um einen Bekannten von dem Berwald aus Moldawien. Er behauptet, von Beruf Hochschullehrer zu sein, und er hat, so steht es hier, einige Reisen mit Berwald unternommen. Auch 1993 will er mit ihm nach St. Petersburg gereist sein. Sie seien am frühen Morgen, nach einer durchzechten Nacht, zur Wohnung einer vermeintlichen Freundin von Sofia Berwald gefahren. Er habe vorm Haus warten sollen, während Berwald darin verschwand. Nach einer Viertelstunde habe Berwald ihn schließlich nach oben zitiert.«

»Und dann?«

»Berwald gab ihm angeblich zwei gefüllte Taschen, die er mitnehmen sollte. Mehr oder weniger zufällig habe er dabei eine gefesselte und geknebelte Frau auf einem Bett gesehen, sagt der Zeuge. Merkwürdig, oder? Er habe Berwald nicht danach gefragt und die Taschen gemeinsam mit ihm zu einem Schließfach am Hauptbahnhof von St. Petersburg gebracht. Er gehe davon aus, dass sich in den Taschen Beute befand.«

»Hört sich vage an. Besonders das mit der gefesselten Frau ist eigentümlich. Das lässt man doch nicht unkommentiert, oder?«, fragte Lehmann.

»Das denke ich auch. Und dann habe ich hier noch einen Artikel über Sofia Berwald und ihren Mann aus der Bild-Zeitung, vom 02.03.1996. Zeugen bestätigen darin, dass die Berwalds sich vor den Bordellmorden in Geldnot befunden hätten, hinterher nicht mehr. Sehen Sie, Herr Lehmann, der Artikel ist mir wichtig, weil er aussagt, was das für Menschen sind. Die hatten sich mehrfach um Kredite bemüht, die abgelehnt wurden.« Helga schaute Lehmann vielsagend an.

»Des Weiteren soll Berwald noch am Mordtag einen Zeugen um Vermittlung bei einem Autokauf gebeten haben. Zwei Tage nach den Morden soll er für 22.500 Mark einen schwarzen Golf gekauft haben. Er hat bar bezahlt, mit auffällig vielen Hundert-Mark-Scheinen. Das war an einem Feiertag. Da das Auto draußen stand, hatte er Glück und konnte es trotzdem direkt mitnehmen. Und wenn Sie noch mehr hören möchten, Herr Lehmann? Hier ist noch etwas.«

»Lesen Sie nur, Frau Lindemeyer.«

»Der Text wurde mal wieder stark ausgeschmückt, deshalb erzähle ich Ihnen lieber, was drinsteht. Ich weiß, Sie mögen's nicht so üppig. Ich hingegen finde ihn aufschlussreich. Ich bin nämlich sicher, dass da was dran ist. Der Artikel ist vom 23.02.1969. Der Titel heißt: ›Berwald hat mich vergewaltigt, ausgeraubt‹. Darin belastet eine Prostituierte namens Venera Eugen und Sofia Berwald schwer. Sofia habe Venera in St. Petersburg besucht, steht hier. Abends seien sie zu dritt in Veneras Wohnung gewesen, Venera, deren Schwester und Sofia. Sie hätten geredet und seien dann zu Bett gegangen. Und jetzt kommt's, Herr Lehmann. Ich weiß nicht, ob das stimmt. Früh am Morgen sei diese Venera wach geworden, weil ein Mann auf ihr gesessen habe.« Helga stoppte und blickte Lehmann über den Rand ihrer Brille hinweg in die Augen. »Es fällt mir wirklich schwer, das hier zu erzählen.«

»Dann tun Sie es nicht.«

»Doch, doch, es sagt viel über Berwald aus. Jedenfalls soll Veneras Schwester gefesselt und geknebelt im Bett gelegen haben. Sofia sei dem Text nach nicht mit im Zimmer gewesen. Venera sagte später aus, sie habe in Deutschland 13.000 Dollar verdient.«

»Dollar?«, fragte Lehmann.

»So steht es hier. Das Geld habe der Mann von ihr verlangt. Er habe gewusst, dass sie eine Prostituierte war. Venera sei sich sicher gewesen, dass Sofia den Mann in die Wohnung gelassen habe. Und jetzt hören Sie gut zu. Venera sagte nämlich, dass der Mann, der auf ihr saß, Eugen Berwald gewesen sein muss. Sie habe ihn auf einem Foto, das Sofia gehörte, erkannt. Er habe sie vergewaltigt, behauptet Venera, und danach sofort das Geld gefordert. Im Artikel steht, dass die Kripo St. Petersburg gegen Eugen und Sofia Berwald in der Sache ermittelte. Wieso spielte das im Prozess in Frankfurt denn keine Rolle, Herr Lehmann?«

»Weil Verbrechen, die in einem anderen Land stattfinden, nichts mit der deutschen Justiz zu tun haben. Das sind unterschiedliche Delikte, Frau Lindemeyer. Das Frankfurter Gerichtsverfahren befasst sich ausschließlich mit dem Frankfurter Verbrechen.«

Helga tippte sich an die Schläfe. »Jetzt geht mir ein Licht auf.«

»Inwiefern?«

»Sagt Ihnen der Mord an Blanka Zmigrod etwas? Sie wurde 1992 auch im Kettenhofweg ermordet.«

»Aber natürlich.«

»Da war dieser John Ausonius, der meiner Meinung nach ganz sicher ihr Mörder ist. Er hat in Schweden viele Straftaten begangen, unter anderem Banküberfälle. Dafür musste er dort vor Gericht. Aber er wurde nicht wegen des Mordes an Blanka Zmigrod verurteilt. Genau wie im Fall der Berwalds, weil die Schweden ihn für eine Tat, die er in Frankfurt begangen hat, nicht belangen können«, sagte Helga.

»Genau so ist es, und der Frankfurter Justiz fehlen offenbar bis heute die entscheidenden Beweise gegen den Mann«, sagte Lehmann.

»Das ist mir alles viel zu kompliziert. Ich möchte doch nur, dass die Morde gesühnt werden. Wussten Sie, dass ein ehemaliger Stammkunde des Bordells die Villa kaufen will?«

Lehmann machte große Augen. »Das ist mir neu.«

»Er ist Immobilienkaufmann. Er will angeblich selbst drin wohnen. Schrecklich, nicht? Ich könnte das nicht ertragen. Ich müsste ständig an die Taten denken. Erinnern Sie sich, wie ich Ihnen damals erzählte, dass Isolde und ich uns in der Villa umgesehen haben?«

Lehmann nickte.

»Ich musste mir einfach ein eigenes Urteil bilden. Dazu gibt es noch was aus der FAZ vom 06.03.1996: ›Im Kettenhofweg 124 a herrschte Diskretion‹. Da kommt eine der Haushälterinnen zu Wort. Sie sagt, dass Gäste zwischen 11 und 23 Uhr im Haus waren. Freier mussten angeblich 300 Mark zahlen, entweder bar oder mit Scheck. Sie hätten das Geld in einen speziellen Briefkasten in der Eingangshalle geworfen. Den Briefkasten habe ich mit eigenen Augen gesehen, Herr Lehmann. Meine Freundin hielt ihn für ein Dekorationsobjekt. Außerdem erzählte uns meine Nichte damals, dass Ingrid Bartos den Freiern Quittungen über ihren Schreibwarenladen ausstellte. Ist das nicht verrückt? Manche Männer schrecken vor nichts zurück.«

»Was heißt hier Männer? Frau Bartos hat die Quittungen ausgestellt, nicht die Männer.«

»Aber die haben sie angenommen. Hier steht, dass nicht jeder die Dienstleistungen der Damen in Anspruch nehmen konnte, sondern Gäste kamen nur auf Empfehlung von altbewährten Kunden rein.« Helga blickte auf. »Da wären Sie rausgewesen. Ich kann mir nicht vorstellen, dass Lehrer keinen Kontakt zu dieser Art Kundschaft haben.«

»Das klingt beinah despektierlich. Sind Beamte für Sie etwa schnöde Saubermänner?«

Helga lachte. »Ich wollte Sie reinwaschen, Herr Lehmann. Aber ich bin noch nicht fertig. Hier erzählt ein Gast, der am Abend vor den Morden im Bordell war, wie die letzten Stunden abgelaufen sind, bevor er die Villa verließ. Er sei in einen Raum geführt worden, in dem er sich aus fünf Frauen eine aussuchen durfte. Wissen Sie, was das bedeutet?«

»Na klar, er durfte nur eine haben.«

»Herr Lehmann, ich rede von der Zahl. Er sagte, fünf Frauen. Überlegen Sie doch mal. Vier Frauen wurden ermordet und das Betreiberehepaar. Hier steht, unter fünf Frauen durfte er wählen. Das heißt, dass sich Ingrid Bartos ebenfalls anbot. Sie hat sich demnach auch prostituiert.«

»Das war mir nicht ganz neu. Ich hörte vor langer Zeit, dass Frau Bartos sich schon prostituiert hat, bevor sie ihren Mann kennenlernte. Ich könnte mir vorstellen, dass sie ihn sogar auf die Idee brachte, ein Bordell zu betreiben«, sagte Lehmann.

»Meinen Sie? Mir wird immer deutlicher bewusst, dass sie im Betrieb eine sehr wichtige Rolle gespielt haben muss.«

»Aber sagen Sie mir doch, für wen hat sich der Mann an dem Abend entschieden, steht das in dem Artikel?«

»Für Sofia.« Helga räusperte sich. »Als er mit ihr, ähm, fertig war, hat Ingrid Bartos ihn eingeladen, noch an einer Geburtstagsfeier mit einem kleinen Essen teilzunehmen. Es soll Rouladen und Champagner gegeben haben. Und dann steht hier, dass Sofia ihren Mann in der Nacht heimlich ins Haus gelassen hat. Was danach passiert ist, wissen wir bereits. Außerdem, Herr Lehmann, habe ich nun mehrfach gelesen, dass Sofia Berwald sagte, sie habe ihrem Mann zwar in der Nacht die Tür zum Bordell geöffnet, später aber das Haus verlassen, als alle anderen noch schliefen. Mit anderen Worten, als sie noch lebten. Sie soll daraufhin mit der Bahn in das Aussiedlerheim in Rettenbach im Allgäu gefahren sein.«

»Wo steht das?«

»In der FAZ vom 16.03.1996. Der Artikel heißt: ›Bordell unter Beobachtung‹.«

»Ist ja klar, dass jeder versucht, den eigenen Kopf aus der Schlinge zu ziehen«, antwortete Lehmann. »Hier geht es um Beihilfe zum Mord oder im besten Fall nur um Raub. Da überlegt man sich gut, was man sagt.«

»Wissen Sie, Herr Lehmann, wenn man all das über Sofia Berwald liest, so geht es mir zumindest, glaubt man, es mit einer sensiblen, empathischen und schüchternen Frau zu tun zu haben. Aber kann eine solche Person denn so ein Verbrechen begehen? Ich gehe dabei gar nicht vom Schlimmsten aus. Nehmen wir mal an, die Morde waren nicht geplant, wie es heißt. Dennoch bliebe schwerer Raub. Sie hat immerhin dort gelebt, kannte ihre Kolleginnen, ihre beiden Arbeitgeber, wohnte Tür an Tür mit ihnen, war mehr oder weniger Tag und Nacht mit ihnen zusammen. Noch dazu in einer fremden Stadt, einem fremden Land. Sie haben's gehört, die haben gefeiert, haben gemeinsam gekocht. Trotzdem war sie kaltblütig genug, einen Überfall zu planen?«

»Vielleicht hat Eugen Sofia unter Druck gesetzt? Womöglich hat er gedroht, sie zu verlassen, wenn sie nicht tut, was er verlangt?«, überlegte Lehmann. »Ich kann mich täuschen, aber ich halte ihn für einen eiskalten und berechnenden Menschen.«

»Ich bin nicht sicher, was ich von Sofia Berwald denken soll. Ich denke eher, dass sie zwei Gesichter hatte. Wenn man dem Artikel glaubt, haben Eugen und sie den Raub in St. Petersburg ebenfalls gemeinsam durchgeführt. Sie wusste, was sie tat.«

Nachdenklich kaute Lehmann an seiner Unterlippe. »Das widerlegt meine Hypothese nicht. Wenn er sie hypothetisch dominiert hat, sie ihm vielleicht hörig war, dann hat er sie von Anfang an manipuliert.«

»Ich habe Ihnen doch erzählt, dass ich am Morgen des Tages, an dem die Toten entdeckt wurden, das Pärchen vorm Tor sah. Ich dachte mir damals schon, dass die junge Frau eine Prostituierte ist. Sie war noch sehr jung und wollte nicht recht zu dem älteren, gutsituierten Herrn passen. Ich habe gelesen, dass er ein hohes Tier in der Wirtschaft sein soll. Er hat mit Natalja, so hieß die junge Frau, einen Trip nach Straßburg unternommen. Und eine andere Prostituierte, die in der Nacht fehlte, war zufällig bei Bekannten.«

Lehmann seufzte. »Da hat es das Schicksal wirklich gut mit den beiden gemeint!«

»Wissen Sie, wie Berwald endgültig überführt werden konnte, Herr Lehmann?«

»Faserspuren.«

»Ja. Wegen einer Gymnastikhose. Er hat die Hose als Maske während des Überfalls verwendet und später fand man Faserspuren der Hose an allen Opfern. Außerdem Speichelspuren von ihm. Das war's dann für Berwald. Deshalb hat er lebenslänglich bekommen und Sofia ist nur wegen Raubes dran.«

Es klopfte, kurz darauf steckte Monika den Kopf durch die Tür. Als sie Lehmann bemerkte, hielt sie inne. »Entschuldige, Tante Helga, ich wusste nicht, dass du Besuch hast. Hallo, Herr Lehmann.«

Lehmann stand auf und streckte Monika die Hand entgegen. »Guten Tag, Frau Koch, ich wollte sowieso gerade gehen.«

»Aber wieso denn? Monika freut sich, wenn Sie da sind«, insistierte Helga.

»Natürlich, Herr Lehmann, bitte bleiben Sie. Ich

muss ohnehin bald wieder gehen. Ich werde die nächsten Tage und auch über Weihnachten arbeiten, da wollte ich bloß schnell ein Geschenk abgeben.«

»Nimm Platz, Monika«, sagte Helga und wies auf den freien Platz neben Lehmann auf dem Zweisitzer. »Wir haben uns gerade die letzten Neuigkeiten im Fall der Kettenhofwegmorde angesehen.«

Monika setzte sich und stellte eine Weihnachtstüte neben das Sofa. »Du kannst es nicht lassen, Tante Helga. Ich kann es bald nicht mehr hören. Der Berwald ist der alleinige Täter, niemand sonst hängt mit drin, auch wenn du noch so oft recherchierst. Er bekommt seine gerechte Strafe.« Dann sah sie schuldbewusst zu Lehmann. »Entschuldigung, ich wollte Sie nicht maßregeln.«

»Kein Problem, Sie haben recht, Frau Koch«, sagte Lehmann.

»Ich denke mir manchmal, man sollte das alles besser ruhen lassen. Wissen Sie noch vor zwei Jahren? Es war am Heiligen Abend. Ich habe dir, Tante Helga, an jenem Tag Juri vorgestellt. Besser gesagt, er hat mich bei dir abgeholt. Ich wusste von Anfang an, dass du ihn nicht magst, aber ich hatte gehofft, dass du deine Abneigung besser verbirgst.«

»Ach, ich … Das hast du gedacht? Nein, das kann ich so nicht sagen. Er erinnerte mich nur an jemanden.« Helga suchte nach Worten. »Aus einem Film, ja, jetzt weiß ich's. Es war ein Thriller. Das hat mir wohl ein wenig Angst gemacht.«

»Nein, Tante Helga, du schummelst. Es war so, dass dir wegen der Geschichte im Kettenhofweg jeder verdächtig und gefährlich vorkam, den du nicht kanntest.«

Monika warf Lehmann einen vielsagenden Blick zu, der nickte. »Das kann ich aus Erfahrung bestätigen. Ich muss Ihre Tante dennoch in Schutz nehmen, denn ein so schwerwiegendes Verbrechen, bei dem gleich sechs Menschen sterben müssen, hinterlässt nun einmal für die Menschen, die das am Rande miterleben mussten, Spuren. Ich kann Ihnen Ihre damalige Skepsis auch mir gegenüber nicht übelnehmen, Frau Lindemeyer. Aber das wissen Sie längst. Ich betone das ausdrücklich vor Ihrer Nichte. Es war ein dummer Zufall, dass Ihr Bekannter, Frau Koch, ausgerechnet aus dem Herkunftsland der Täter stammte. Da sind bei Ihrer Tante die Alarmglocken angegangen.«

»Natürlich verstehe ich das«, sagte Monika und richtete sich an ihre Tante. Es war im Übrigen nie angedacht, dass wir ein Paar werden. Es war einfach nett, mal wieder mit einem Mann auszugehen, mehr nicht. Wir haben heute nicht einmal mehr Kontakt.«

»Du brauchst dich vor mir nicht zu rechtfertigen, Monika, du bist erwachsen und tust, was du tun willst. Es tut mir leid, wenn ich damals abweisend wirkte. Hoffentlich bin ich nicht der Grund dafür, dass ihr euch nicht mehr trefft.«

»Nein. Es war eher die Sprachbarriere. Wir konnten uns nie gut unterhalten. Er hat mir dann gesagt, dass er zurück in seine Heimat möchte. Ich nehme an, dort ist er heute.« Monika sah auf ihre Armbanduhr. »Ich sollte mich auf den Weg nach Hause machen. Wie gesagt, die nächsten Tage werden anstrengend mit einigen Nachtdiensten. Da möchte ich mich heute noch etwas ausruhen.«

»Einen Moment bitte, Frau Koch. Darf ich Sie etwas fragen?«, wollte Albert Lehmann wissen.

»Klar, wenn ich die Frage beantworten kann.«

»Ihre Tante erzählte mir vor einiger Zeit, dass meine ehemalige Schülerin, Lisa, nach einem Unfall im Marienkrankenhaus gelegen hat.«

»Ja, sie hatte mehrere Knochenbrüche und eine Nierenquetschung, soviel ich weiß, aber nichts Lebensgefährliches.«

Lehmann lächelte. »Sie können sich nicht vorstellen, wie froh ich war, dass das Mädchen offenbar noch lebt. Aber es ließ mir keine Ruhe. Ich musste wissen, ob es wirklich meine Schülerin war. Also habe ich mir vor ein paar Tagen ein Herz gefasst und bei ihren Eltern angerufen.«

»Was? Das wusste ich gar nicht!« Helga war verblüfft.

»Ich wollte es Ihnen längst sagen, Frau Lindemeyer, aber es kam etwas dazwischen. Lisa hat vor ein paar Wochen versucht, mit mir Kontakt aufzunehmen.«

»Nach sieben Jahren? Wieso denn erst jetzt?«, fragte Monika.

»Wegen der Morde. Sie hat sich gefragt, ob ich noch immer in der Straße wohne, sagten mir ihre Eltern. Die haben sich jetzt auch bei mir entschuldigt.«

»Das freut mich.«

»Wichtig ist für mich zu wissen, dass es Lisa gut geht. Sie hat Archäologie studiert und arbeitet im Senckenberg Naturmuseum.« Lehmann lachte. »So nah bei meiner alten Wohnung. Hätte ich das geahnt. Irgendwann werde ich ihr mal einen Besuch abstatten. Wie wär's,

Frau Lindemeyer, begleiten Sie mich? Das Museum ist immer wieder einen Besuch wert.«

»Na klar, ich war schon lange nicht mehr dort.«

Monika stand auf. »Das hört sich richtig gut an. Endlich mal wieder eine positive Nachricht. Aber nun muss ich euch allein lassen.« Sie umarmte ihre Tante und gab Herrn Lehmann zum Abschied die Hand.

EPILOG

Helga saß in ihrem Ohrensessel, den Blick zum Fenster gerichtet. »Nun, Herr Lehmann, es ist alles geklärt, wie es scheint«, sagte sie melancholisch. »Die Mörder sind verhaftet, und das Leben geht weiter. Auch für all die armen Hinterbliebenen. Ich kann nicht anders – ich bin noch immer auf der Suche nach unausgesprochenen Wahrheiten.«

Lehmann, der seine Beine entspannt auf dem Zweisitzer ausgestreckt hatte, machte ein nachdenkliches Gesicht. »Was genau meinen Sie?«

»Wahrscheinlich bin ich nur eine alte Frau mit einer blühenden Fantasie, die dem Umstand geschuldet ist, dass ich bis vor nicht allzu langer Zeit gerne Kriminalfilme angeschaut habe, wie Sie wissen. Aber hin und wieder frage ich mich, ob ich nicht hätte weitersuchen sollen. Sie haben es nie gesagt, aber denken Sie wirklich, dass alle Schuldigen ihre Strafe verbüßen? Die Wahrheit ist nun einmal eine Frage vorhandener Beweise. Manchmal aber ist sie viel mehr. Ein tiefer Instinkt, ein Wispern im Kopf, und der Gedanke, was wäre, wenn ich den Mut gehabt hätte, weiterzuforschen. Ich habe Ihnen nur einen Bruchteil der Artikel vorgelesen, die ich im Lauf der Zeit abgeheftet hatte.«

»Möglich, dass Sie recht haben. Doch man gerät leicht in eine Situation, die zur Gefahr wird, weil sie nicht für fremde Augen und Ohren bestimmt ist, Frau Lindemeyer. Es ist vorbei. Überlassen wir alles Weitere der Polizei.«

»Uns bleibt nichts übrig, als ohnmächtig zu begreifen, dass all diese Personen aus reiner Habgier ihres Lebens beraubt wurden. Als wäre ein Leben mit Geld aufzuwiegen.« Seufzend stand Helga auf, ging durch den Raum, trat ans Fenster und blickte auf die Straße. Just in diesem Augenblick überquerte ein dunkel gekleideter Mann mit Sonnenbrille die Fahrbahn und schritt auf das Seniorenheim zu. Helga schwieg.

NACHWORT

Erfundene Leben

Die Geschichte von Helga Lindemeyer, einer aufgeweckten, manchmal verschrobenen Persönlichkeit, Albert Lehmann, Anna, Basia und der Nichte Monika ist frei erfunden, wie auch der Bekanntenkreis, in dem sich die Figuren bewegen. Sie stehen stellvertretend für die Personen im Umfeld des Bordells, die jene Schreckenstaten so wahrgenommen haben könnten und aus unterschiedlichen Gründen mehr oder weniger stark darunter litten. In vielen tiefgehenden Gesprächen versuchen die Figuren, ihre Traumata zu bewältigen. Helga ist keine Ermittlerin, jedoch eine Frau, die nach Gerechtigkeit sucht und tief mit den Hinterbliebenen mitfühlt. Albert Lehmann empfindet wegen eines eigenen, nicht überwundenen Schicksalsschlags eine große Verantwortung für die jungen Frauen. Sie beide leiden besonders unter den Folgen der schweren Verbrechen, so wie viele reale Personen.

Helga hinterlässt ihrer Nichte nach ihrem Tod einen Aktenordner voller Notizen und Zeitungsartikel, die Fragen aufwarfen. In der Hoffnung, dass auch Monika, sollte es irgendwann nötig sein, hinschauen wird.

*

Sofia Berwald hat sich noch im Gefängnis Preungesheim von Eugen Berwald scheiden lassen. Ihm wurde die deutsche Staatsangehörigkeit entzogen. Sofia Berwald wurde 1998 nach vier Jahren Haft vorzeitig entlassen. Ihr heutiger Aufenthaltsort ist unbekannt. Eugen Berwald, der nach Straubing verlegt wurde, musste eine lebenslängliche Gefängnisstrafe verbüßen. Es ist nicht bekannt, wo er heute lebt.

Dieses Buch versteht die Autorin als letzten Gruß an die Opfer eines grausamen Verbrechens und deren Hinterbliebene. Das Leid ihrer letzten Lebensminuten und das Schicksal der Angehörigen, geliebte Menschen so grausam verloren zu haben, soll nie in Vergessenheit geraten.

1998 fand man in Bayern die Leiche der stark verwesten 22-jährigen Prostituierten Semfira Osmana. Ihr Reisepass soll sich in Eugen Berwalds Besitz befunden haben. Der aber behauptete, die Frau nicht gekannt zu haben.

Die Kettenhofwegmorde haben deutschlandweit für Entsetzen gesorgt und sind Teil der dunklen Frankfurter Stadtgeschichte. Noch heute sprechen die Menschen von ihnen als einer der grausamsten Mordserien Deutschlands.

Die Autorin hat zu den Morden im Stadtarchiv, in der Stadtchronik, auf Tagesschau.de und in zur Handlungszeit erschienenen Artikeln recherchiert. Kontakte der Autorin zu Experten, dem damaligen Oberstaatsanwalt und Anwohnern haben das Bild abgerundet.

Der letzte der Autorin bekannte Artikel zu den Kettenhofwegmorden vor Fertigstellung dieses Buchs erschien am Freitag, 10. Januar 2025, in der FAZ. Unter der Headline »Ohne Gnade« schildert Helmut Schwan noch einmal die Fakten der Gewalttat von 1994. Die über lange Jahre vermutete Verbindung zur Russenmafia wurde endgültig widerlegt.

DANKSAGUNG

Auch in diesem Buch gilt mein besonderer Dank Prof. Dr. Marcel A. Verhoff, dem Direktor der Frankfurter Rechtsmedizin, mit dem ich seit Frühjahr 2023 den gemeinsamen Podcast »SpurenElemente« betreibe. Auch die Kettenhofwegmorde haben wir darin ausführlich besprochen, wobei Prof. Verhoff die Ergebnisse der Obduktionen offenlegte.

Außerdem bedanke ich mich herzlich bei Oberstaatsanwalt Dominik Mies, der Prof. Verhoff und mir in einer anderen Podcastfolge gerne Rede und Antwort stand und mir daraufhin spontan Hilfe zu juristischen Fragen angeboten hat. Außerdem ermöglichte er mir den Kontakt zu Oberstaatsanwalt a. D. Peter Köhler, der 1994 Anklage gegen Sofia und Eugen Berwald erhoben hat. Durch seine Schilderung des Prozesses gewann ich einen Einblick in die Gedankenwelt des angeklagten Ehepaars.

VERZEICHNIS REALER PERSONEN

Blanka Zmigrod: 1992 erschossen im Kettenhofweg

John Ausonius

Ingrid und Gabor Bartos, das Betreiberehepaar des Bordells

Eugen und Sofia Berwald: Täter und Täterin

Jelena Starikowa (28)

Marina Jerochina (25)

Olga Lusgina (27)

Veronika Sorokina (18)

QUELLENVERZEICHNIS

Ausonius, John: Prozess gegen Lasermann, https://de.wikipedia.org, www.faz.net.

Barschel, Uwe, https://de.wikipedia.org.

Bartos, Gabor und Ingrid, Kettenhofweg 124/124a, https://de.wikipedia.org.

Der Sechsfach-Mord im Kettenhofweg, www.fnp.de.

Bild: 29.01.1994, Internetrecherche, Orkan macht Deutschland platt.

FAZ: 10.01.2025, Bartos wechselte die Mädchen regelmäßig aus, von Helmut Schwan.

FAZ: 10.01.2025, Ohne Gnade, von Helmut Schwan.

FNP: Der Sechsfach-Mord im Kettenhofweg – Teil 2, 15.08.2019, 19:36 Uhr.

Kettenhofweg 124/124a https://wikipedia.org.

Stadtarchiv: A 26.956, Bild: 23.02.1996, Berwald hat mich vergewaltigt, ausgeraubt.

Stadtarchiv: A 26.955, Bild: 26.08.1994, Ich wünsche mir einen guten Mann und liebe Kinder …

Stadtarchiv: A 26.956, Bild: 22.12.1994, Mörder-Spuren auf der nackten Haut.

Stadtarchiv: A 26.956, Bild: 20.12.1994, Die Zeugin aus dem Mordbordell: Man brachte mich heimlich nach Frankfurt.

Stadtarchiv: A 26.955, Bild: 18.8.1994, Im Heim der Bartos, Engel die gen Himmel fliegen, von Steffen Ball, Christoph Koenigs, Dominik Kuhn, Rena Pankow, Radoslav Rajlic, Esther Reichelt, Matthias Soyka (Text) und Heike Lyding (Fotos).

Stadtarchiv: A 26.955, FAZ: 19.08.1994: Eine Prostituierte aus der Mordvilla taucht auf.

Stadtarchiv: A 26.955, Bild: 19.09.1994: Heute werden 3 ermordete Bordellmädchen nach St. Petersburg überführt. Marinas Weg in den Tod begann mit einem Ehekrach.

Stadtarchiv: A 26.956, Bild: 2.03.1996, Und plötzlich hatten sie Geld, von Maren Mende.

Stadtarchiv: Der Spiegel: 26.09.1995, Der Iwan ist da.

Stadtarchiv: A 26.956, Der Spiegel: 22.01.1996, Nägel im Fleisch.

Stadtarchiv: A 26.955, FAZ: 17.08.1994, Bordell-Morde: Viele Rätsel und keine Hinweise.

Stadtarchiv: A 26.956, FAZ: 16.03.1996, Bordell unter Beobachtung.

Stadtarchiv: A 26.956, FAZ: 26.03.1996, Dann bin ich ein toter Mann, von Thomas Kirn.

Stadtarchiv: A 26.955, Bild: 19.08.1994, Die Bordell-Chefin: Ihre bizarre Ehe.

Stadtarchiv: A 26.955, Bild: 22.09.1994, Die Tränen von St. Petersburg: Drei ermordete Töchter kehrten heim.

Stadtarchiv: A 26.955, FR: 17.08.1994, Die Russen-Mafia oder Frankfurts »Milieu«? (Sauna eines Bordells).

Stadtarchiv: A 26.956, FAZ: 21.02.1996, Eine gefesselte Frau im Bett.

Stadtarchiv: A 26.956, FAZ: 06.03.1996, Im Kettenhofweg 124a herrschte Diskretion.

Stadtarchiv: A 26.955, FAZ: 17.08.1994, Keiner spricht über die »Russen-Mafia«, von Helmut Schwarz.

Stadtarchiv: A 26.955, FAZ: 18.08.1994, Sex-Gewerbe, Forstbetrieb und ein Maschinenhandel. Die Geschäfte des ermordeten Bordellbetreibers Bartos.

Stadtarchiv: A 26.955, FAZ: 14.08.2014, Verbrechen in stilvollem Ambiente (goldene, pinkfarbene Wand).

Stadtarchiv: A 26.955, FAZ: 22.08.1994, Vor den sechs Morden im Westend noch eine Geburtstagsfeier, von Franz Horeni.

Stadtarchiv: A 26.955, FNP: 17.08.1994, Verwaltungsrichter schützen die illegalen Sexclubs vor Schließung.

Stadtarchiv: A 26.956, Frankfurter Nachrichten: 17.07.1996, Bordell-Mörder Berwald sitzt wirklich lebenslang (Urteilsspruch für Frankfurts schwerstes Verbrechen).

Stadtarchiv: A 26.955, FR: 24.08.1994: Bordellbetreiber soll mit Russenmafia gedealt haben, von Hans-Jürgen Biedermann.

Stadtarchiv: A 26.955, FR: 18.08.1994, Bordell-Morde geschahen am frühen Sonntagmorgen, von Jürgen Schenk.

Stadtarchiv: A 26.955, FR: 27.08.1994, Der Pate dementiert.

Stadtarchiv: A 26.955, FAZ: 19.08.1994, Die Autokennzeichen der beiden Citroën.

Stadtarchiv: A 26.955, FR: 16.08.1994, Die geplante Aktion eines Killerkommandos von Hanns-Jürgen Biedermann.

Stadtarchiv: A 26.955, FR: 19.08.1994, Erfolgversprechende Spur im Bordell-Mord, von Hans-Jürgen Biedermann.

Stadtarchiv: A 26.955, FR: 18.08.1994, Frauen aus Osteuropa sind billiger als die aus Fernost.

Stadtarchiv: A 26.956, FR: 27.01.1996, Geheimnisvolles vom Bundesnachrichtendienst.

Stadtarchiv: A 26.955, FR: 17.08.1994, Sechsfacher Mord gibt viele Rätsel auf, von Jürgen Schenk.

Stadtarchiv: A 26.955, FR: 27.08.1994, Bordell-Morde. Verdächtiger macht neue Angaben.

Stadtchronik (www.stadtgeschichte-ffm.de), 26.08.1994, Chinesisches Feuerwerk zur Eröffnung des Museumsuferfests.

Stadtchronik (www.stadtgeschichte-ffm.de): 29.01.1994, Bamberger Symphoniker in der Jahrhunderthalle.

Stadtchronik (www.stadtgeschichte-ffm.de): Demonstration auf dem Opernplatz, Opernball, Gaststar Harry Belafonte.

Stadtchronik (www.stadtgeschichte-ffm.de): Engelbert Humperdinck.

Stadtchronik (www.stadtgeschichte-ffm.de): 15.11.1994, Historisches Museum, Ausstellung Frankfurt – USA.

Stadtchronik (www.stadtgeschichte-ffm.de): 13.02.1994, Premiere der Janáček-Oper »Aus einem Totenhaus«, Städtische Bühnen Frankfurt.

Stadtchronik (www.stadtgeschichte-ffm.de): 29.01.1994, Starker Sturm fegt über Deutschland.

Stadtchronik (www.stadtgeschichte-ffm.de): 12.08.1994, Überfall auf die Stadtsparkasse an der Eschersheimer Landstraße.

Stadtchronik (www.stadtgeschichte-ffm.de): Wiedereröffneter Frankfurter Dom.

Stadtchronik (www.stadtgeschichte-ffm.de): 12.04.1994, Wiener Symphoniker, Alte Oper.

Süddeutsche Zeitung: 23.12.2017, »Lasermann« steht 25 Jahre nach Bluttat vor Gericht.

tagesschau.de: 22.12.1994, Berlusconi stellt die Vertrauensfrage.

tagesschau.de: 14.08.1994, Tagesschau vor 20 Jahren.

Wörner, Manfred, https://wikipedia.org.

Franziska Franz
im Gmeiner-Verlag:

Privatermittlerin Karla Senkrecht ermittelt:

1. Fall: Blutmain

ISBN 978-3-8392-2691-9

2. Fall: Maingrab

ISBN 978-3-8392-0391-0

Tatort Kettenhofweg

ISBN 978-3-8392-0909-7